纸

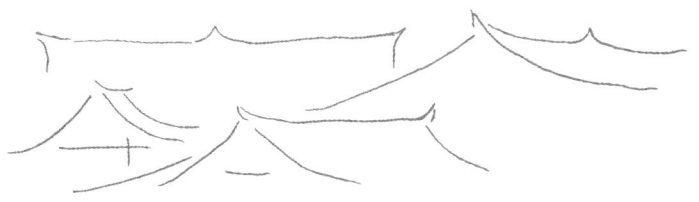

龚静染 著

四川人民出版社

本书入选四川省 2023 年度重大文艺扶持项目

目 录

第一章...001

第二章...040

第三章...080

第四章...104

第五章...135

第六章...154

第七章...178

第八章...200

第九章...227

第十章...252

第十一章...282

结　尾...314

关于《纸》的对话.............................324

第一章

1

一条红色的鱼从他的手中跳到了江里。他怎么都抹不去这个记忆，就在仓促逃跑的过程中，守武都一直想着这件事。那把锋利的刀怎么就变成一条鱼了呢？但故事已经结束了，而这里正是故事开始的地方。他永远都不会忘记那条红鱼，也就是那把从身体中抽出的刀，在落入江中的一刻，就成了故事的一个隐喻。

还得从两年前说起。那是在一个黄昏，守武同杨家奎约好了在宏济桥上见面。他已经等了一会儿了。落日正在缓缓下沉，整个天空就像棵巨大的柿子树，是的，每当这个时候，他都会想起家乡的那些又大又甜的柿子。

守武依在桥墩旁，手插在口袋里。衣服的袖子有些短，手臂露了一截在外面，大概是棉布缩水太厉害，或是他长得太快了。

桥的右岸是大城，左岸是一望无际的郊外，桥就是分界。站在桥上从南往北望去，是连成片的青瓦屋顶，纵横交错，层层叠叠。沿河一带横亘着几条小街，人力车叮叮当当地奔跑在人群中。几个老太太坐在路边纳鞋底、缝衣服，或是用竹片拨着盆里大米中的碎渣。临河街边的空地上摆满了大大小小的晒席，像补丁一样缀在路边，上面晾晒着一些棉絮、豆子和苞谷。一群鸡公鸡婆自由自在地悠然闲步，但不知发生了什么，它们突然惊飞起来，簸箕被踩翻，豆子撒了一地，瞬间一片狼藉。便看见小脚老太太冲了出来，她拿着鸡毛掸子，怒气冲冲。

老妇人的身体抖得比鸡毛掸子还凶，叉着腰，气急败坏。

跳，跳！看你跳！跳八丈高也要逮下来，老娘今天非打断你的腿不可，非打断不可……

她不停地骂，但那只肇事的红冠公鸡早已逃之夭夭，正站在远处的石阶上咯咯咯地叫，一副幸灾乐祸的样子。

出城的粪车停靠在岸边，等着粪船运走。几个穿斜襟短衣的女学生经过这里，赶紧从腋窝子里扯出手巾堵紧鼻子。那味道真臭，风一吹，就把那股恶心的气味全扬到了半空中。但天气真不错，叫花子走出桥洞躺在太阳坝头晒虱子，发鬓上插朵野花的游莺们也开始在岸边出没。你说这景象也颇有些稀奇，稍微像样点的妓女都在福字街、天涯石一带，人家是坐在二

第一章

楼的扶栏上等客，装扮得像女校书一样，只消把一个纸团从楼上扔下去，砸在那个东张西望的男人身上，然后捂嘴一笑，下面的人就慌了神。所以，哪里用得着把脂粉扑得比铜板还厚，在大白天里瞎撞，招惹来的尽是流氓地痞、烟鬼醉汉。但那倒影一漾一漾地映在水中，却有几分俏丽的影子，船上五大三粗的撑夫正好经过此地，便嘘来了几声口哨。

你说这成都吧，什么都好，就是不能下雨，一下雨就丧着个脸。前些日连续下了十多天的雨，整个成都像发霉了一样，连蚯蚓都受不了那地里的湿气，想钻出来晒晒身上的疹子。但也奇怪，腥臭的雨水味，衣服的汗馊味，经过太阳一晒，全都消失了。而此时看去，天空犹如刚出窑的瓷器一般，透亮而纯净。

见面之后，两人站在宏济桥上聊了好一阵。这时，杨家奎点燃了一支烟，吸了一口，然后对着空中吐了一个圈。他们又断断续续地闲聊。

守武，我总觉得吧，你小子心头藏着点东西。杨家奎说。

啥东西？

你是不是对你表姐有点……杨家奎瞟了他一眼。

守武把眼睛瞪得好大，脸唰地通红。

嘿嘿，被我猜着了吧。

守武想反驳，却说不出话来。

你心头那点小九九难道还骗得了我？

守武只感到脖子上火辣辣的。

你看，你看，不打自招，哈哈哈……

杨家奎可能是笑得过猛，夹在手指上的烟都抖了下来。他赶紧去抖掉在长衫上的烟灰。

怎么就说到了表姐呢？守武来不及细想，突然感到心烦意乱。他不喜欢别人谈论自己的表姐紫菀，何况杨家奎明显有戏弄他的意思。就在这一瞬间，他突然脑门上一热，恨不得将杨家奎推下桥去。

但杨家奎可不是吃素的，他身上有枪。

守武马上平静了下来，望了望对岸一望无际的荒野，夕阳正挂在那棵漫天开满了金光叶子的柿子树上。他心底里浮起的旋涡又落了下去。杨家奎吸了口烟，烟雾中他有些得意。

守武把头转向了桥下，运柴船已经停了不少在岸边。

就在守武恍惚的一刹，杨家奎的手已经伸了过来，拍在了他的肩膀上。其实，我是跟你开个玩笑。他说。

守武有点尴尬，挠了挠脸。

这时，有一个挑着箩筐卖麻糖的小贩吆喝着从桥那头走了过来。那人手上敲着两块铁片，发出尖锐而悦耳的声音，当、当、当……

守武本能地往兜里摸，他想摸出块铜板来。

杨家奎一把拉过守武说，走，今天去水井街吃王记卤鸭子，香得很，一根卤脚爪下二两酒！

守武十三岁的时候就喜欢上了表姐，紫菀是守武

第一章

心里的一块糖。

在去水井街的路上时，守武仍然有些惴惴不安，他不知道杨家奎为什么会提起这件事。他可从来没有对任何人坦露过半点自己的心思，何况这样隐秘的事情他怎么会随便向外人吐露。

一些往事又浮现了出来。

那是半年前，他同表姐两人约杨家奎在望江楼相聚。守武能够找到表姐是杨家奎的功劳，不然他在偌大的成都要找到表姐可不容易，他是为了感谢杨家奎才约表姐去见面的。未料那天杨家奎很殷勤，主动请他们在东华门的义和园吃饭，点了几大盘子菜，有红油鸡片、清蒸大甜鸭、糖醋鲤鱼，还外加一份桂圆羹，这是专门给紫菀点的。如此丰盛让守武大感意外，他想不到杨家奎这样大方，这顿饭钱肯定耗银不少，相当于他在学校里一个月的伙食费。

在席间紫菀偷偷问守武，你的朋友这么阔绰，到底是干啥的？

其实守武也不清楚，杨家奎只对他说是跑点小生意，但这也许是敷衍的说法。也就在那天，杨家奎喝了酒后话也多了，滔滔不绝。他越说越高兴，在脱衣服的时候，突然就露出了枪。

其实，这支枪守武曾经见过，那是在杨家奎的床枕下，当时是遇雨后偶然在杨家奎家里住了一晚，无意中就发现了枪，让他惊吓不小。

杨大哥，你别枪了？守武问。

纸

杨家奎有些支吾，说眼下不太平，有了这个走路伸展，图个安稳。

他又马上掩饰道，哪天我们去打斑鸠、野兔。守武，打兔子得跟兔子一样跑得快！你行不？

这天紫菀的穿着真雅致，清新脱俗，像朵莲花一样。杨家奎顺手就把枪递给了她，她本能地缩了回去。

表姐会弹琴。守武说，也不知为什么会冒出这句话。

呵呵，就瞄一眼。杨家奎说。

这次紫菀居然没有拒绝，把枪接了过去，这让守武颇有些吃惊。

紫菀小姐，没有吓着你吧？杨家奎问。

好沉！

你的手不是拿这个的！他笑了起来。

这时，杨家奎接回枪在衣袖上擦了擦，迅速藏在了内衣里。

席间，守武站起来给杨家奎倒了杯酒，但酒倒得过猛漫了出来，顺着桌子流了下来，滴到了紫菀的衣服上。她"哎呀"了一声，赶紧用手绢去擦。

回去的路上，紫菀说自己身上好大股酒气，姑妈闻见了一定会责备她。守武连忙说，都是我的错。其实，在倒酒的时候守武是故意的，他存心搞了个恶作剧。

但真正的问题是，杨家奎无意间露出的枪让守武不安。第二天是周日，守武去生活书店就将此事告诉了老郑，说他有个朋友身上藏有枪。老郑是个沉稳的中年人，平时守武只在那里把红书传到学校，他隐隐

第一章

约约知道书店是地下党的联络点。

带枪？朋友？他带枪干什么？老郑有些惊讶。

一下就问住了守武。

那天，老郑就告诫守武社会很复杂，说话做事要小心谨慎。其实这件事过了也就过了，守武当时只是头脑一热而已，顺口就说了出来。

后来，守武也几乎忘了这件事。但两个月后，老郑突然问起了杨家奎这人。当时老郑的神态很严肃，眼睛一直盯着守武，好像陷入了沉思。

接下来，守武就把他如何认识杨家奎的过程原原本本地告诉了老郑。老郑一直静静地听着，最后告诉守武，这个人挺危险的，平日里带枪就不寻常，以后有什么情况一定要告诉他。老郑说这话的时候，把手放在他的肩上。

守武记得那天杨家奎得意扬扬，也是把手搭在了自己的肩上。

守武与杨家奎有同舟之缘，那是一次非常偶然的相遇。他们走水路从濔城到成都一路同行，相谈甚欢。也许是路上寂寞，需要找个伴，两人便聊了起来，到成都时已经很亲热了。由于那次坐船的缘分，杨家奎便认守武是个小兄弟，他对守武很是关照。

但在老郑深皱的眉头里，守武变得不安起来。他当晚一夜未眠，辗转反侧。他想也是呀，正常人怎么会随时带枪呢？带枪到底要做什么？莫非他也要干杀人越货的勾当？

纸

每一年，濦城都有杀人的场面。

濦城是一蜀中小邑，地处川省西南部，在峨山脚下的一片丘陵山地上，青衣江穿城而过，秀丽而富庶。小城有上千年的历史，据说蜀国被秦国所灭之后，蜀王的后裔就逃到了这一带，继续繁衍生息。在后来的岁月中，这个地方虽然偏于一隅，却少了兵戈铁马，总体是风调雨顺的，百姓的桑麻生活算是平平安安，县官也当得颇为清闲。当然，由于地处丘陵地区，尽管民风淳朴，但也少不了匪盗的惊扰，一年之中总有两回稀奇可看。捉了奸，逮了个小偷扒手，绑到衙门外示众；要是抓住了江洋大盗，或是谋财害命之徒，那就有得一看了。对濦城而言，那就跟过节没有什么区别，小城人民三年的谈资全凭借于此，而那些一茬一茬的孩子们，就是在这样口水四溅的故事中慢慢长大的。

讲杀人的故事一般是在月牙儿初升的院坝头。夏夜漫漫，虫声四起，青蛙叫得深不见底，远远的山里闪着几堆磷火。讲故事的老者瘦骨嶙峋、长须飘飘，残缺的门牙缝里长满了岁月的苔藓，每每讲到毛骨悚然、手脚冰凉之处，才想起腿上已被蚊子狠狠地咬了几口。只见他眉头一皱，伸手一拍，啪的一声，蚊肉顷刻成泥，血溅掌心。而每一个人仿佛都闻到了那遥远时空中传来的几声呻吟……

杀人一般是在临江边的一块河滩上，四面围满了

第一章

人。五花大绑的犯人被押到那里,行刑人就照着腿弯子一踹,犯人就扑通一下跪了下去。那犯人突然扭过头来说道,兄弟,痛快点!于是行刑人一声大喝,阎王那边有酒喝,有肉吃,走好!

说说那刀吧。长盈米,巴掌宽,锋利无比,寒光闪闪。人头落地之时,刀上只有一点点血迹,像初开的梅蕊,含苞欲放。行刑人把刀插进沙土里抹了两下,梅花随即化入土中。只是地上有摊血,像朵巨大而诡异的花瓣,绽放得触目惊心。正在此刻,只听到哇的一声,有人在捂着肚子狂吐不已,据说是看到那朵花瓣跳到了半空中。

那时守武还小,家里人不准小孩去看杀人。砍人头那天要把大门关得紧紧的,大人早早就有言在先,说谁都不准出去,出去了非挨板子不可,打烂屁股不说,还要抽了三股筋。当然,那些故事都是他听别人讲的,颜家大院里是不允许讲这样的故事的。守武就去外面听人讲,特别是那个街角处铁匠铺的王铁匠,泡着一盅浓酽的老叶子茶,闲下来的时候就坐在竹椅子上摆龙门阵。他最爱讲吓人的故事,每次他讲的时候,守武有种奇异的感觉,他的肋骨变成了一片晃荡的铁皮,耗子在铁皮上窸窸窣窣地跑。

这样的感觉实在疯狂,每次回去守武都要做噩梦,做完噩梦还想继续去听。所以,每次王铁匠一见守武,便哈哈一笑,说,你这小东西!

此时他的脚下正好有一条土狗,嘴角上吊着口水线线。王铁匠有些得意，他也没有什么可以打发孩子们的，就只有讲鬼故事，飞沫四溅，落到那些小脸蛋上，像点麻子一样。此人大概是入错了行，本来应该是去当说书先生的，哪知道是打铁的命。但看着那些泛红的小脸蛋们，他又有些开心。每天讲一点，不多讲，讲到尽兴处，把茶盅一盖，散了，散了，趁炉火旺，我还要打把铁。

但孩子们不愿走，眼神可怜巴巴的。

讲嘛，再讲一下嘛，我帮你打铁。有个孩子说。

我给你拉风箱。你就再讲讲嘛，后来又咋个了？另一个孩子也说。

咋个？阿弥陀佛，人头都挂在城头上啰！

大家就不再说话了，只盯着他，而那只土狗早都不知道跑到什么地方去了。

这时，王铁匠好像又想起了什么，回过头来说，格老子，你说怪不怪，那人的脑壳刚滚到地上时，眼睛鼓得比卵子还大……

守武就知道晚上又得做噩梦了。那时小城里有个叫罗老二的疯子，跪在地上见人就磕头，头上磕出了块大血包，都快被磕破了，有人就说他是看了杀人的缘故。

漓城街上卖五香豆的幺婆婆最同情罗老二，成天都在念叨：遭罪哟，遭罪哟！那块包好久才磕得破哦！

幺婆婆是菩萨心肠，一遇到可怜的人就要抹泪，恨不得把咬在嘴里的半块粑粑给讨口要饭的人。守武

第一章

爱去那里买五香豆,好像就喜欢听她那几句话似的。

幺婆婆,这人才怪呢,他在磕啥子嘛?守武问。

哪个晓得。幺婆婆又去抹眼角。

磕头也要到庙子里去磕嘛。守武皱着头。

哪个说不是哦,哪个说不是哦,哪个说不是哦……幺婆婆有点絮絮叨叨,又像是自言自语。

幺婆婆,那个人过去是做啥子的?疯了好久了嘛?守武又问。

哎哟,不要问我,我耳朵背。乖娃儿,今天给你加一颗豆子,吃了自己想。

那一夜,守武就做了梦,梦见了自己正在街上走着,突然就听见后面有人在喊:罗老二的脑壳磕破了!罗老二的脑壳磕破了!

守武马上就冲了过去。他在街上使劲跑,看见一堆人围在那里。他拼命挤进去,先看到的是一摊血。

奇怪的是,罗老二一见到他就笑,笑得阴阳怪气的。他怎么一点都不痛呢?守武想。突然间,他自己就感到额头疼痛了起来,伸手一摸,竟然是血。越流越多,热乎乎的,血浓得黏手,跟山漆树上冒出的黏液一样,把眼睛都给粘住了,睁也睁不开。

但此刻,罗老二却开心得很,嬉皮笑脸,仿佛在对守武说,你来了,哈哈,我的脑壳就好了!

守武顿感不妙,一股怒气升腾了起来。他突然意识到肯定是罗老二把自己的头调换了,然后用他的头把那块包磕破了!

纸

守武以前就听说过山里有个不知活了多少岁的老怪物，会妖术，能够用明眸去换老眼，用皓齿去换坏牙，用青丝去换白发。

他仿佛突然就醒悟了过来。这家伙一定是邪魔转世，他是来人间害人的。

还我的头！还我的头！守武突然发疯似的叫了起来。

守武向他扑去，罗老二闪了过去。他愣了一下，仍然一副嬉皮笑脸的样子，像在嘲笑他。守武又一把抓去，想去抓住他的头。但罗老二左躲右闪，总抓不到。而且嘴里念念有词，来呀，来呀，等我把你的脑壳戴够了才还你！

守武纵然使出了浑身的劲，就是抓不住他的头，每回都落了空。有一次甚至抓到了他的衣服，只听见刺啦一声，撕裂的袖子就飞到了半空，落下来的时候就变成了一块枕头。枕头慢慢地落到了守武的脚下，它其实是飘下来的，但瞌睡就跟着来了。

两个月后，老郑突然又问起了杨家奎的事。

周日那天，守武去了祠堂街的生活书店。临走的时候，老郑悄悄把他叫到楼上的一间小屋里。老郑平时都是和蔼的，但那天的表情很凝重，眉头紧蹙。他说对身边不明身份的人一定要多加提防，传递红书要小心翼翼，不能被发现。

难道他怀疑杨家奎是特务？不可能，绝对不可能，他只是个跑点买卖的小生意人，人也耿直豪气。

第一章

守武看上去还显得单薄,脸上长着几颗颠扑不破的青春痘。

那一天守武走在街上,有一辆电车正缓慢开来。当时他的脑袋里是一片空白,电车就迎面开了过来。但他感觉有些怪,车本来还在老远的地方,怎么突然哐当一下就撞到了面前。只走了一忽儿神,这个庞然大物就到了面前,两者就轰然撞在了一起,猝不及防。

守武只觉眼前一黑,之前想的东西全消失了。

在回去的路中,守武感到心烦意乱。他从刚开始时的亢奋变得渐渐焦躁起来,又由焦躁变得沮丧。天气是那样溽热难耐,汗衫就没有干过,额头上罩着一层汗,像锅盖上的水珠一样不停往下滴。

守武想喝水,那种冰冷的井水,从喉咙管浸下去直到胃里,咕咚咕咚。这时,他就看见一个小脚的老太太端着个木盆,颤颤悠悠地从一道木门里跨了出来。

门槛高过了膝盖,老太太看上去有些吃力。她在跨过的一瞬间晃了一下,木盆里的水荡了出来。

守武的喉咙里咕咚一声。

他继续慢慢地走着。又经过了一家糖果店,他闻到了糖果的香味,玫瑰香、桂花香、薄荷香、牛奶香……不停地钻进他的鼻孔里。他的口水不停地在涌,又使劲吞咽了一下,突然他就想起了紫菀。守武笑了起来。是的,紫菀是桂花香的那种糖。这个感觉太奇特了。

就在这时,他就听到了背后哗的一声。原来是那个

纸

老太太在门前洗涤了一阵后，把木盆里的脏水泼到了街道上。水落地的一瞬间，迅即扬起了一阵微尘，那些水珠滚在干燥的路面上发出了细小的吱吱的声响。

回到学校，守武瘫倒在了床上，只感到头昏脑涨，肠胃在翻涌着一阵恶心的东西。他感到很难受，这一天他根本就没有吃过什么东西。守武忍着强烈的不适，晕晕乎乎地睡了过去。这一睡就到了第二天早上，中途有人也摇过他，他没有起床去早操。

喊他的人是同寝室的同学陈方真。当时陈方真用手去摸着他的头，焦急地喊道，守武，醒醒呀！你的额头好烫手！

但守武说了声没事，又翻身睡了过去。

他这一觉还睡得真长。

2

孙二胡孙团长，正坐在颜家大院的天井里，桌子上摆着刚泡的茶。

这天，孙二胡穿的是一袭长衫，紫色暗底纹的绸缎，挺着个大肚子。这个人一看就是个武夫出身，浓密的八字胡又粗又硬，两边微微翘起，霸气十足。守武的父亲颜佑卿正陪着他喝茶。

滈城是川省有名的纸乡，有千年的造纸历史，所

第一章

产的纸占掉了四川近半的份额。全城的人十之七八以造纸为业,有大大小小数千家产纸的槽户,沿青衣江分布于河东、河西。两岸纸商做的是同一样买卖,都在一口锅里舀饭,但舀多舀少,就各有说法,难免要起纠葛。

问题就出在那条江上,一江之隔,却各自为政,河西纸商说河东压价销售,搅乱行市;河东纸商说河西霸占山林,争抢纸材。结果是两边的纸商闹得不可开交,摩擦不断。一到上山收竹之时,矛盾就更加激化,封山断路,争抢码头,这一回是差点动手打了起来。颜家过去是河东的大户人家,颜佑卿又留过日,人们都喊他洋秀才,知书达理,所以纸商们便推举他出面理论。其实他们都知道颜佑卿与防区驻军的孙团长关系不错,这家伙大字不识几个,却很给颜佑卿面子,而纸商闹架的事也只有腰杆上背着硬火的孙二胡出面才摆得平。

这天,颜佑卿与孙二胡喝了一歇茶,神神秘秘地耳语了一番,突然把正在院子里玩耍的守武叫到了堂屋里。守武一进去,就被一种奇怪的气氛给怔了一下。父亲严肃的样子让他有些不太适应。

守武,有件小事要让你去办。

这倒让守武有些纳闷,父亲的眼神有些飘忽。他嗯了一声。

就是去投封信,费不了多大的劲。记好,送到河西的义昌纸坊。

就我一人？守武吃惊地望着他们。

颜佑卿点了点头。船都摆好了，你拿到信就去吧。

这时，孙团长从椅子上站了起来走到守武面前。他抹了把粗黑的八字胡说道，听说你胆子大，这回也让我瞧瞧！要是把这事办妥了，送你双牛筋皮鞋穿穿，那才威风！

守武仍然迷迷糊糊，像这样的事情怎么会叫他去做呢，喊个挑工就能办成。河西在濡城对岸，划船过去来回也不过一顿饭的工夫。他隐隐约约感到这里面肯定有点名堂，不像说的那样轻描淡写。

去嘛，路上不要耽搁，早去早回！父亲在催促他。

义昌纸坊是河西纸商曹洪贵的商号，他是河西首富，濡城里无人不知，无人不晓。

曹家大院是个四合式的中西结合建筑，雕梁画栋，富丽堂皇。里面种满了花草，海棠、兰花、月季，花团锦簇，清风一吹便飘来阵阵花香，让人心花怒放，放牛娃儿走到外面也会停下来闻闻。

守武一到义昌纸坊，就看见了屋门口的两棵紫薇，它们开出的花颜色迥异，一株粉红，一株洁白，让人看得发呆。这地方他是头一次来，眼睛四下里巡睃。在穿过花园的时候他看见了一个巨大的瓷缸，里面浮着几尾肥硕的红鲤鱼，便忍不住地多看了几眼，不禁有些走神。他家也有鱼，养在照壁前的平安缸里，平时也没人喂它，瘦得跟针似的。守武以前听人

第一章

说过，颜家大宅跟这个曹家大院有得一比，但颜宅是三代前的老祖爷时候盖的，少说也有百年时光。虽然门厅不小，房屋也连成片，但好像从未修葺翻新过，早已陈旧不堪。还是前年吧，高挑的屋檐上一块木板掉了下来，差点把路人的头都打破，但缺了就缺了，也没有人去修葺一番。屋里的人说，老房子小修没用，得大修，连片地修，但那得花一大笔钱。

此时，曹洪贵正在内屋里抽大烟，丫鬟在给他捶背，正舒服得如神仙一样，这时候来人总有些扫兴。没有想到闯进来的是个半截子娃儿，更有些不耐烦，嚷了几句门房。门房赶紧把守武推到前面，说是有重要的事情。

信还没有抖散，他就斜着眼上下打量起守武来。

就你一人？他有些诧异。

守武点点头。

叫啥？曹洪贵盯着他。

颜守武。

哦……大名鼎鼎啊，原来你就是那个遭绑过的傻儿？

我才不傻！

哈哈，果然嘴硬！

接下来，曹洪贵把信又仔细看了一遍，又上下打量了守武。说，我写个条子你带回去，就说我一定赴约。

守武拿到信刚要走，就听见曹洪贵抬起头来问道，且慢，我问问你，你家是花了多少银子才把你赎出来的？

纸

守武没有理会，径直往外走。走到门外，他才回过头来望了一眼曹洪贵。这时曹洪贵正同两个人在耳语：千万不要小看这鬼娃儿，几岁就落进了土匪窝，却大难不死，颜佑卿让他送信，也真是用心良苦。

漹城衙门口，兴顺居。

这个酒楼在青衣江一带很有名，来往的客商常常慕名而来，想品尝尝尝这家馆子的味道。兴顺居的师傅早年在嘉定学过艺，锅儿勺子舞得转，远近闻名。但要说起来，他最拿手的是黄焖大鲢，堪称一绝。话说当年峨山上的江洋大盗"小飞仙"，后来被官警捕获，关进了大牢。就在砍头示众的头一天，牢头准许他吃顿好的，"小飞仙"只有一个要求，他要吃兴顺居的黄焖大鲢。这件事就传出去了，死到临头，还惦记着那道菜，真是稀奇。

但河东、河西的人对这次见面心照不宣，他们不是为吃黄焖大鲢而来。

坐在桌上的除了颜佑卿、曹洪贵等几个纸商，还有漹城劝业局局长董蜀湘、禁山会会长朱云丰，都是当地纸业的头面人物。

气氛便有些凝重。都坐在桌子上不多言语，喝着上等的香片，又用热水烫了脸，洗了手，这个过程中堂倌开始在喊堂走菜。为了这顿宴席，颜佑卿是颇费心思，专门请来了在成都能够做一桌耗资十八两银子燕菜全席的杨福泉。因为他觉得兴顺居尽管鱼做得好，对一般食客而言，无非是开了油荤，打了顿牙祭，但要称豪华还远远不够。所以他请来外援加盟，要做出一桌色香味俱全的席面来。

又过了一会，十六个碟盘齐齐整整上好，果然漂亮。接下来，大菜陆续跟上，而酒已经温到适口。颜佑卿便站了起来，端起酒杯先开口说道，诸位老兄，河东河西一衣带水，唇齿相依，今天请曹老板一行来，特备薄酒，欢迎诸位光临，来来来，先干一杯。

刚一说完，曹洪贵并没有动酒杯，他左右巡睃了一番，说道，既然佑卿兄诚意相邀，我们也没有不来的道理，但在动筷之前，我还是先把话说完不迟。

曹洪贵故意停顿了一下，又继续说，我是个粗俗之人，不懂礼仪，丑话在前面，请诸位多多包涵。大家都是吃竹根子饭的，但桥归桥，路归路，这样大家才能相安无事。扣了的船要还，抓了的人要放，恢复正常运销，免得进一步扩大事态，搞得你我兄弟相煎……

说得好，但酒要喝起，龙门阵咱们慢慢摆。颜佑卿又把酒杯端了起来。

河东的人都站了起来，跟着端起了杯子。但河西的人却左右对视了一番，坐着一动不动。气氛一下变得凝固、僵滞。

颜佑卿叹了口气，坐了下来。

这时，董蜀湘看势不妙，赶紧打圆场。他说道，沩城有千年的造纸历史，名震四邑，这都是祖先留下来的财富，今天的工商业还要仰仗诸位的支持，方能福泽一方，所以河东河西应以和为贵，共同赚钱才是正道。

董蜀湘是漹城劝业局局长，理应出面调解。这时又听他清了清嗓子，继续说，各位兄弟，竹木是纸商的命根子，大家都要靠它吃饭，非一家独有，所以漹城地盘上的竹木也是所有槽户共有的。河西有山，竹木资源丰富。河东守着市镇，有运输交易之便。但河东河西都不要各自为政，都是一家人，何必搞内耗。

朱云丰在一旁早按捺不住了。蜀湘兄，谁说不是呢？河东河西，双方同业，非亲即友。我们禁山会历来公平，管它干饭稀粥，见者就有份。

嘿嘿，我连一棵竹子都没有看到，还说见者有份，分明就是占山为王。下面河东的一个纸商小声嘀咕道。

旁边一个河西纸商听见了，马上回应道，我们河西的运纸船根本就不敢过河，河东的人仗势欺人，还不是有董局长在后面撑腰！

唉，误会误会。颜佑卿左右作揖。当年咱们漹城替朝廷的科举解送文闱卷纸，运费不足，河西又不愿承担，还是我们河东给你们河西补偿了不少银两。唉，算了，不提这些，喝酒，喝酒！

但场面上没有人动筷，酒也一口未喝，气氛极为沉闷。

这时，河东的纸商还在喋喋不休地乱嚷，说禁山

第一章

会就是河西的人搞的，山大王哪个惹得起。但河西纸商哪肯服气，硬生生地撑了回来，说劝业局只为河东的人说话，就是拦路金刚！

气氛骤然紧张。

这时，曹洪贵突然站了起来，双手抱拳，我看今天难有结果，既然这样，不如一拍两散，各走各！

黄焖大鲢都还没有上桌，就要走？

声音来自布帘后面。众人一惊。

正在猜疑之际，布帘突然掀开，走进来的是孙二胡。他穿一身黑绸团花对襟上衣，头戴一顶黑呢毡帽，像头黑熊一样站在众人中间。

曹洪贵万万没有想到孙二胡也在这里，这分明是河东的安排。孙二胡自非等闲之辈，他是二十四军陈洪范旅部手下的红人，有一团人马就驻扎在瀛城，就是地痞流氓棒老二也要怯他三分。

曹洪贵斜着眼睖了下颜佑卿，愤懑正从眼睛里喷射了出来。

哈哈哈，既来之则安之，这桌酒宴是我摆的，来迟了，请大家多多包涵。孙二胡顺手把头上戴的帽子摘下，露出一张青光光的头皮。

曹洪贵装着很惊奇的样子，说，没有想到孙团长也在，过两天我杀鸡宰羊，把楼外楼的名厨请来，到时我抬轿子来接大人去河西喝一台。

曹掌柜，何必分河东河西，哪里又不是一样吃酒。

唉，河东的酒究竟不一样。

有啥不一样？老兄想多了吧。

孙团长，我看今天摆的就是鸿门宴。朱云丰冒了一句。此人天生是个大炮，是当地的袍哥舵把子，不怕事。他不仅是禁山会会长，仗着自己有十几条运纸船，就是走到重庆朝天门码头上也一样畅通无阻。

这里只有鱼宴，哪有啥子红门宴、黑门宴！孙二胡睒了他一眼。

曹洪贵迅速感到了孙二胡脸上的怒气，不禁身子微微一颤。这时他瞟了下对面的颜佑卿，颜佑卿也好像正盯着他。他又晃了眼董蜀湘，那眼神里分明流露出种得意。曹洪贵又顺着看了眼孙二胡，他除了满脸的蛮横之外，脸上在聚集着雷电。曹洪贵再看朱云丰，他的脸憋得通红，像头愤怒的猪。

曹洪贵一拱手，说，孙团长，话不投机半句多，咱们后会有期。

话一出，孙二胡的脸上骤然颤动起来。那一块块牵连的肌肉在互相推搡、挤对，只看到那些肉中间有两团由黑变红的火焰在喷涌。

孙二胡嗖地站了起来。

但他克制住了，伸手解开了脖子上的纽扣。

颜佑卿一看这个架势，忙说，竹木的事也不是我们说了算，如今县府和军政各方都出面了，省上函文想必很快就会到，大家也不必争，自有公论……

狗屁公论！曹洪贵唰地站了起来，怒气冲冲。

河东来的几个人同时都站了起来。

孙二胡一巴掌拍在了桌上,茶杯被打翻,水洒了一桌。

这时,从门外冲进来七八个身强力壮的士兵,迅速把曹洪贵四人按在了地上。在挣扎的过程中,河西的几个人的衣服被撕破了,嘴上、眼睛上弄得青一块紫一块。

等这场闹腾一完,孙二胡若无其事地摸着头皮说,龟儿子,还敢扯把子!

董蜀湘还有些咬牙切齿,哎,就他几爷子梗起……

这时,颜佑卿不耐烦地招了招手。堂倌,上鱼上鱼!

3

守武,醒醒,醒醒!

守武努力睁开眼睛,只感到头上一股皲裂般的疼痛。眼皮黏得紧紧的,像刷了一桶糨糊,怎么睁都睁不开。但陈方真的声音还在他的耳边回荡,喂,守武,你的额头好烫!

但守武看到的只是一片漆黑,他不知道现在是什么时候,是午夜、黄昏,还是黎明。总之天是黑的,黑咕隆咚,看不见四周。

你刚才好吓人，一直在说胡话！陈方真说。

这时，守武感到一只冰凉的手摸在了他的头上，他只说了句，水，水，我要喝水……

喝完水，守武就又睡了过去。他觉得好过了一些。陈方真还在咕哝着什么，但他一句都没有听清楚。他只记得他刚才好紧张，他的梦做到一只鸡飞到了餐桌上，把一桌好酒好菜撑得一片狼藉。孙二胡掏出枪来砰砰两声，鸡落在了桌子上，鲜血四溅，其余全是鸡毛在飞腾，一直在飞腾，不停地飞腾……那些鸡毛纷纷扬扬地扑面而来，落到了他的眼睛、鼻孔和喉管里，让他快要喘不过气来。

天已大亮，守武醒了过来。寝室里的人都上课去了，只剩下他一个人。

他立了立身子，浑身感到酸痛无力，他的头仍然晕沉沉、空荡荡的。他想不起之前发生过什么，只感到自己是在一条船上，就像家乡的那种运纸船，在寂寥的河面上航行。

守武的肚子里早已在咕咕叫了，但他一点都不想吃东西。昨天吃过些什么呢？他在努力回想。但一点都想不起。对了，从老郑那里出来的时候正是正午，老郑告诉了他要警惕杨家奎，他到底为何要随身带枪？一定要远离这种人。他们的见面总是短暂的，甚至在整个过程中，老郑只用了一种严肃，不，是非常严峻的表情在同他说话。

从生活书店里走出来的时候，守武感到了一种饥

第一章

饿,但那种饥饿有点奇怪,就像被什么东西挤压过一样,变得有些迟钝。这时,他看见远处一个孩子在放风筝,但怎么也放不上去,笨手笨脚地跑来跑去。风筝好像在故意跟他作对,刚一放上去,突然又栽了下来。守武停了下来,并有一回主动走上去为他捡起掉在地上的风筝。风筝上画了两只眼睛,一只是关羽的凤眼,一只是张飞的豹眼。那两只眼睛竟像在冷漠地瞪着他。

就在这时,守武身边有辆人力车丁零零地跑了过去。上面坐着个年轻女子,打着把西洋伞。他侧头望去,有些入神。那伞面上是浅浅的暗花纹,透过那伞的光影正好把她的头部影影绰绰地罩了一半。日光是那样柔和,伞是那样别有韵致。守武就想到了紫菀,要是她在车上,也打着把洋伞……

就在走完两条街,又转了几个弯之后,他的心情发生了变化。也就在那一刻,一丝饥饿又从胃里涌了出来。

饿的时候守武就会想起刘家言。刘家言是滈城老乡,在宏济桥附近的一家纸号里当伙计,是守武在蓉城唯一能投奔的去处。他一去,刘家言就会拿出好吃的招待他。他们有个共同的爱好,都喜欢武侠小说,可以聊武侠聊到深更半夜。

但守武并没有到刘家言那里去,其实他并不想吃东西。老郑的话一直在脑袋里回旋,让他隐隐中有种焦虑,而这种焦虑在伏天的暴晒中发酵、升腾,让他越来越难受。回到学校他连续喝了三大盅冷水,然后就摊到了床上,一直不停地出汗,度过了噩梦连连的一夜。

昏昏沉沉地睡到第二天下午,四周静得没有一丝声响。但远远地,他听见了外面操场上的喧闹声——

嘿,扔过来,这边……

这声音他太熟悉了,一个高个子男生的声音。这家伙长得牛高马大,满脸疙瘩,蛮横不讲理,据说他家老子是大粮绅,在金堂县有半条街的铺面。有一回,高个子抢篮球的时候故意推了把陈方真,陈方真重重地摔到了地上,守武在后面看得清清楚楚。他走上去跟高个子理论,高个子回过头来凶了他一眼,两人争吵了起来。

突然,高个子的拳头嗖地举起。

这时,躺着地上的陈方真哇的一声哭了出来。高个子回头去看,脸上露出了轻蔑的表情。

这一下触怒了守武,他冲上去照着高个子的脸上就是一拳。只见那拳头在空中晃了一下,快而凶狠。

高个子捂着脸像头愤怒的恶狼向守武扑了过来。

一闪。高个子扑了个空。守武赶紧往一边跑,但高个子迅速转个身穷追不舍。守武拼命跑,他知道要是被高个子逮住不会有好下场,很快他就跑到了围墙边,但他已经没有去路。

守武停了下来,靠在了围墙边上。

高个子上前一把抓住他。一拽,守武飞了起来。

他扑倒在了地上,但很快又站了起来。

第一章

就在他站起的一瞬间,高个子已经站到了守武的面前。

他死死地揪住守武的领口,只听见上衣的线口崩裂的声音。

高个子拉着守武在原地转了一圈,用脚狠狠地踹了他两下。但他最想的是把守武扔出去,让他像条死狗,然后趴在三米之外,蜷缩着痛成一团,不断磕头求饶。

高个子一用劲,守武的身体立刻就离开了地面,呼地就要飞起来。但就在这一瞬间,守武只是双脚离开了地,却没有飞出去。他像黏在对方身上的一块牛皮糖,死死地粘住了对方,怎么都扔不出去。

两人几乎是同时摔在了地上,滚打在了一起。

刚才高个子的优势突然被削弱。因为在地上,守武反倒显示了灵活,他抓起一块石头,使劲往高个子的头上砸去。一下,两下。头上居然冒出股硝烟味,血也跟着飞溅了出来,眼角瞬间冒出了一块包。

第三下的时候,守武使出了浑身的劲。只见他的手臂一弯,那块坚硬的石头准确地挥了出去。砰的一下,石头带着呼啸,凶狠而有力,飞速而出,在不远处砸出了一个小坑。围观的人目瞪口呆。此刻,高个子不顾一切地、跌跌撞撞地站了起来。守武又抓起了一块石头。他脸色大变,迅速地跑掉了……

那天下来,陈方真对守武说,你好凶啊,那块石头差点要他的命,那个高个子真是怕了,连汤药费都不敢找我们要!

你怕不怕？守武问。

怕，我怕你把他打死了。

嘿嘿，真的？

真的，你好凶啊，以后再也没有人敢惹我们了！

守武笑了起来。想起这件事的时候，守武居然产生了一点快感。但这样的快感一瞬间就过去了。

他又听到了球场上不时传来的叫声。

守武又迷迷糊糊地睡了过去。

晚些的时候，陈方真上课回来看见守武还一直躺在床上，执意要他去药铺。但守武拒绝了，说不要紧，已经好多了。其实守武这时已经变得麻木和混沌了。他的脑袋里空空荡荡，但梦还在断断续续。甚至他在醒着的时候，同样是在断断续续地想着莫名其妙的东西。

突然间，他听到球飞过来的声音，一群男生叫嚷着往宿舍楼边跑来。

球掉进了灌木丛中。

灌木丛中有一株叫铁线莲的花草，开着紫色的花瓣。

守武曾经被它吸引过。开始他并不认识这种花，他只是觉得这花有种让人怜爱的样子。铁线莲是一种奇怪的植物，能治那种痛得钻心的牙痛。不过，这也让守武迷惑，到底是它吸走了那些疼痛，还是疼痛本身就似是而非？

球被人捡走了。只剩下那株在灌木丛中不被人注意的花草。守武有些迷茫，他仿佛就是那棵长在野草

第一章

丛中，本不应该被人记起的铁线莲。

在连绵而模模糊糊的睡眠中，守武再次醒来已是第三天早晨。操场上静悄悄的，他听到了远处传来的琅琅读书声。寝室里的同学都去上课了，外面的栏杆上晾晒着一些衣物，走廊里空空荡荡。

但有一个人是永远存在的，那就是学监祝景伯。

此时，他正在朝守武这边走来。他没有言笑，表情严肃、刻板。他把鹰钩鼻子贴在门缝上，使劲往里面嗅，直到没有发现任何可疑的东西，才转身往回走，直到声音消失。

这个学校里的学生都害怕祝景伯，听到他的走路声都怕。他的鞋跟落地的瞬间，细小的声息已经传递了出去，让每一个学生都开始紧张起来，皮肤上迅速有种收敛感，鸡皮疙瘩瞬间就冒了出来。祝景伯常年都穿着一身黑色的中山装，头发梳得一丝不苟，其威严的气息密不透风地笼罩着这个学校。

就在这时，祝景伯突然从远处又走了回来。他好像发现了什么。

守武再度紧张了起来。脚步声越来越紧，祝景伯准确无误地走到他的房间门口。守武屏住了呼吸，身体微微发抖。他感觉得到祝景伯此时正在通过门缝往寝室内望，他的鹰钩鼻子好像嗅到了什么可疑的东西。

守武望了一眼桌上的那些陈方真为他买的药片，它们静悄悄的，像是睡着了。阳光正穿过茶色的小玻璃瓶，它们竟然有些好看。守武正要说点什么，是的，那些药片像精灵似的从沉睡中苏醒了过来，守武一把伸手把药瓶抓在怀中。他真的怕它们跳出来，跳进那一束阳光里。但这时，他就听到鞋跟在地面上的起落声，祝景伯渐渐消失在了走廊的尽头。

其实，这只是守武的幻觉。祝景伯并没有出现，他那天压根儿就没到那个长长的走廊里来过。

守武突然就从床上立了起来。大概是那个幻觉已经跟着祝景伯走了，他突然感到了一阵从未有过的轻松。但他有些力不从心，突然感到自己轻得像张纸。

昨晚好像下了一场雨，他完全不知道。即便有雨也早已经停了，空气中有股青苔的湿腥味，是种淡淡的咸味。每次闻到这股气息守武就会产生出一种奇怪的感觉，因为在家乡的河边他无数次地闻到过这种气息。那是在初春季节，在一切生机来临的时候，每次闻到它，都会让他充满了隐秘的兴奋。一种复苏的欲望在升腾。守武一直记得，他第一次在黑暗中崩陷的激情，身体就是一张被春雨包住的纸，而破碎的梦境在迷乱中有一股青苔的湿腥味。

4

紫菀那年十五岁，暑假期间她跟着父亲到漓城走

第一章

人户,她已经很多年没有到过漹城,她从小在成都长大,很少回小城里的老外婆家。

那天的太阳真好,到处亮晃晃的,连房檐上的瓦好像都在发亮。颜佑卿在天井里摆了两桌,宴请从省城来的方家亲戚。这天的气氛就有些喜庆,除了一般的家常菜肴之外,桌子上还出现好多人没有见过的寿司,这是颜佑卿亲自做的。他早年在日本留过学,对这种食物太熟悉不过了,但一般人却很稀奇,他们都想见识见识那种古里古怪的东洋美食。

其实,这天可能是颜佑卿心血来潮,他明明知道漹城根本就没有做寿司的食材,但他还是想尝试一下,因为他想让孩子们开开心。又或许是因为某一丝记忆浮现了出来,不然也不至于如此心血来潮。

颜佑卿忙活了起来。他用河里的鲫鱼替代海鱼,在鱼肉上抹上细盐,然后用煮熟的糯米将之压紧,里面还加入了一些碎黄瓜和漹城本地的芽菜,当然少不了一点醋的酸味,再包在紫菜皮里让它发酵,吃的时候蘸上些芥末酱。那芥末酱也费了些心思,那还是从嘉定盐场里弄来的。说来此事有些蹊跷,那里有个洋协理是个日本人,他的饮食需求内地无法满足,像日本酱油、豆酱、干海鱼等都得从重庆太和洋行运来。初来乍到,由于语言不通,颜佑卿曾被请去做过几天翻译,后来分别时,那人还送了颜佑卿一瓶丹酿酒。

也许颜佑卿的寿司太过独出心裁,并没有出现热烈抢食的场面。因为那些年纪大的人不怎么习惯吃这种奇怪的东西，他们在吃了之后也没有得到什么鲜美的感受。甚至有人还因为腥味太重而感到恶心，在小心翼翼地咬上了一口之后，便哇地吐到桌下，寿司迅速就被脚底的馋猫一口叼走。

百合是紫菀的妹妹，比守武小一岁。小的时候人们还提议两家订下娃娃亲，说是亲上加亲。但守武好像从来没有在意过百合，在他眼里百合还是个爱淘气的小表妹。那天，守武同百合还有她二姐紫菀正好坐在一桌，紫菀的一举一动他都很在意，从表姐一跨过大门下那道铜门槛，他眼睛就像被粘住了。

紫菀穿着斜襟的浅蓝色上衣，下装是黑色的裙子，把她那匀称细嫩的小腿衬得格外醒目。一对小辫贴着她光洁的耳朵，两只眼睛分外明亮有神。守武一见到紫菀后，就听见脑袋里有种窸窸窣窣的声音，像翻动的万花筒那样细细地响，瞬间就跳出了五颜六色的东西来。

至于那道寿司，好不好吃已经不重要了，孩子们已经把它当成了一种魔术。魔术也许会产生幻觉，孩子们只是囫囵吞枣地就把幻觉吃了下去。

吃完饭，孩子们便约好到青衣江边去划船。江边正好有一只运纸的空船。孩子们便叽叽喳喳闹开了，但紫菀有些迟疑，站着没动。在守武的印象中，他们曾经一起玩过藏猫猫、踢毽子、跳格子，现在的她好像矜持了很多。

守武说，表姐，我们去看鱼老鸹啄鱼吧。

第一章

紫菀睁大了眼睛。她还没有看过河里打鱼的景象，虽然过去她家外面不远就是沙河，但父亲从不让她们到河边去。有一次家里的保姆带着她去河边洗衣服，回到家里后就被父亲训斥了一顿，说每年河里都要淹死几个人，后来紫菀就不怎么到河边去玩耍了。但她以前就听说过这个表弟的故事，他虽然年龄小，但经历可不简单。她每次看到守武，多少都有一点好奇。

到了河边码头上，一大堆孩子都等着上船。这时守武就拦住其他孩子说，等等，让菀表姐先上。

那些堂兄堂弟、表姐表妹们都听他的，这让紫菀有些吃惊。

这时守武又转过身对她说，喂，晓得不？我那次就是在码头边被人接走的。

紫菀不知道他为什么要提这事，但这件事当年可是轰动了漓城。守武六岁那年，他被山上的土匪劫走的事情无人不知，洋秀才的儿子被人掳走了，那可是件大新闻。江湖上的传说活灵活现，但中间的故事并非所有人都知道，后来守武就成了个大难不死的神童。其实吧这事说来也蹊跷，当年土匪放了守武后，他从码头上径直跑回了家，嘴里还含着根棒棒糖。就在此刻，紫菀听得清清楚楚，守武说他是被接走的，什么事也没有一样。

俗话说，说得轻巧，吹根灯草。她的兴趣就来了。

船很窄，但能坐五六个人。一离岸，船把水面如燕尾般剪开。紫菀坐在船头，守武在船尾摇桨，他们两人就聊了起来。

守武,那次土匪把你弄到哪里去了?紫菀问。

就在山后的一个破庙子里。

那伙人长啥子样?

红眉毛、绿眼睛……

哼,哄人!紫菀把头转到了一边。

守武连忙说,那伙人武辣得很,比红眉毛绿眼睛还凶。有个家伙的脸上有好大一块伤疤,据说刀差点砍掉了半边脑壳。

啊,半边脑壳?你不怕?紫菀问。

怕啥子嘛,人家还拿长枪逗我耍。

紫菀惊讶到了极点。

枪杆比我还高。守武说。

你真的没被吓倒?

那次还有米行赵老板的幺儿。他比我大两岁,哭兮兮的,他一哭,就挨了两巴掌。我不敢哭,何况哭有啥子用嘛,看到庙子里的菩萨笑眯眯的,我就不怕了。

守武,他们对你咋样?紫菀又问。

守武说,其实也没有啥子,他们带我去逛了回嘉定城,把我挑在箩兜里,另一个箩兜里装的是苞谷和大烟。到了中午,土匪们照样下馆子,吃白宰鸡,打了几竿苞谷酒,喝得脸红筋胀的。后来那个挑我的瞟眼,吓唬我说只要乱动,就把我丢在水里喂娃娃鱼。

他们不是想敲诈你家吗?紫菀还是不解。

守武说,是啊,但我妈是丫头出身,哪里拿得出

第一章

钱嘛。这事倒好,他们边喝酒边骂我,说是白干了。你想嘛,哪个会心痛一个野娃儿嘛。但他们看到我长得胖嘟嘟的,经常扯我的耳朵揪我的脸,幸好我嘴巴甜,把他们逗得团团转……

紫菀惊讶得用手蒙住了嘴巴,啊,这样……

这时,船快速地在河面上梭,一船的孩子发出欢快的声音。紫菀抬起头来看了眼守武,表弟虽然个头不高,但很精灵,正使劲地摇着桨,双腿配合着前胸的俯仰而自然地伸曲。

后来呢,那些人就把你放了?紫菀接着问。

守武说,是呀,一大早就把我放在码头上。我回家去敲门,看门的冯大爷腿都吓耙了。后来才晓得在前一天,赵老板的儿子就遭撕了票,说是赎金送晚了。但我一根毫毛都没有掉,就是那个"半边脑壳"划了条船把送我到岸边。我站在堂屋上的时候,没有人相信这是真的,以为是闯了鬼,老爷的烟杆儿都吓脱了。所有人都不信我能回来,他们想的是能看到全尸就不错了。那天我妈见到我后,伤伤心心哭了一场,眼皮都哭泡了……

守武说着这些的时候,仿佛在说别人的事情。

突然,一条鱼从水中跃了起来,翻出一片浪花。船上的其他孩子欢呼了起来,而紫菀望着清澈见底的河水发呆。

菀表姐,你只顾问我,我也想问问你。守武说。

问嘛。紫菀回过头。

纸

我奶奶过去在成都生活过,她说那地方安逸得很,从城南到城北要走一天,要穿十八条大街,三十六条小巷。

也没得啥子安逸的,就是房子密点,街道多几条。

听说你们用的是电灯,晚上不用点灯草。我也想到成都去念书。

你不是念得好好的吗?

守武说,我们私塾里那个老夫子是个缺牙巴,成天也不晓得在念啥子,他一念我就想打瞌睡。反正我想去念新学堂,听说你们学校还有洋人,可是真的?

紫菀点了点头。

洋人长啥样子?守武问。

嗯……红眉毛、绿眼睛。

你也爱哄人!

紫菀笑了起来,说,不过,表弟你还小,读书的事要跟大人商量。

我父亲跟我这般大早就跑到东洋去了,我想去!

那天下来,守武果然就对他父亲说了这件事。

守武见到过瀍城上在省城读书的学生,身穿蓝咔叽学生服,脚上穿皮鞋,而不是穿长衫和笋壳底的朝元鞋。当然,关键是紫菀表姐在成都,天下就只有一个表姐。

按说颜家过去也是大户人家,只是当年为了搞机器造纸,把所有的钱全都搭了进去。颜家如今是负债累

第一章

累，钱庄借的钱连利息都还不上，官司都打到了法庭上，这些年颜佑卿一直被讼事所纠缠。如果有人听说他居然把儿子送到了成都读书，要债的人非得挤破门槛，这不就是口头装穷，而肚子里还藏着一层膘吗？

但漓城的人不相信颜家是真穷，因为他们觉得颜家再穷，也还有条铜门槛。这事，也是茶客们乐此不疲地在口水里泡着的。你说神奇吧，颜家大门口那条用纯铜包的门槛，日擦月磨，铮亮无比。每天太阳一出，铜门槛就光闪闪的。颜家的大门正对着峨山上的金顶，遥相呼应，阳光一照，灿烂夺目。只要跨过这道高高的门槛，人就像是沾上了富贵，浑身好像都通透了，每个毛孔都被照进了点元宝气一样。

颜家曾是漓城的大纸商，在清朝咸丰年间，颜家在青衣江一带那是赫赫有名。光景好的时候，颜佑卿的祖父开有纸槽若干，雇工上百人，还买了半匹山脚下的良田，盖了颜家大院。造那院子是从嘉定请来的最好的工匠，梁柱用的是峨山上的巨木，据说那木头本来是要送到京城去的，去盖皇帝的房子。门窗也讲究，精雕细琢，花鸟鱼虫，梅兰竹菊，活灵活现。特别是后院，可以说是相当别致，亭台楼榭，假石穿凿，红鲤游弋其间，漓城的几个文人还为它写出了飘逸灵动的诗文来。

但盛景不长，到了颜佑卿父辈那一代就变了。等颜佑卿从日本回来后，颜家已经分了家，叔伯弟兄各自分走一块家产，日后就只好各人自扫门前雪了。当年颜佑卿是个热血青年，接受过维新思想，就想搞新式机器造纸，结果折腾了一阵，摆了个烂摊子。再后来守武被绑架又花去了一笔钱财，如今的颜佑卿一家仅靠着点薄产来维持，实在是不堪重负。

让颜佑卿无奈的远不止这些，河东与河西的纸商正闹得不可开交，甚至动了刀枪，他自己也搅了进去。当时，河东的人认为颜佑卿留过洋，见过世面，就鼓动他出面理论。但结怨已久的矛盾岂能轻易化解，河西的人封锁着竹木，河东守着河道码头，两边都不肯相让，纠纷越闹越大，搞得剑拔弩张，双方为此告上了官府。不想仅仅只是想充当和事佬的颜佑卿却变成了罪魁祸首，深陷其中。他焦头烂额，一筹莫展，根本没有精力去顾及守武读书的事情，甚至懒得去想，一想就头痛。

话说在沩城玩了十多天后，紫菀一家坐船回了成都，那是个愉快的暑假。

在路上的时候，紫菀回想起这次沩城之行仍感到回味无穷。想想也是，吃到了不可思议的颜氏寿司，也听到了表弟那些神奇的故事，在紫菀的心中，那是一段奇特的记忆。但回到成都后，这些记忆就慢慢淡远了，因为这毕竟与她的生活没有什么关系，十天半月之后，就会渐渐忘记了。

紫菀的父亲方杏春是个郎中，在牛市口开了个中药铺，给赶场的来往过客看病。那些走了十里百里

第一章

地的行人，一到这里就要打尖休整，方才进城，径往五里外的迎晖门而去。但往往是一歇就出问题，在途中晒了烈日，喝了不洁的水，累了筋骨的种种毛病一下就暴露了出来。方杏春的药铺就是治这些病的，久而久之，在东大路上也就有了几分名气。但那个地方平时虽是个热闹的小集市，却是出东门往重庆去的驿站，在过去就是嘈杂市侩之地。

就这样一个地方，方杏春却养有三个如花似玉的女儿。她们的名字用的是三味药名，大女款冬、二女紫菀、三女百合，据说她们就出生在那几味药材盛长的季节。

在守武心里，他记得的紫菀还定格在那年暑假。那时的她长得是那样好看，一对小辫，光洁的额头，透亮的眼睛，这一切都会在守武的梦中出现。守武在慢慢长大，他的心思变得像青衣江边的芦絮，毛茸茸，迷迷糊糊。

冬天的时候，守武常常跑到江边上去，直到落日落到那些无边无际的山峦之中。那种感觉有些空荡荡，在河风中坐久了，耳朵早已冻红，就像要掉下来一样。守武才知道想一件事情，想得太深，会把耳朵都想掉。这时，他会在岸边捡起一块石子，奋力向江中扔去，咚的一声。他就想听那个咚的一声，知道耳朵还长在自己的头上。

第二章

1

两年后,守武的梦想居然实现了。

那是在深秋的一天,守武正从私塾回家,跨进堂屋,抬头就看到父母端坐在太师椅上。他们穿得干干净净的,父亲竟然穿的是西装,新剪了头发,皮鞋也擦得锃亮。像这样的装束只有在节庆之时才会出现,所以今天的气氛就有些异样。

颜佑卿见他进来,便说,守武,你坐下。

守武有些不适应,蹑手蹑脚地坐在旁边的一把椅子上。

颜佑卿开始说话。守武,我问你件事,你到底还想不想念书?

这一句把守武问得有点蒙,不知所措,难道他又闯了祸?但他感到父亲脸上并无责备的神情,就更摸不着头脑了。

其实他很想回答,他真的是不想念了。这是他的真心话,他恨死了那个迂腐的老夫子,把之乎者也读

第二章

成了天书。还有就是他的那双老手，青筋暴露，长满了黑斑，随时会伸出来抓他。但守武哪敢说，说出来父母会生气，因为他读这个私塾，父亲常常是愁眉苦脸，而母亲则唉声叹气。所以他就是被铁錾把嘴巴撬开，也不想回答这个问题。

这时，他妈在旁边戳了他一下，说嘛，想不想念？

守武有些惊恐不安。

不想念就早点回来，去学门手艺，不得饿肚皮。他妈说。

学啥子手艺？守武低下头，不停地搓着手。

你不是喜欢到王铁匠那里去听他冲壳子吗？干脆就去跟他学打铁算了。

打铁那种粗活恐怕不是一般人受得了的，成天一身臭汗，每天烟飘火燎，浑身焦臭。何况王铁匠除了会哄小孩外，连个麻子婆娘都娶不到，成天端着个黑魆魆的茶盅，就是个倒霉透顶的家伙。

不，我要念书！

但守武的声音跟蚊子差不多。

此时的守武已经意识到既然父母在跟他理论功课的事，接下来更严厉的教训就要开始。但奇怪的是，屋子里突然变得清风雅静，他感到好生奇怪，斜着眼睛悄悄望了一下，发现父亲和母亲居然相视一笑，他们笑得那样隐秘，这就让他更为迷惑了。

这时，颜佑卿咂了一口茶，然后把茶盖轻轻扶在了碗口上，慢慢说道，我知道你不想念私塾，是想到外面去读书吧?

守武点了点头。他迅速把眼光在父母的脸上扫了一遍。这时,颜佑卿站了起来,背着手在屋子里踱了一圈,说,我已经打听清楚了,仁德中学最近要招生,你准备一下,去参加入学考试。

其实,守武不知道,他之所以有这样的机会是因为祖上在嘉定置办的一块地,最近才收回卖了分给了各户。这笔钱让颜佑卿稍稍喘了口气,就想到了把守武送出去读书。

那天守武从屋子里出来的时候,一趟子就跑到了江边的码头上,兴奋得往江中扔了几块鹅卵石。那些石头咚咚咚地落进水中,是那样欢快、悦耳。

晚上的时候,守武做了个奇怪的梦。他去码头上赶船,但上船后他突然看到掌舵的人很眼熟,用草帽半遮着脸。船走在江中的时候,那个人突然把草帽一扔,向他走来。守武一看,吓了一跳,这不是当年抢他上山的土匪"半边脑壳"吗?他本能地捂紧口袋。

守武突然想跑,但在船上怎么跑呀。他紧张到了极点,满头大汗。这时,"半边脑壳"已经走到了他的面前。守武想,完了,读书的钱要被他搜走了。守武痛苦万分,钱要是被他拿走就去不了成都了,就见不到菀表姐了!

但是,"半边脑壳"并没有马上去搜他的身,而是揪了下他的脸。当年这家伙就喜欢使劲揪他的脸。

死娃子,钱呢?"半边脑壳"说。

第二章

啥子钱？守武赶紧捂紧自己的口袋。

少装蒜，揪死你！"半边脑壳"顺手揪过他的耳朵。使劲地揪，那耳朵被扯得又长又红，像块烙铁。

哎哟，哎哟！你搜嘛，我真的一个铜板都没有！

"半边脑壳"哈哈大笑了起来。没钱读书，那就跟老子回庙子头去！

他一把将守武抓了过去。

守武想挣脱他的手掌，但他就是一只被死死捏在手里的麻雀。这时，守武灵机一动，用手指了指裤裆说，好嘛，我全部交给你。

"半边脑壳"嘿嘿奸笑了两声，松开了手。

但刚一放，守武顺势就跳进了江中，咚的一声。之后就听见"半边脑壳"在船上气急败坏地大喊，龟儿子，敢耍老子！下回逮到，非揪死你不可……

守武突然就惊醒了，一身冷汗。

这时，他便听到外面闹嚷嚷的，好像发生了什么事情。

原来是守武的高母，高龄珠跳井了。

一时间，颜家大院上下大呼小叫，惊恐万分，过了半天才把她拉了回来。这一弄把颜家的人吓得不轻，要是再晚一点，颜高氏就见了阎王爷了。但她的一只鞋还是掉在了井里，一直没有捞上来，有人就说是那只鞋替她死了一回。

龄珠自从嫁到颜家后就没有少折腾。颜佑卿与龄

· 043 ·

珠订婚是在他去日本之前，那时龄珠才十三岁，颜佑卿十五岁。而过了五年之后，颜佑卿才回到家乡，这中间就发生了很多事情。

颜佑卿当时有个一起留学的四川老乡叫陈良，他们是在邮轮上认识的。两人同在一条船上，在蓝得无边无际的海面上，两个年轻人意气风发，相谈甚欢。

颜佑卿在日本学的是化学，那时候人们所理解的化学，不过是粪池沤肥和制作鞭炮，没有几个人知道化学分子式是什么东西，当时连肥皂和火柴都要从国外进口。除了在沿海一带，内地根本还没有化学生产这玩意，大多数老百姓连化学这个词都没有听说过。

回国后，颜佑卿没有回到漓城，尽管家里催促其尽快回家完婚，但他对结婚没有兴趣，而是想在外面做一番事业。他听说成都有个四川机器局，是光绪年间的四川总督丁宝桢创办的，专门生产枪炮。关键是机器局这两年又办了新厂，分造黑药和白药。黑药就是枪炮的火药，而白药即无烟药，如酒精、镪水等即是。这个机器局有个不成文的传统，不用洋人，它认为国人是绝顶聪明的，可以不求于外，所以只招国内的各类工匠技师。于是，颜佑卿就动了心，想自己所学正好大有用场，便想去试试。

机器局地处锦江之北，据说之前开厂的时候就选了这块风水宝地，其实就是看重了这条从岷山里流下来，又穿过都江堰而蜿蜒至此的河。目的就是借用水力，可以省煤不少，据说每年可省银四千两，这都是

第二章

丁宝桢当年在给朝廷的奏折里写的。

这一天，颜佑卿出东门往宏济桥方向走，至锦江边左折就可直奔三官堂，那一片正是四川机器局所在地。

颜佑卿步行走到宏济桥，已是大汗淋漓，见河边有块大石头，正好落座休息。就在这一过程中，他被眼前的景象吸引住了，只见运柴、载粮、贩盐的船筏穿梭不息，甚为壮观。其中有不少是运纸船，搬运工正在码头上来来回回、上上下下，这引来了他的好奇心。上去一问，才知道那些纸大多就来自他的家乡澷城。

澷城是造纸之乡，历史悠久，在康熙年间还专门供奉朝廷，有贡川纸之名，但澷城的造纸业完全是手工抄纸，无异于刀耕火种。他在日本见过那些精细白洁的机器纸，非常羡慕，其质量根本非国纸能比。颜佑卿便想，澷城有非常好的造纸资源，全城有大半的人靠纸吃饭，守着这样大一个祖先留下的产业，占据着川省纸张销售的大宗市场，为什么不能发展新式造纸呢？

就在这时，他远远地听到岸上一个报童的叫声：卖报，卖报……

颜佑卿买了一张报纸。刚接过手，就闻到股浓烈的油墨味，一翻，纸张竟然裂了道缝。一张刚买的报纸就成了这个鬼样子，心中顿生不悦之感。颜佑卿把报纸翻完，发现手上竟然像是摸了锅底，十根指头全是黑的。他叹息了一声，想这与国外的报纸质量差得太远了，难道成都就没有好一点的新闻纸吗？

此刻，颜佑卿站了起来，朝那个庞大的兵工厂望了望，又看了看黑黢黢的手，突然决定不去了。接下来他很快给陈良写了一封信，说自己想在家乡做一番事业，利用澴城的资源，搞新式造纸厂。

陈良的回信，让颜佑卿热血沸腾。他说枪炮并不能真正强国，有了枪炮照样是东亚病夫。国家要强大需改变国民的脑袋，要识字读书，新式造纸就能做这件事，必然是大有可为。

此后，他们之间的通信更频繁了。接下来他们谈到了很多现实的问题，如办纸厂需要钱，而且是大笔的钱，租地、购买设备和原材料、雇工等等，粗略估算也要两三万块大洋才能启动。

陈良建议颜佑卿先草拟一份招商书，一个日产二千公斤，二十四小时运转的现代造纸厂，其产量可能是澴城所有槽户每天生产总量的一半。当然，这样的纸厂需要购买造纸机、浆缸、蒸球、压光机、榨水机、切纸机、打包机等等各种机械，毛布、纯碱、漂粉等原材料也不能少；还要一块平整的场地，占地得有几亩地，堆场、库房、办公室、机器间等区域都要布置在里面。在新型纸厂中，草、煤、电都是不可缺的，这得有充分的保证，好在澴城周边均能解决。当然，还要聘用造纸技师和熟练工人。陈良说，眼下的报刊风风火火，纸张的需求大增，一旦机器纸面世，前景肯定大好。

但这一切的前提是钱，没有钱，所有的设想都是

第二章

一句空话。

那段时间,颜佑卿就待在成都起草招商书,他知道这必然是花大钱的事,不靠募资肯定不行。半月后,颜佑卿把招商书拟好迅速寄给了陈良。就在这期间,他突然收到了一封家书,说家有急事,家父病重,要他速回。第二天他就急急启程往漓城赶。

回到漓城,颜佑卿才知道等待他的是一场早已准备好的婚礼,而新娘已经抬上了轿子,送亲的队伍正走在到漓城的途中。

高家是峨山脚下的富贵人家,世代以丝绸买卖为业。那些光洁滑润的丝绸卖到华西坝子上,赚回了可观的银两,渐成一方大户。

迎亲那天,高龄珠在轿子里偷偷看外面的景色,从峨眉到漓城有几十里地,要走整整一天时间。正是春分时节,到处是一片新绿,各种鲜花在恣肆地绽放。她坐在轿子里久了也有一些闷,便对轿子外的女子说,秋月,鹿子喂了没有?

秋月是她的陪嫁丫头。秋月生在一个穷山沟里,她很小的时候便被高家买去。据说之所以要买秋月,是因为看中她跟小姐年龄相差不大,长相也端正,正好可以做个伴。买来秋月那阵正是中秋前后,高家的人便叫她秋月。

鹿子也是陪嫁品,它要随龄珠一起到颜家。

这头鹿子跟高家还有段故事。好多年前的一个夜晚，一头幼鹿突然跑进高家大院里。当时看门的人正在打盹，眼前突然嗖的一下跑过了什么东西，快如飞蛾，一倏而过。他望了望四周，没有发现什么，但他心里不放心，便站起身来。

峨山一带向有大盗，不出山则已，一出山必有人家遭殃。那些大盗身影飘忽不定，让人防不胜防，据说他们进了宅子，绝不会打空手，见到什么值钱的就拿，实在没有，连灶边的捞钩火钳都要薅走一把。有一次，有家老爷夜半三更起床解手，半天找不到他的铜夜壶，差点尿到了裤裆里。原来尿壶就被梁上君子摸走了，早已夹在了盗贼的腋窝下，第二天换钱喝酒吃肉去了。

此时，守门人不敢麻痹大意，顺手捏住了身边的一根棍棒。他往四周巡睃了一圈，并没有发现什么异常的情况，又放心地把棍棒抱在怀里，继续眯起了眼睛打瞌睡。

鹿子被人发现是在第二天，是高家的一个家仆发现的。那天他正要去后院里打扫落叶，头天的秋风刮落了一地的叶子，他拿着大扫帚，唰唰唰地在地上扫着，突然他就看见银杏树后站着一只鹿，正警惕地盯着他。他突然蒙了，惊讶得说不出话来。这时，鹿子居然走了出来，站在了他的面前。

仆人转身就往前院跑，很快就带来了一大帮人。

鹿子可能是被打伤过，腿是瘸的，从山上跑下来，还带着血迹。院子里突然就热闹了起来，仆佣们

第二章

以为是得到了一顿美味，准备把它杀了炖汤。

一群人正要闹闹嚷嚷将它宰了的时候，龄珠站了出来，说这头鹿子不能杀。众人就不高兴了，不能杀，凭啥不能杀？不就是山中的一头野物吗？跟猪狗羊有何区别？那些人振振有词，他们的肠胃已经在咕咕地狂欢，牙齿磨得咔咔作响。

龄珠只说了一句，鹿子是峨山上的仙灵，谁也不能碰！

众人就无话可说了。他们心里对龄珠的话充满了不屑，但也只好偃旗息鼓，没有人再敢对鹿子下手。那些人都知道这不过是个荒唐的理由，但在高家小姐面前也无人敢提出异议，鹿子被保护了下来。奇怪的是，这头幼鹿到了高家后就不走了，它也逐渐适应了高家的环境，特别是龄珠对它的精心饲养，给它在墙角搭了个草棚，每天去给它喂草。刚开始鹿子怕人，一听见异响就跑，非常警惕，但后来可能是熟悉了，它也不再惧怕人，甚至看到龄珠还主动靠近她。

鹿子一养就是几年，脚伤早好了，又长了一头，而这时龄珠也要嫁人了。但鹿子就成了问题，怎么安置它呢？

这时就有人建议把鹿子放回山中算了，但龄珠不愿意。养了几年，已经养出了感情，她要带着这头梅花鹿一起到颜家。其实她知道，要是她不把它带走，那些人迟早会把它给宰来吃了。不过，龄珠的想法也太疯狂了，高家的人一致反对她这样做，可她说要是不这样，她宁愿不嫁。

这件事传到颜家后，人们大为惊奇，也免不了联想翩翩，这算什么事呢。但消息就传了出去，龄珠还没有嫁过去，很多人就想看看这个新来的媳妇是个啥怪婆娘。当然，也想看看那头奇怪的鹿子。

这件事刚开始知道的人并不多，后来临近婚期的时候，消息越传越远，风言风语也多了起来。漓城里便有人觉得这个新娘子有点疯头疯脑的，不养猫养狗，却偏偏把一头山里的野货当成了宝贝。但在婚礼还没有举办之前，这头鹿子却成为人们要争先恐后观看的对象，因为在漓城这是闻所未闻的事情，从来没有遇到过，一千年也没有遇到过。

当迎亲队伍出现在颜家时，整条街都沸腾了。街上挤满了来看闹热的人们，他们与其说是来看新娘，不如说是来看鹿子的。

那天一大早，王老六的豆腐店刚一取门板，就看见门外挤满了人。他的门店正好对着颜家大院，对着富家门，生意一直不错。但今天他很快发现那些人并不是来买豆腐的，而是看稀奇。此时，他家的门板被挤得吱嘎作响，只好赶紧关门。但豆腐卖不出去就会发酸，只有倒进猪槽里。王老六便有些生气，他凌晨三点就起来推豆子，忙活了半天，哪知道被一头莫名其妙的鹿子给搅黄了。

到临近中午的时候，街上已是人山人海，好像全城的人都拥到了这里，比赶场天都热闹。那些院子里

第二章

的黄狗们、黑狗们一直在汪汪狂叫，红鸡公也跳到墙头上东张西望，它们大概也想目睹这人间盛景。

龄珠被冷落到了一边，她悄悄打量着这个颜家的大院子。

此时，鹿子在朝她这边望，在人群中寻找她，也许她是鹿子唯一的亲人。

就在这一过程中，秋月告诉龄珠，鹿子已经安顿好了，按照在高家时的样子给它搭好了棚子，以后也就有它的窝了，不用担心。实际上，正有一群顽皮的孩子在围着它看，往它身上扔石子，打得它东奔西跳，然后一阵哄笑。

颜家院子里多了头鹿子，沩城里便多出了无数的龙门阵。颜佑卿讨了个怪女人，人们都在等着后续的故事。隔了两天，王老六卖完豆腐到茶馆喝茶，摆起那天的事他就大为不满，因为他把卖不出去的豆腐全都倒给了猪吃，但猪也不高兴呀，吃得闷闷不乐。

新婚之夜，新郎一直在外陪人喝喜酒，当他夜深回到洞房时，已是半夜三更。他穿过屏风上了婚床，这才看见了龄珠。这时颜佑卿已经大醉，倒头就睡，龄珠吓了一跳，不小心压住了放在一旁的蔷薇。那是秋月在路上给她摘的。花瓣瞬间四散，而那细细的花刺扎进了龄珠细嫩的皮肤里，让她在静静的夜晚发出了一声尖厉的呻吟。

纸

2

龄珠从小生活在一个大家族中,家中兄弟姊妹众多,她是最小的,高家的人都叫她幺小姐。那时,龄珠最大的哥哥已经成年,他的孩子同龄珠一般大,他们同在一个院子里玩耍,而那些孩子得叫她幺孃。所以,龄珠从小在家中的地位就有些特殊,年龄小,辈分高,所有的人都要让着她,她在无忧无虑的环境中成长。但就在她十岁那年,其父突然病倒卧床,一年后就去世了。父亲一死,原本兴旺的家庭就面临着巨大的危机。兄长各立门户,龄珠的姐姐们也纷纷嫁人,高家从此不复平静。树倒猢狲散,谁也顾不上龄珠了,等她长大,媒婆便来撮合,给她说了远在漓城的颜家。

父亲去世后,龄珠变得忧郁起来,成天关在屋子里,发不梳,脸不洗,衣衫不整,膳食无定。她我行我素,把自己封闭了起来,不关心外面的世界,每天望着那些连绵的大山发呆,那些山前飘过的云雾,就像缥缈的、潮湿的思绪一样,变幻无踪。后来高家的人想尽快把她打发出去,事实是当她坐上轿子的那一刻,这一切才戛然而止。龄珠新的生活开始了,而她的忧郁也仿佛结束了。

第二章

新婚后第一天,龄珠天没有亮就起了床,悄悄掀开了门。她走进了后花园,四周还在幽暗中,但她一下就看到了鹿子。

实际上是她一走进后花园的时候,鹿子就听到了她的声音,它一见到龄珠就有种异样的惊喜,迅速跑到了她的面前。龄珠不断地抚摸着鹿子,有种想哭的感觉。她想,要是之前把它放回大山里,就不会像现在这样可怜巴巴了,她不该把鹿子带到这个陌生的地方来。龄珠仿佛看出了鹿子眼睛里的哀愁,她伸手去抚摸它,鹿子也用舌头去舔她的手。

来听,新娘子跟鹿子说话!远处传来一个小孩的声音。

她会说鹿语。另一个小孩说道。

龄珠没有理会,继续在抚摸着鹿子。

这是两个早起去读书的孩子,他们看到这样的情景不免有些惊讶,而他们在路上的议论还在继续。

她是不是鹿子变的?有个孩子问。

啊,不会吧。

要是她真是鹿子变的呢?他的眼里充满了狐疑。

除非她是妖怪!

龄珠会跟鹿子说话的事情就在颜家大院里传开了。慢慢地,外面的人也在传言龄珠会说鹿语。一个人怎么会说鹿语?龄珠变成了一个神秘而可怕的女人。

人们对龄珠远而敬之,她在颜家是孤独的。从此,在颜家她都是独来独往,好像除了那头鹿子,没有人是她的朋友。但是，每当她去亲近鹿子的时候，总是有一群孩子跟在后面偷偷看她。他们最大的乐趣就是跟踪龄珠，捉迷藏、踢毽子、跳格子等好玩的游戏都吸引不了他们了，他们的身边有个巨大的谜底要揭开：她到底在跟鹿子说什么？

其实，他们还想看到她变成一头鹿子。这事是一定会出现的，到后来已经没有人会怀疑这件事。

不久，颜家大院中就弥漫着一种诡异的气氛。所有人都在注视着龄珠的一举一动，因为每个人都想看到龄珠的脸上是不是长出了鹿斑，或头上长出了鹿角，并在某一天听见呦呦鹿鸣，她突然就变成了一头鹿子。

龄珠并没有变成鹿子，但她的孤单胜似鹿子。

也不知道为什么，她与颜佑卿相处总是冷冰冰的，颜佑卿热衷于外面的世界，很少在家，心思好像完全没在龄珠身上，而每天从外面回来则是倒头大睡，对夫妻生活草草了事，少有温存。而龄珠睡在他的身边，常常是闻到一股浓烈的酒味，这让她非常厌恶。新婚并没有改变龄珠，她开始失眠，在漆黑的夜里胡思乱想。有时她在半夜里醒来，总感觉自己是在一个遥远不可及的地方。龄珠的忧郁又出现了，甚至她感到更加孤单和寂寞，而此时她就会想到鹿子。整夜的失眠，让她痛苦不堪。她常常在夜里去找鹿子，去跟鹿子说话，像幽魂一样，而颜家大院从此就变得阴风惨惨的。

第二章

一天晚上,窗前一轮白月,龄珠独自一人坐在月光下。突然,她走出屋子,来到后花园。她一去,鹿子就走到了她的身边,好像是心有灵犀。她不停地抚摸着它,也不停地同它说话。白天那些小孩趁她不在的时候,会用石子去打它,朝它吐口水,拿棍子吓它,他们以此为乐。

快看,那个疯子又在说鹿语了。一个躲在阴暗中的孩子喊道。

嘿,她要使妖法了!

嘘,小声点,等会儿她肯定就会变成鹿子。

那群孩子兴奋无比,在等待着他们的发现成真。但龄珠没有变成鹿子,她只是变得轻盈起来,内心里仿佛有一只鸟。

这时的颜佑卿还在高谈阔论之中,像他这样的青年才俊眼界开阔,意气风发,口若悬河,他被众星捧月似的,人们都兴奋地听他讲外面的故事呢。到了午夜,颜佑卿才酩酊而回,他吱嘎一声推开门,摸到床上便倒头而睡。

凌晨时分,颜佑卿才发现了龄珠的存在,她背对着他,睡梦中的妻子是那样柔弱,也是那样孤单,让人心生怜悯。他顺手把龄珠抱在了怀里,用手去抚摸她,她的身体在一阵凌乱中渐渐打开,是的,就像她在陌上看到的繁花盛开。她居然听见了蜜蜂的声音,看到了鹿子的跑动,还有老虎在她后面,有一身漂亮的皮毛……

他们的身体就像两条融合在一起的小溪，泛起了轻盈而欢快的浪花。那天早晨，外面早已是一片鸟叫。她睁开眼睛望着自己的丈夫，他的脸正好被一束穿过窗缝而来的光线照着。也就在那一瞬间，龄珠在那一线光中突然看到了鹿子，一晃而过的鹿子，艳若奔驰而来的太阳之子。龄珠想，那束光肯定是鹿子变的。

第二天，颜佑卿告诉龄珠，他马上就要出远门。因为在头天他收到了陈良的信，让他迅速北上，说天津有二手纸机变卖，条件优惠。陈良的信让颜佑卿热血沸腾，因为这次回㶚城结婚，他跟当地的一些有钱的绅粮和商户有了接触，在他的大肆鼓动之下，筹资的事情已经有了眉目，事情进展很快。

几日之后，颜佑卿就告别龄珠，一路辗转去了京城。但等他兴冲冲地找到陈良的住址，却没有见到人，只看到了一封陈良留下的信。陈良在信中说他有急事暂时去外地，但很快就会回来，让他安心等待。

这一等就是一月。那天，颜佑卿特别郁闷，便到附近澡堂子里去泡了个澡。水堂子里热气腾腾，各色人等都光溜溜地泡在水里，叽里呱啦地聊着天，你一言我一语地摆着最近发生的种种逸闻奇谈。听着听着，他就有些恍惚了，这世道光景不好啊，到处杀人放火的。颜佑卿突然感到他就是那水面上漂着的孤单的一片叶子，跟周围的一切没有任何关系。就在那一刻，他就被一种莫名的荒诞感笼罩着，不能自拔。

泡完澡，天已经黑了，他回到寓所，倒头大睡

第二章

了一觉。在梦中,颜佑卿梦见自己回到了漹城,正在颜家大院里召开募股大会。院子里坐满了人,其中有不少是来入股新式纸厂的。人群交头接耳,议论纷纷,搅动着一股亢奋。那一次下来,他筹到了三万块银洋,钱是现场交的,堆了好大一堆。纸厂也有了名字,取名叫合力机器造纸厂,这是因为陈良之前说他们要合力而为。厂地就在城郊,就是漹城过去杀人行刑的地方,没有花一分钱,当地乡公所说以后生利了再给年租。其实,那地方根本没有人去用,都知道血气太重,得找机器来轰一轰,闹一闹,把孤魂野鬼赶走。颜佑卿是留过洋的人不信那些,相信科学,不迷信那些神神怪怪的东西,只觉得白捡了一块地,这是老天相助。很快他就在那个曾经的血腥之地修建起了机器轰鸣的工厂,里面是忙忙碌碌的工人,每天都要生产出几船白花花的纸来,运往外地……

这一觉睡得真沉实,但一睁开眼睛,颜佑卿瞬间又感到了一种失落。桌上的闹钟走得嘀嘀嗒嗒的,阳光透过窗户照在钟上。他感到不能再留此地空等,浪费时间,因为漹城里那些有钱的绅粮们正在等着他拿主意,机会不可错失。这确实让人纠结,继续等吧,陈良久不现身,音讯全无,也不知道到底发生了什么;不等吧,老远来一趟不易,又可能丧失良机。但关键是,他若在外待得太久,而又没有任何进展,这会引起人们的疑心,认为他办事不力。就在犹豫之间,其实颜佑卿已经做好了决定:马上打道回府,漹

纸

城筹款的事才是重头。

起床后,颜佑卿给陈良写了一封信,然后准备出去吃点东西,顺带把信交给门房,再回来收拾行李去车站。出了屋,颜佑卿走在街上的一个转角处,看到一个卖报的小贩,他掏出一枚铜板上去买来份报纸。

拿到报纸,上面的内容一下就吸引住了他。头版上是一条用大字竖排的特大新闻,说昨日天津租界里发生了一起暴力事件,有人刺杀了某位清廷高官。颜佑卿正细细地读下去,突然大叫了一声,双手抖了起来,脸色瞬间煞白。陈良的名字赫然在目。

原来这一个月,他是在干这件事!颜佑卿头皮一阵发麻,感到大事不妙,还没有读完报纸就急忙返身回屋。但就在他进入屋子后,门就被撞开了,进来的人蜂拥而上,团团将他围住。

3

颜佑卿被抓之后,才知道自己无意中已被这桩大案牵扯了进去,他是跳进了黄河怎么都说不清自己的清白。官兵搜到了他与陈良的来往书信,这就是通匪的证据。而他被邀约到京城,不就是来参加聚众暴动的吗?谁会相信他千里迢迢来买什么破机器。铁板钉钉,无法辩解,而最后的结果是发配新疆充军。

第二章

其实,要是颜佑卿提前一个时辰离开,也许就没有后面的事了。

他头晚做的那个梦也真是奇怪之极,工厂怎么可能建在杀人的地方呢?这分明是梦中已有凶兆,但他居然没有破解。天老爷暗示过他,但他没有醒悟。颜佑卿没能迅速远离是非之地,仅仅是一念之差,命该如此。

消息传到滆城的当天,颜家上下是一片惊恐,颜家老爷一气之下卧床不起。龄珠除了整天以泪洗面外,没有半点主意,而就在这时,她发现自己怀孕了。

但孩子来得不是时候,那些婆姨就议论纷纷地说这孩子不吉利,她们说龄珠怀上的是一头鹿子。

有一天,龄珠去后花园看鹿子,就听见偷偷跟在后面的孩子在议论什么,她有些好奇,把耳朵伸了过去——

喂,我奶奶说她肚子里怀的是鹿子。

我母亲说以后头上还会长角。

身上长花纹,走路跳着走,声音只有山上的野物才听得懂。

反正呀,河西那边都传开了,说咱们河东这边出妖孽了……

过去,龄珠从来没有在意过那些莫名其妙的话,但这次她突然感到了一种恐惧。过去她本认为那些孩子天真好奇,但现在她不这样认为了,她突然感到很愤怒。龄珠变得越来越苦恼,也越来越孤独。关键是，以后那些人会不会欺负她肚子里的孩子，真的把他当成个鹿子？在孩子的四周是一只只狰狞的狼，要撕咬、吞噬那个尚未出生的肉体，而现在仅仅是狂欢盛宴的开始。

龄珠不安起来。她颤颤巍巍，极度敏感，内心充满了恐惧，而谣言没有停歇，像潮水一样涌向她。

怀上孩子后，龄珠却没有任何欣喜，因为她的男人在牢房里是死是活都不知道。当然，颜佑卿也根本不知道她的肚子里已经有了他的骨肉。

听到颜佑卿发配消息的那天早晨，龄珠的儿子正好出生。这事也奇怪，那期间龄珠的肚子就一直痛，但她离分娩还有将近两个月。痛到第三天的早晨，消息传来，羊水才破了，孩子被一把烧过的剪刀剪断了脐带。但孩子半天才闷出一声，哇的一声，那声响好大，就像塞得太紧的木塞一下子被拔了出来。

孩子是早产，不足八个月，血肉模糊，还没有长成人形，手脚细得像麻雀爪子一样。据说接生婆当时都吓了一跳，差点没有抱稳，掉在床前的七星灯上。

按照当地的习俗，孩子生之前要把家中所有的箱箱柜柜全部打开，不然孩子难以下地。但在当时，接生婆想的是不如把抽屉全部关上。生了这样一个怪胎，谁知道以后还会发生什么离奇的事情。

满月的时候，人们还不敢看龄珠生下的孩子。她抱着儿子出去，那些人都有意无意地躲避，吱嘎一声把门关上，生怕沾染不吉利。颜家大院对面豆腐店的

第二章

王老六就出了幺蛾子。那天,王老六去颜家,正巧碰上龄珠抱着孩子,他也就顺眼看了一下。哪知道回去后就出了状况,他发现眼睛不停地跳,晚上盗汗。王老六就开始疑神疑鬼起来,他把房门锁得紧紧的,还找端公在门上贴了几根鸡毛和咒符。这家伙每天出门再也不走正门,而是搭梯子翻墙从旁侧出去,据说是有人告诉他要避一下,免得邪气相冲。

谣言就像沔城街上的那辆拉粪车一样,走一路,臭一路,旁人皆掩鼻而过。

听到没有?声音跟鹿叫的一模一样。有人低着声音说。

谁说不是,那天接生婆子回去磕了三天的头,求菩萨保佑。沔城又要再出个罗老二了,阿弥陀佛,阿弥陀佛。

大多数的人都相信龄珠生下的儿子是鹿子变的,他只会鹿语,而绝对不会说人话。谣言四起,活灵活现,而颜佑卿生死未卜。

刚出生的那一段日子里,孩子的声音确实像头血肉模糊的小鹿的孱弱鸣叫,那声音就像随时要断掉一样。颜家大院的人每天晚上都把耳朵堵得紧紧的,他们害怕这样的声音。当然,这样的夜晚是如此的诡异,在细若游丝的声音中,一定会飘出一些妖魔鬼怪的身影来。

人们充满了憎恨和厌恶,他们想的是这件事快快结束，盼望着龄珠带着这个孽障赶紧离开这里：她应该陪着颜佑卿去发配新疆，这样颜家大院才会重新恢复平静。

但龄珠没有去，随颜佑卿去发配的是秋月。

秋月是自愿去的。她是为了报答高家的恩情。秋月能够有今天是因为高家收留了她，不然她不知道现在流落何处。在高家的十多年里，高家待她不薄，而且龄珠与秋月两人一起长大，形影不离，相处得如姐妹一般。秋月心里明白，发配到荒蛮之地，小姐哪里受得了那些苦，更何况她还带着一个刚出生的孩子。虽然秋月心里也害怕，但她毕竟是丫头命，她从小没有裹过脚，只有大脚板才走得动路，不怕山高路远。

秋月走后，龄珠内心充满了内疚。她听别人说，到那些地方不被病死饿死，也会被野狼咬死，从来没有活着回来的人。虽然她没有跟着去发配，但她心里的刑期已经开始了。这以后，龄珠经常在半夜的惊吓中醒来，她看到一个满头是血的人站在她的面前，直直地盯着她。

鬼！鬼！夜里她突然惊醒，一阵大叫。

旁边的儿子一吓，哇地哭响。那个影子瞬间就迅速消失了。

那人难道是颜佑卿吗？

也许他真的死了，魂才会回来找她。儿子的哭声断断续续，像孱弱的鹿鸣声。

一年之后，家里依然没有任何颜佑卿的消息，人们已经渐渐把他忘了。其实,人们只是不愿去想,因为他们都知道他就是去死的。走在死的路上,要死在哪一天就不重要了,也无人再有好奇心,溷城人都把颜佑卿当成黄泉路上的人了。

其实,龄珠也常常恍惚,难道她的儿子真的是一头鹿子投胎?

等儿子重新睡着,龄珠打开门走了出去,她看到鹿子在不远处。鹿子会不会知道这一切?她常常这样想。

一招手,鹿子迅速跑到了她的身边。此时,她抚摸着它,她的手就是鹿语,手同鹿子之间的交流没有任何障碍。

说呀,我儿是不是也是鹿子?龄珠突然问。但她自己都惊了一跳,连忙看了看四周,幸好没人。

说呀,夫君还活着没有?她又问。

但这时她就听到了背后人的声音,她知道有人在跟踪她,监视她,她的一举一动都会被人议论。她慌张得不得了,心口咚咚响,撒腿跑回了屋子里。

这时她就听到外面一片喧闹,那些孩子在用石头打鹿子,打在它的腿上、肚子上、头上,让它在地上跳来跳去,并发出惊恐的叫声。

龄珠不顾一切地冲了出去,她提着一把扫帚,在空中乱舞,那些孩子哄地一下全散了。龄珠站在鹿子面前,泪如雨下。很快她就听到了儿子的哭闹声,是该喂奶了,但此刻她有了种奇怪的想法,她想去喂那只受伤的鹿子。就在此时,鹿子已经走到了她的身边，用舌头不停舔着她的手。

三年后，龄珠的儿子长大了，跟其他孩子没有两样，之前的谣言不攻自破。但奇怪的是，他不说话，一句话都不说，人们都喊他哑巴子。其实他不聋不哑，能够听懂人们的话，就是不说，看到人就躲。但他的两只眼睛真的像那只鹿子，可怜巴巴的样子。

很快，天就入了秋，桂花也开了，到处都是香味。这样的香味，让有些人有隐隐的愉悦，也让有些人迷茫。当两种情绪夹杂在一起的时候，便让小城里有了种混沌不安的感觉，总让人觉得会发生点什么。

果然，这一天就传来了个天大的消息。只听见颜家大门传来了一声：老爷回来了！老爷回来了！

龄珠还在纳闷，就听见看门人破门而入，兴奋地喊，颜太太，老爷回来了！

龄珠连忙跑到前院去，一眼就看到颜佑卿正站在大院的天井里。他正微微仰着头，正望着天上的云出神。

原来，这一年发生了改朝换代的大事，大清王朝垮台了。既然是到了民国，一切都变了，颜佑卿重获自由，他从颠沛的流亡之路上重新回到了鄢城。

佑卿……龄珠喊道。

她的嘴唇在颤抖，泪水掉了出来。

颜佑卿的脸上没有欣喜，面色苍白。这三年的生活让他受尽了折磨，他看上去头发凌乱，衣衫褴褛，背也有些佝偻，完全失去了过去的神采。

第二章

最让龄珠惊奇的是，颜佑卿表情冷漠，好像有些不认识她似的，眼神呆滞。但突然，他从上到下，眼光停留在了她的脚上，那只穿着绣花鞋的小脚。龄珠突然感到一股寒意，脚不由自主地往后缩了一步。

他的眼光好生奇怪，难道他没有见过她的脚吗？龄珠想。

颜佑卿叹了一口气。

龄珠呆呆地站在这里。

这时，颜家的人都出来了，围在颜佑卿的旁边。有人在哭，有人在笑，这个团圆的场面就有些欢庆和喜闹，也有些凄切和悲凉。

快，快，把福安带来！龄珠突然喊了一声。

有人也帮着喊，福安，福安！

她给儿子取的小名叫福安，就是祈求平安吉祥的意思。很快保姆就带着小福安来到了颜佑卿的面前。福安长得胖嘟嘟的，脸蛋上还有两块红红的肤斑。龄珠抱着福安，把儿子递给颜佑卿，但他居然退了一步，很陌生的样子，仿佛这孩子不是他的骨肉似的。龄珠一愣，难道他不喜欢福安？

喊！快喊爸爸！龄珠使劲摇儿子。

福安只怯怯地看了一眼颜佑卿，迅速把头伸向了一边。

唉，这娃儿还说不来话。有人在旁边插话。

福安，你会说，是不是？你喊一句呀，快喊一声……

龄珠又摇着儿子,像在摇着一个拨浪鼓。

这时,龄珠突然想到了秋月。秋月呢?她的眼睛在人群中寻找。龄珠突然看到有两个人的眼神有些奇怪,好像在刻意躲避着什么。

秋月呢?她喊了一声。

她在外面逗孩子。有人回答。

秋月,秋月,在哪里?龄珠的声音很尖厉。

一会儿,龄珠看到秋月低着头走了进来,不敢正眼看她。秋月的怀里抱着一个几个月大的男孩,骨瘦如柴。

龄珠心里咯噔一下。

她冲上去,想抓那个孩子。但秋月把身体迅速闪在了一边,不让她碰。

孩子是秋月的。颜家大院中突然多出了一个孩子。龄珠的脑袋里嗡的一声,她就什么都听不见了。其实,她什么都明白了。

这时,颜佑卿左手牵着龄珠生的大儿子,右手抱着秋月生的小儿子,又抬头望了望天,长长地叹了口气。

4

按照排行,兄弟俩取了名字,龄珠的儿子叫颜守文,秋月的儿子叫颜守武。一文一武,文武双全,颜

第二章

佑卿想这两个孩子都要有点出息。

颜佑卿回来不久,奇怪的事情就出现了。

有一天,有人发现鹿子不见了。一直好好的,怎么就不见了呢?所有人找遍了院子,根本没有看到鹿子的影子。鹿子在颜家大院里待了好几年,人们都渐渐习惯了,就连那些用石子打它的小孩们都不再欺负它了。人们开始相信鹿子是一头灵性的动物,它生性柔顺,与颜家大院融为了一体。有时它还会出现在窗户下面,站着看屋子内的人,但人一看到它,它就会马上跑开,像个害羞的孩子。它的眼神是柔和的、潮湿的、明亮的。它已经慢慢地跟颜家的人们融洽相处了,不窜不跑,不惊不乍,低头吃草,或者仰头发愣,气定神闲。除非是突然闯入的生人让它不安,它才会躲起来,偷偷地望着那些不速之客。

但鹿子突然不见了,人们才发现它是颜家大院里不可或缺的一部分。

有人说,这件事一定是那个爱打瞌睡的看门人冯大爷疏忽了,就在打盹的一瞬间,鹿子就跑出去了。当年冯大爷上山砍柴摔下了山坡,从此腿脚不利落,能在颜家待下来,都是因为颜家老爷发善心。几十年过去,几乎经历了颜家三代人的喜丧婚娶,连他都垂垂老矣。但颜家都把他当家里人,就算鹿子是从大门口跑了的,也不想太过责备他,事情也很快过去了。不管怎么说,鹿子不见了,消失得无影无踪,这实在是太蹊跷了。

纸

但鹿子一失踪，龄珠的魂就丢了。

颜佑卿经历了大难，好长一段时间才慢慢缓过气。在漓城里大家都知道他的故事，摆得有鼻子有眼，在茶馆酒肆他颜佑卿还真的变成了一个神奇的反清义士，他的形象带着一点光亮色彩。所以，在小城里颜佑卿成了大名鼎鼎的人物，声望高升，甚至超过了那些本乡的五老七贤。他走在哪里都是受人尊重的，被人景仰的，有人认为颜家出了他这样一个有胆有识的人物不是祖坟埋得好，也是得到了上天哪颗星宿的照应。

调养一段时间之后，颜佑卿的气色好了不少。那些时日里，总有好心人给他逮来一只鸡、送来一兜蛋，那些有菩萨心肠的人是在爱惜一方圣贤。他的身体好起来了不说，更重要的是，他开始在想自己的事了。作为曾经的热血青年，虽然遭受了人生挫折，但他还不老，不能就此沉沦下去，实际上就在这时他又想起了自己的新式造纸梦。确实，颜佑卿曾经以为自己会客死他乡，根本不可能回到家乡，而他也真的绝望了，但峰回路转，绝地逢生，他现在又可以找回那个曾经丢失的梦想了。

也是从那时开始，人们便经常看见龄珠独自一人在河滩边游荡、发呆，孤孤单单。

有一天，王老六挑着一担豆腐去河西卖。回来的时候，他还看到龄珠在那里游荡，怀里抱着一大捧野花。

· 068 ·

第二章

颜太太，天要黑了，快回家吧！王老六在一边招呼她。

不，我要等我的鹿子，我们一起回家。龄珠摇了摇头。

王老六知道这个女人脑袋出了问题。回去后便把这件事讲给了街坊听，说颜佑卿的女人像个孤魂野鬼在河滩上游荡，头上插着野花，疯疯癫癫。

没有鹿子之后，龄珠嗜花如命，那些花里好像藏着鹿子，她翻动那些花朵的时候就会与鹿子的眼睛相遇。在龄珠心里，鹿子身上的斑点已经变成了花朵，散落在了田野间。摸着那些花，才会像摸着那些斑点一样，而斑点会迅速聚合成一头敏感而忧伤的鹿子。

现实中的龄珠已经沉睡了，她在自己的梦境中活着。她也会在花朵中突然醒来，花里什么也没有，只有万丈深渊。

有一次，她看见秋月从房间外走过，突然叫道，秋月，鹿子呢？

秋月低着头，说，鹿子，我不知道啊……

你们是不是把它藏起来了？龄珠狐疑地望着她。

没有啊。她抬起头，眼眶里转着一颗泪珠子。

肯定是你们把它藏起来了，不交出来我可饶不了你！龄珠恶狠狠地训道。

秋月都快哭了出来。

龄珠继续骂道，秋月，你不是个好东西！跟那些青面獠牙的人一样，迟早要变成鬼来害我！

好吧，那我出去找找……

出去？你出去就知道勾引男人！呸，坏婆娘，枉自当年我对你好！

龄珠突然将瓶中的花一把抓起，扔了过去。

花正好打在了刚要进门的守武的脸上。

守武是进来找他妈的。秋月赶紧冲了过去，抱起守武就往门外跑，母子俩哭成了一团。

在那些年中，秋月处处让着龄珠，她知道龄珠的脑子生了病，所以她一直忍辱负重。她受的气也从来不告诉颜佑卿，她一直念着过去龄珠对她的好，没有高家就没有她的今天。

守武从小最怕的就是这个高母，因为每次到她的房间，哪怕是捉迷藏误闯进了她的那间屋子，他都会感到一种阴冷之气。他还记得在他很小的时候，高母揪过他一次耳朵，那狠狠的一揪让他终生难忘。

那是一个夏日的中午，他同几个孩子玩耍，不知不觉就跑到了后花园来，里面花木葱茏，正是藏身的地方，守武顺势钻进了一簇芭蕉树后面。这时，守武突然看见高母站在了自己的面前，冷冷地看着他。那一刻，守武是有些蒙了，只见高母伸手就去揪他的耳朵，那是一双干枯的、尖尖的、苍白的手。守武感觉自己的耳朵都快被撕裂了，连耳心子后面的脑花都要被连根带土地拔出来。

守武没有叫，也没有哭，他吓傻了。他用手使劲捂着耳朵，生怕它掉下来。他跑到一个水塘边，去照

第二章

自己的耳朵。但他看着看着就看不清了，水变浑了。他的眼泪大颗大颗地落到了水塘里。

回家后，守武没有把这件事情告诉母亲，他想这一辈子都不会把这件事告诉母亲。守武从小就明白母亲在颜家大院里的地位要比其他女人低，被人瞧不起，受人欺负。而他也被其他孩子瞧不起，人们都私下议论他母亲不是明媒正娶回来的，而他则是丫鬟同老爷在外面乱搞的野种。

守武恨高母，但他心底同情哥哥守文，他觉得守文可怜。

守文还是一直不说话，也不与其他孩子玩耍，孤孤单单。夏天，一群孩子打着光屁股在河里玩，他站在岸边偷偷看，那些玩得正高兴的孩子们，就扯着嗓子喊他，哑巴娃，把裤子脱了下来！但他一趟子就跑了。

在守文小的时候，人们担心龄珠在发病时会对他不好，就让他跟着一个姓袁的女佣住。袁嫂的家在山里头，她也是个苦命的女人。她的丈夫有一回上山采药再也没有回来，人们都说她丈夫不是被强盗杀了，就是被虎狼吃了，永远也回不来了。袁嫂就成了寡妇，几年后她就到了颜家。

袁嫂没有儿女，对守文很好。每次推豆花的时候她会做一些豆渣团，并给守文烤上一块，里面放有辣椒和豆豉，吃起来好香。袁嫂问，好吃不？守文只点点头，那时他已经六岁多了，还是不说话。

但袁嫂知道守文会说话，因为她听到过他说梦话，半夜里她尖着耳朵听到过好多回。有一天，她又给守文做了一块豆渣团，她故意在里面多放了一点辣椒。守文吃了一口就被辣住了，哎哟一声叫了出来。袁嫂赶紧给他倒了碗水，但她开心极了，因为她证实了守文是会说话的。

你再叫一声"哎哟"！袁嫂很兴奋。

守文摇了摇头。

刚才不是都叫出来了吗？别怕，再叫一声"哎哟"！

守文把豆渣团扔在了地上，跑到了一边。

颜佑卿的新式纸厂在几经筹划之下，募集到了一笔钱。很快他买回了一台二手机器，又在一个空地上盖起了工房，并准备从外地请来技师，雇一批技工，开始他的新式纸厂梦。但机器从一安装就发现问题不少，折腾了半天，机器就是转不起来。就在这时，守武就出了事，被人劫走了，第二天就传来话，要一大笔钱，不给就撕票。

这件事跟颜佑卿办纸厂有关，山上的土匪大概是听说了他有钱要做大买卖了，就想来刮层油。

守武被赎回来到底花了多少钱，没有人知道，这是个谜。但颜佑卿的纸厂停了下来，技师不到一个月就被打发走了，工人也全部解散。因为设备不齐，如果要让机器转起来，就要继续投钱，而颜佑卿哪里再去搞钱？

第二章

股东们就不乐意了，厂开不起来，只留下一堆破机器，没有人的脸色好看。之前那些慕名而来、崇拜他的人们如一堆热牛粪上的苍蝇，轰的一下就散了。他们变得愤愤不平，断定颜佑卿是把办厂的钱拿去赎人去了！于是股东们便说拿钱赎子没错，但厂不办不行，既然想不出办法解决，那就散伙。所以纷纷要求退款，结果是颜佑卿给自己留下了一屁股的债，滚进了一摊烂泥塘里。

很多年过去，在漓城的茶馆里，有人时不时地还提起他当年办新式纸厂的事情，都会摇头叹息。卖豆腐的王老六就说颜佑卿是喝了点洋墨水给害了，好高骛远，都是折腾那些狗屁机器惹出的冤孽，到头来还不如他这个推豆腐的。但那些爱闲言碎语的人哪里知道，其实颜佑卿的人生早在辛亥前那年就已经转了个大弯，急转直下，一落到底。

这一年春天，守文在门槛里一个人独自玩耍。

袁嫂说，守文，别乱动，我去给你逮个丁丁猫！

但就在她去门外的草丛中捉的时候，就听见守文指着对面说，鹿……鹿子！袁嫂回头看，惊讶万分，守文开口了！

鹿子在哪里？袁嫂问。

守文指着对面的山上。

袁嫂远远望去，根本就看不到什么鹿子，何况隔着那么远也看不见，她只看到了山中的一道彩光。山上常有这样的彩光，但肯定不是什么鹿子，这也许是守文的幻觉。

鹿子，鹿子！守文还在自言自语。

你真的看到了？袁嫂的眼里充满了狐疑。

守文使劲点头。

但袁嫂怎么也没有看到。

是鹿子！他突然又指着那边喊道。

守文的脸上突然变得五彩斑斓。袁嫂呆呆地站在那里，她还是不相信，但她真真实实地听到守文开口说话了。漹城在晴天就能清清楚楚地望见峨山，而颜家大院正对着峨山，那山上有道闪闪的金光。

就是从那一天开始，守文就说话了。没有人知道他为什么在闭口那么多年后突然说话，只有袁嫂知道他能够在白天说话，是因为见到了那头消失的鹿子。

守文为什么不说话同他为什么说话一样，无人知道，但关键是自从他说话以后，这样的问题就不存在了。

不久，守文就被送去城外念私塾。太阳初升时他就背着书包去上学，要到落日时才放学。他每天都要沿着江边走一段，总是喜欢望着远远的大山，因为在那里他看见过金光闪闪的鹿子。

教书先生是个老秀才，脑袋后一直都留着根花白的辫子。这老头不苟言笑，对学生很严格，只要不听话，动不动就打手板心。守文、守武虽在一起读书，但情况迥异。守文喜欢读书，把书都背得滚瓜烂熟，老先生喜欢他，曾私下对颜佑卿说，要是还兴科举，

第二章

守文是个举人的料。而守武则贪玩好动，按业师的话说就是三天不打，上房揭瓦。他爱搞恶作剧，有一次趁老先生不在，就把教尺扔到了外面的阴沟里。老先生气愤之余，便认为守武有顽劣之性，不可调教，将来不知道还会做出些什么混蛋的事情来。

让人想不到的是，颜佑卿却把守武送到了成都读书。

在两个孩子读书的问题上，颜佑卿的看法有些奇怪。他认为守武从小吃过很多苦头，差点丢了命，这是老天在保佑他，既然一心想去成都读新学堂，那就凑了点钱成全他。而守文从小文弱，在外边容易受人欺负，留在身边省心，那就在继续在私塾里读书。实际上守文也从来没有要求过去外地读书，他在一般人眼里，就是一个懂事的孩子。

守文没有去成都念书跟龄珠也有关。龄珠自从跳井没有死成，就一病不起，守文还需要留下来照顾他母亲的生活。每天早上守文第一件事就是给母亲倒尿盆，然后给她端上一盆热水，陪她吃完早餐后才去上学。晚上回家，守文都要给母亲洗脚，等她入睡后才上床。所以，不管龄珠怎么样，颜家大院的人都知道守文是个孝子。连对门的王老六都怜悯守文，每次他去买豆腐，王老六会多铲一块豆渣给他，然后望着守文的背影说，唉，这娃儿造孽，是投错了胎。

颜佑卿曾经请过一些郎中来看龄珠的病，但最后郎中都是摇着头出来，因为他们无病可治，龄珠得的是心病。颜家大院的人都说，鹿子跑了后，龄珠的魂就也跟着走了。人们已不再把她当成一个正常的人看待，甚至在偶尔谈起鹿子的时候，也不再想起龄珠，她就是一个被人忘记了的可怜女人。

有一天，濡城发生了件奇怪的事。

颜佑卿到河西办事，走过曹洪贵的宅第附近时，看见很多人围在门前看热闹。他很好奇，便走上去问发生了什么事，有人告诉他曹家捉到了一只鹿子。颜佑卿突然想起已经失踪多年的那只鹿子，不由一怔。

他忍不住又去打听了下，才知道原来是昨天有一头鹿子突然窜进了曹家的林子里，那头鹿子可能被人打伤了，之后被曹家的人给逮住了。

回到家里，颜佑卿对秋月说起这件事。当年被骗回家，匆匆行了婚礼，又忙于自己的事情，颜佑卿对鹿子的事并不十分清楚。秋月回忆了鹿子的来历，说那头鹿子就是龄珠的命。

颜佑卿听完秋月的话，突然有些怀疑。难道那只鹿子跑了之后，现在又跑回来了？它会不会跑错了地方，误入了曹家？

那天，颜佑卿在屋子里走来走去，心神不安。他在想，能否把那只鹿子买来养在颜家大院里，这样龄珠的病也许就会慢慢好起来。这个想法让他有些兴奋，这样一来，颜家又能恢复到龄珠刚嫁到颜家时的情景了：鹿子在后院里跑来跑去，偶尔在窗子外看他们的房间，龄珠每天去喂鹿子食物，抚摸它的皮

第二章

毛……那时的龄珠是好好的,她的病就是在鹿子丢了后才出现的,这中间难道真的有什么关系?事情也太过蹊跷,就算不是原来的那头鹿子,也可能是命运另有安排。

他夺门而出,朝河西曹家方向匆匆奔去。

其实,要不是为了这只鹿子,颜佑卿不会去曹家。尽管曹洪贵的买卖兴旺,但你走你的阳关道,我过我的独木桥,彼此很少来往。况且河东与河西的纸商一直不和,为各自的利益争斗不断,大家都是心照不宣。不仅如此,他还听人说曹洪贵一直在觊觎颜家的田地房产。当时曹洪贵一直想在河东购置一座大院子,对颜家大院的位置和风水极为心仪,而颜家正是破落之际,便想买下来,重新修葺一新,用来作为商栈。所以曾经在颜佑卿办纸厂找钱庄借贷之时,曹洪贵就暗地里与钱庄眉来眼去,相互勾结,想盘下颜家大院。但颜佑卿不可能把祖宅都给卖了,要是这样,颜家就真的散了,要再聚在一起,再等十世都枉然。但世间的事真是难说,这一天颜佑卿不顾一切到曹家,不是为了生意买卖,而是为了一头鹿子,这让任何人都不敢相信。

当颜佑卿出现在曹家门外的时候,他看见曹门大开,里面传来了阵阵划拳行令的声音。

他有些纳闷,放慢了脚步。正有些犹豫,曹洪贵同另外两个人突然出现在了门前,看样子正在送客。此时,曹洪贵也看见了颜佑卿,有些吃惊。他喊道,佑卿兄，稀客啊，居然到河西了，请进请进！

颜佑卿有些尴尬，连忙解释，我是刚好路过这里，还有事办，就不打扰了。

曹洪贵一想，这不是天赐良机吗？何不探探颜佑卿的想法，于是就满脸堆笑地走了上去说道，上山打猎，见者有份嘛。老兄今天有口福，进来品尝品尝野味。

此时，曹洪贵已经快步走了过来，把嘴巴递到颜佑卿的耳边说，嘿，说来都稀奇，昨天有头鹿子跑到我的林地来了！是主动送上门来，我把它宰了宴客。走，咱们进去喝几杯。

颜佑卿一听，心一下凉到了极点。

你把鹿子宰了？他问。

那是，都炖烂在锅头了。你没有闻到香味？

它，它死了？

嘿，它不死咋个吃它？难道要当仙人板板供起来？好香，走走走，你我兄弟好久不见，必须喝它三杯……

颜佑卿极力掩盖着内心的愤怒和绝望，但身体已经转了过去，甚至不想再敷衍一句话。在他眼里，曹洪贵突然变得狰狞起来，他为什么要杀那只无辜的鹿子？

颜佑卿转过身，逃也似的往前疾走。他咬着牙，脸色铁青。

曹洪贵在后面喊，洋秀才，客气啥子嘛……

但颜佑卿不顾一切地往前冲。曹洪贵望着他的背影叹了口气，唉，喝了几天洋墨水就喝成了废物！

走过曹家，转到一条小街上，颜佑卿停了下来。

第二章

他感到有种窒息的东西在卡住他的喉咙。他想叫出来,却完全叫不出来。

那只鹿子已经被宰杀了,它的肉正成为那些大快朵颐的人们嘴里、胃里的一道美味,也许连骨头还在锅里熬汤,反正那只可怜的鹿子已经不存在了。但是,它不该被杀啊,如果他早一点去,也许就不会被杀。

颜佑卿后悔不已,连一头鹿子都不能保住,还能保住什么呢?他突然明白龄珠内心深深的忧虑和失望。

颜佑卿又站起来跌跌撞撞往前走,但不知走了多久,突然蹲了下来,双手使劲抱着头,放声大哭了起来。

第三章

1

保罗一到漹城，就同当地人打听中城旅馆。但没有一个人听说过这个旅馆，漹城压根就没有一个中城旅馆。

中城旅馆曾经很有名，在漹城无人不知，但那是很多年前的事了。保罗的祖父就曾经在那个旅馆中住过，保罗是通过读他祖父的日记才知道中城旅馆的。

那时候，所有有点身份的外地人来到漹城都会下榻中城旅馆。这家旅店主要以商旅为主，只有十间房，一晚房费不菲，但条件相当不错。楠木大床，洁白的枕头、被盖；有梳妆镜、盥洗架，用的是香皂和干净的毛巾；配有桌椅和茶几，可以泡上一杯上等的峨山茶；关键是每天还会送来一份成都的报纸，虽然有些过期，但也能够得知几天前发生的新闻。保罗的祖父当时是华英书局的经理，书局办了个印刷所，因为纸张问题，他每年都会到三十里外的漹城来洽购，而每次来都会住在这家旅馆里。

第三章

过去，从嘉定到漹城须走上水坐船，从渡口下船到城里还有段小路。这段路要么步行，要么坐轿子，有时也会坐鸡公车。

保罗最好奇的是鸡公车，他想象不出坐鸡公车的感受。据说那种人力推车特别有意思，推车的人在后面伸开双臂，像鸡大张的双翅，而坐车的人则如昂起的鸡头。这个情景太有趣了，所以保罗来到中国，最想看到的是鸡公车。但这显然是个奇怪的想法。

坐在大巴上的时候，保罗又想起了鸡公车，突然会心一笑。车上没有人会注意到这个细节，人们正恹恹欲睡，何况这种事要是说出来，谁会相信呢。在他祖父的日记里，鸡公车是一个乡村生活的象征，那时的中国就是个缓慢的、落后的、贫穷的大乡村。漹城因为手工业发达而成为一座颇有些商业味的小城，那些鸡公车就行走在城乡的边缘地带，叽咕叽咕地发出一种悠远而古老的声音，而那些从祖父的文字里传出的声音仿佛在一次次地诱惑着他去漹城走一走，因为在漹城有他祖父的一段传奇故事。

那是一段陈旧得早已经发黄的往事了。保罗的祖父早年就读于神学院，后来被派遣来华。来到中国后，他很快就学会了汉语，并给自己取了个中文名叫卞福中。福中是把上帝的福音带到中国的意思。他第一次到中国时，见到的第一个中国人就姓卞，那是个码头上的下力人，下船后就是这个人帮助他搬运的行李。此人长相憨厚老实，给他留下了不错的印象，也

纸

许是为了纪念他与一个庞大的东方帝国的相遇,便在姓氏上也留下一点烙印。

卞福中在嘉定开办的印刷所主要是印刷宣教方面的书籍,以供应四川各地的教会和传教机构使用,需求量不小。这就与纸乡濿城发生了关系,何况从嘉定到濿城只有几十里的路程,通过青衣江一舟可达,非常近便。

当然,故事还得从中城旅馆说起。

那次卞福中去濿城,天气不作美,刚上船就遇上了下雨。雨打在船篷上,如豌豆落在了簸箕中,发出一种噼噼剥剥的声音。卞福中刚开始还有种新奇感,他从来没有听过这样的雨声。但他的好奇很快就消失了。下船的时候,他发现地上变成了稀泥,走在上面根本无法抬脚。慌乱之中,卞福中躲在一个草棚下发愁起来。就在这时,他远远看到一个推鸡公车的人正朝这边来。卞福中兴奋至极,没有想到一辆鸡公车就解决了他的困境,让他在坑坑洼洼的泥地上体验了一次不同寻常的东方乡村情趣。

"东方乡村情趣",这是他在日记中写下的字句。

卞福中坐在叽咕叽咕的车上,开心到了极点。那是被卞福中视作他一生中最为有趣的旅行了,这也是他在日记中写到的。

卞福中的到来,让濿城纸商感到了商机,他们都知道了这一个重要的消息。面对一个大客商,没有人愿意忽视这个机会。是的,一个洋人要来做一笔大买卖了。就像当天的那场雨一样要汇聚着点什么,既然

第三章

天意如此,八仙过海各显神通的局面就出现了。

在后面的几天里,卞福中受到了很多家纸号的邀请,会见了不少的纸商槽户,除了睡觉吃饭,卞福中的时间几乎没有一分钟是空闲的。他马不停蹄地接触不同的人,又到不同纸坊去考察,当然他也与不同的人在饭桌宴席上交谈、应酬,而他在中城旅馆的房间基本就成了一个会客厅。

到第三天的时候,卞福中已心中有数,把合作的对象初步定在了两三家有实力的商号身上。而最有可能签订契约的是曹洪贵的义昌纸坊,因为无论从纸的产量还是纸的品质、价格来看,它都是不错的合作对象。而卞福中在接触之中也明显了解到了曹家的实力,它的货源能够满足印刷所的需要。

与曹洪贵的接触,也在卞福中的日记中有所记载。在七十年后,保罗读到了其中的文字:

> 曹家是漹城的大纸商。曹宅是个三进大院,后面还有个大花园,里面有池塘和亭榭楼台,花木葱茏,奇石假山林立。曹洪贵先生在他的大堂里极为隆重地招待了我们。整个桌面上有十八道菜,我们不仅吃到了青衣江上捕到的江团(一般认为只有嘉定才有的一种珍稀鱼种,没有想到此处也有),还吃到了山里的猎物,如麂子肉和野兔肉。一头山羊在炭火中烤了一夜,整个院子里都闻得到一股浓烈的让人垂涎三尺的香味。还有漹城山中的特产竹

笋，有微微的苦味，但非常新鲜可口，我也是第一次吃到。当然，这些苦笋如果不成为盘中餐，就会慢慢成长，到六月的时候长成竹子，成为造纸的好材料。这顿餐中我们还喝到了从重庆经过岷江运来的红酒，据说是那些在朝天门码头旁的海军俱乐部的人运来的。曹家的生活跟大都市的富裕人家没有两样，甚至有过之而无不及……

可以看出，曹洪贵是非常想同卞福中达成这笔生意的。但卞福中对中国人的商业应酬还是颇为吃惊，这顿饭超出了他的想象，让他感到有些太过铺张。日记的记述还没有完，卞福中继续写道：

饭后意犹未尽，曹洪贵先生还邀请我们一同在他的小戏台下看戏，当夜演出的是川戏折子戏《秋江》，据说是流传于四川地区非常有名的一出剧，讲的是一个寄住在寺庙里的书生与年轻尼姑妙常的爱情故事。但在中国，陌生男女之间的关系是有距离的，更何况是跟一个寺庙的尼姑。在佛教中有戒律，尼姑是不能结婚的，更不能有五情六欲。如此违背寺庙戒律的事情是绝对不允许的，所以书生必须割舍内心的情感，上京赴考。而年轻尼姑妙常非常大胆，凡心未泯，她居然追到江边与情郎告别。但船已经走远，她再次决定坐船去追他。在焦急之中，不想遇到了一个"不懂事"的艄翁，那个白发

第三章

的老头子世事洞明,一眼就看出了此中的男女私情,便故意打趣这个心急的尼姑。剧情轻松诙谐,这无疑是个愉快的夜晚,在中间我问曹先生是不是他家经常请戏班来唱戏,他点头称是。这样的剧情也让中国百姓津津乐道,看来我们只是偶然进入了他们的日常生活中,而非他们刻意为之……

应该说,到了漓城之后,保罗就想去寻找祖父曾经住过的中城旅馆,就源于这段日记。

但他没有找到中城旅馆,它早就不在了。转而保罗便想去找曹家院子,日记里所有出现的地点都是他的好奇之处。其实,他还特别想到了祖父看过的那台戏,那太迷人了,绚烂至极。保罗的内心有种奇异的冲动,他迫不及待地想去找那台戏,戏中的人。

保罗见到的曹家院子是在一条破旧的小街上,那是条面临拆迁的街道,看上去非常落寞。按照他祖父的描述,大院子外应该有两棵大桂花树,门前还有一对石狮子,但这些都不见了。不过大门还完整保留,只是已经非常破旧了,上面满是洞洞眼眼。仔细一看,上面还残留有过去几十年中写的各种各样的标语痕迹,也有收购破铜烂铁的电话号码。当然,最多的是儿童的乱写乱画,其中一个写得让人忍俊不禁,是用毛笔写的:朱二娃,我日你妈!上面被人用粉笔涂了一层,但被雨水一冲,又隐隐约约地能看出来。大门的锁被换过很多次,过去的大铜环早就被人撬走了,换成的是一把用链子穿上的大铁锁，一推就稀里哗啦地响。门上还凿了个大洞，可能是便于夜间探视进出的人。当然，里面探出的一定是双浑浊的眼睛，然后一股牙缝里发出的恶臭从洞中冲出来，喷得人一脸晦气。

门外的景象也让保罗感到置身于异域。其实，那是中国人最为平常的场景：有几个老年人坐在门外的竹椅上抽烟、聊天，烟子在头顶上飘，旁边有几只鸡公鸡婆在附近草丛中埋头啄食什么，而一条狗在石梯上横躺着身躯，任凭阳光把它的每一根毛发晒得金光闪闪。也许还有一只猫，正弓着身子，悄悄地走到一枝木槿花下，它想一把抓住花朵上的那只蜻蜓。

一进去，映入眼帘的是凌乱、破败，院子早已是七零八落、面目全非。不过保罗发现，通过一些建筑的细节好像还能够重温过去的辉煌。如一道梁、一支檐、一柱雕石或者一扇花窗，这些都会让他停下来沉思半刻。据说建筑的外面过去是供销社的门市，但后来供销社不景气，人员分流，房屋又租给了外面的人来经营，所以开理发店的、做按摩的、修车的、开餐馆的就一字排开，占据了临街的一面。虽然经过了百年风雨，街道仍然保留了部分建筑。关键是，那个唱戏的戏台居然还在，此刻保罗就站在它的面前。

保罗不停用相机拍着，按键发出咔嚓咔嚓的响声。

那声音中有种久远的东西，久远得锈迹斑斑。但是这就是曾经的历史现场，很多年前，保罗的祖父坐在戏台下，与曹家的人一同看戏。

第三章

在日记中，祖父侧身与曹洪贵耳语，他问道，曹先生，你爱看戏吗？

曹洪贵笑着点了点头。其实那是中国有钱人的日常生活，看戏是高级的精神乐趣。此刻，戏台上那个年轻貌美的妙常尼姑原来是尘缘未尽，春心荡漾，当然也是那样妩媚、艳丽，而她的心思被白须艄翁看破，这就是戏中的矛盾冲突，多巧的安排啊。一段人间情愫就在一条船上被演绎，那条船就在这个戏台上用桡子划过。

保罗的魂不小心就溜走了一会儿。

这时，就听见有人在喊他，喂，干啥子的？

保罗回过头，有些诧异。他想找那戏台上的人。保罗想这样回答。但他只是用结结巴巴的中文说，我随便来这里看看，可以看吗？

看门的是个中年人，穿着件脏兮兮的汗衫，趿着一双拖鞋，狐疑地望着他。眼前这个高大的不速之客真是把他蒙住了。还好，他对保罗还算礼貌，平时要是外人私闯进来，他常常是很不客气的，因为他见惯了那些东张西望、顺手牵羊的家伙。一个愣头愣脑的老外突然来到这里就太奇怪了，当然要盘问一番。

先生，我想问问您。保罗说。

啥子先生哦，我就是个看门的。

哦，同志。

这就对了，我们都是同志。

同志，这个地方过去是唱戏的吧？

你问这些干啥？

我随便问问。

哦。听老人说，过去水路来的戏班子都在这里唱过，红火得很。

您看过戏台上演的戏吗？保罗突然有些好奇。

那人笑了，有点莫名其妙。气氛一下就轻松了。

那个中年人就没有看到过这里演戏，但他听老人们讲过，说这个戏台是一个姓曹的大户人家的，土改的时候戏台上开过批斗大会，土豪劣绅被就地镇压，曹家后人遭了殃，被赶出了这个院子。后来戏台就再也没有唱过戏，被隔来做了房屋，让那些没有地的穷人住；再后来又曾做过仓库，到十多年前供销社不景气，戏台便空在了那里，风剥雨蚀，渐渐成了一座朽楼……

这一刻竟有些虚无，但这一切是怎么消失的呢？

其实，也就是在那一刻，保罗突然产生了个大胆的想法：他想再到漓城来，认认真真待一段时间。具体来说，是想在这里进行他的历史学方面的田野考察，他想要寻找那个戏台背后的故事。

2

保罗是历史学博士，他将博士论文拟定为对中国

第三章

传统纸业发展历史的考察与研究,这是他首次到了澺城后才有的打算。其实在之前,保罗虽然很喜欢中国文化,但在学术研究上并没有明确的方向,甚至根本就没有考虑过要把中国的文化题材当作研究的对象,而到了澺城后他好像一下就找到了目标。

保罗同王元灵再度来到澺城时,已经是一年后的事情了。

王元灵在省社科院里工作,对巴蜀文化颇有研究。保罗是通过一个朋友的介绍认识王元灵的。其实,他从决定将再返澺城之时,就已经在做前期的准备工作了,甚至他已经学习了一年的汉语,口语交流比较熟练。

王元灵跟澺城有缘,他曾是二十多年前下乡到澺城的知青,在澺城乡下当了三年农民,对当地的风土人情比较熟悉,是个很好的参谋。在从成都去澺城的路上,王元灵开车,保罗坐在一侧,两人断断续续地聊天。

保罗对澺城的兴趣,让王元灵有些不解。一个外国小伙子,怎么会跑到中国一个偏远的丘陵山区来瞎转呢?保罗告诉他,说是看过一部外国人的传记,那个外国人曾经与澺城有过一些渊源。其实,保罗说的就是他的祖父卞福中,但他有意掩藏了这点秘密。在王元灵看来,这并不奇怪,他知道在二十世纪初有不少传教士在这一带传教,澺城一带还建有天主教堂。

王元灵真正好奇的是,一个外国人为什么要把澺城的传统造纸历史作为研究对象,这多少还是有些冷僻,连中国人都找不到几个会去做这种事。令保罗感兴趣的是,造纸作为一项古老的手工业在中国有着悠久的历史,而在近代社会中扮演着非常重要的角色,造纸的历史考察能够看到社会变迁史中的一部分。

保罗想,漓城处在四川盆地丘陵地区,城乡的社会经济发展极为不平衡,作为主要产业的造纸为什么到了八十年代都还是停留在原始手工水平?为什么这里没有催化出先进的现代造纸工业?所以,保罗认为漓城的造纸业也是中国城乡历史发展的活化石,而他的漓城之旅就是带着这些问题来寻求答案的。当然,除了专业研究之外,保罗也隐藏了一个秘密,他想寻找祖父的故事。对他而言这更是历史,因为在这里他能够触摸到祖辈们的气息,甚至能够破译他们对这片土地怀有一种深深的眷恋的原因。

车到漓城用了小半日时间。下了省道进入漓城后,是一段柏油路,两边是小山。路程尚平顺,漓城城区遥遥相望。

这时,保罗问王元灵,如果坐船从成都到漓城需要多少时间?王元灵有些惊讶。这是什么时代呀,人们早就不用坐船了,河运也非常衰落,中国人早已不会行舟远行了。

但是王元灵很理解一个西方人的好奇,何况这确实是古代的一条重要的水道。他说,大概两三天吧。

……这么长!在船上都是怎么过的呀?保罗问。

第三章

王元灵说,路途遥远,是有些寂寞,但坐船也有不少乐趣。

一般来说,过去从成都坐船到滈城先是从宏济桥上船。如是远行,要是有点脸面的人家,一般要在崇丽阁摆上一台饯行宴,喝酒赋诗,到摇摇晃晃才上船。一旦正式出发,这一路中要遭遇很多关卡的检查,走走停停,时日漫长。每到日暮之时一般会到一个大镇停船过夜,行人可以在镇上旅店住下来,也可就在船上和衣而睡。上岸的人可以找家馆子喝上二两小酒,瘾君子也可寻得一烟馆抽上几口。当然,岸边风土人情也足观览,且多赌博、青楼等娱乐场所,只要你的银两充足,大概也不会感到寂寞。第二天一早船老板即重新开梢,如此反复,二三百里水路也就慢悠悠地过去了⋯⋯

要是能够去江上走一回就好了。保罗颇有些憧憬。

可惜水路早就断了。王元灵说。

其实,保罗在其祖父卞福中的日记中已经梦想过很多回了。因为就是在那段水路上还藏着一段浪漫故事——他的祖父和祖母就是在那条缓慢的木船上产生了感情,最终走到一起的。

那是一段潮湿、迷蒙却又美好的江上旅行:

> ⋯⋯我们的船在岷江上缓慢地航行。也许是在船上坐久了,就感到非常枯燥,幸好我不断给娜塔莉讲笑话,她才不那么沉闷无聊。但我讲的笑话

· 091 ·

也没有那一江长长的江水长，尽管我搜肠刮肚也没有办法一直让娜塔莉高兴。唉，我只要一看到她皱眉，心里就有些发愁。怎么才能让她一展眉头？她只有在眉头舒展的时候，眼睛才是最亮、最好看的。其实，她在皱眉的时候也是好看的。但我不想这样，我喜欢她笑，露出白白的、整齐的牙齿。她还有一对时隐时现的浅浅的酒窝，一会儿在她的脸上，一会在江水中。娜塔莉会在听我讲笑话的时候，用手捂嘴，发出爽朗的笑声，那是我最愉快的时候，而遥远的行程也就不觉得遥远了……

娜塔莉就是保罗的祖母。这则日记不啻是情窦初开的青年的一段内心独白。实际上，娜塔莉本来是受教会差遣去嘉定才同保罗的祖父相遇的，显然他祖父为娜塔莉的美丽打动了，一见钟情，并主动追求对方，而漫长的水路就是他们的红娘。嗯，就是这样。

卞福中同娜塔莉结婚后，两人的感情很好。结婚后不久，卞福中就因公务去滹城，此行中他是带着妻子一起去的，而娜塔莉已经有九个多月的身孕，肚中的孩子就是保罗的父亲。卞福中在日记中也写到了这段传奇的经历：

> ……船有些摇晃，坐了不到两里的水路，娜塔莉就开始呕吐，其实她一上船就感到了不舒服。但船没法往回开，只得忍受晕船的痛苦，看着她难受的样

第三章

子，我的心里非常后悔，看来这是个错误的决定。

麻烦的事情还在发生，妻子的肚子绞痛了起来，这时的路程已经过半，我们只好继续往漓城走。我在想，娜塔莉是不是快要生了？难道我的孩子要生在船上吗？还好，她居然熬到了上岸，人们赶紧找了一张门板把她往城里送，一路上我在想能够找到一个医生，但整个漓城没有一个西医，只有用草药治病的郎中，我不太信任他们，但情况如此紧急已顾不上这些了，只要有医生就行。

情况非常不好，娜塔莉的情况更糟了。她满头大汗，痛不欲生，但没有人能够帮助她。她确实是要生了，但人生地不熟的怎么办呢？抬门板的人说先找个人家停下来，然后再去找接生婆。但没有一户人家愿意接纳我们。在中国人的意识里是非常忌讳血腥的，他们认为如果让一个陌生人留下血迹是不吉的，会带来灾难，何况我们还是外国人。

我焦急万分，就想到了曹洪贵先生。也许他能够帮助我，我们在之前已经谈到了商业上的合作，他肯定能够伸出援助之手。但他的家在河西，而此去还有很长一段距离，娜塔莉不能支撑那么久的时间，我真的已经快要疯了！就在这时，我们已经快速走到一个河东大宅院的门前，里面突然出来了一个人，他竟然答应让我们进去，并很快请来了接生婆。就这样，妻子顺利产下了我的儿子，后面发生的事情简直不可思议。我没有理由不相信这是

纸

个神迹，一切都过去了，险象环生，但平安地过去了……

保罗的父亲就出生在了颜家大院里。

而那个突然出现的人就是颜佑卿。这是一个非常蹊跷且神秘的事情，没有人知道他为什么会突然出现，也没有人知道他为何同意一个洋人在自己的家里生产。但这一切都真实地发生了，这也许就是命运的安排。

后来，保罗的祖父给自己的儿子取了个中国名：卞爱中。这是保罗一家的中国情缘。而后面的故事也就发生了戏剧性的变化。卞福中与颜佑卿签订了供纸协议，以感谢他的救助之恩，而在实力上占有绝对优势的大纸商曹洪贵则莫名其妙地失去了那些源源不断的商业订单。

保罗一直想找到颜家大院，对他而言那是个神秘所在。他能够滚瓜烂熟地背诵祖父那些日记中的片段，很多场景都深深地嵌入了他的脑海里，可以不断地回放。保罗常常想，要是祖母不是随船去澫城，或者那个叫颜佑卿的人没有出现，他父亲能不能顺利来到这个世界将是一个问号。如果这样的话，还有他保罗吗？当然，他现在就在澫城，正真实地处在这样一个历史的空间里，并与一些历史性的情景发生着莫名的碰撞。

保罗内心的兴奋无人知道。这样的故事是绝对隐私的，也许有一天他会讲述出来，变成一种公共性的

第三章

叙述，但现在他还在寻找故事的下半段。他想的是，要讲就讲一个完整的故事。

保罗与王元灵住进了潕城地方招待所。旅店条件很差，没有单独的卫生间，洗澡是公共浴室，也没有洗浴用具，非常简陋。那天，保罗端着个脸盆去洗澡，一拧笼头，刚流出来是一股锈水，把他吓了一跳。好不容易等来了热水，但在洗的过程中又忽冷忽热，像打摆子一样，让人提心吊胆。

保罗就想起中城旅馆来了。当年，他的父亲卞爱中七八岁，住过那个旅馆。那是座漂亮的红房子，一座用红砖砌的西式楼房，远远一看，颇为雅致。这些都是父亲告诉他的。但保罗上次来潕城的时候，就已经知道那座红楼早被拆掉了，如今那一片有住宅、幼儿园、菜市场，唯独没有一个叫中城旅馆的地方。

后来保罗打听到，开中城旅馆的老板叫杜少清，祖上也是开槽房的，赚了钱后就在城里买了块好地皮，修建了潕城最好的旅馆。旅馆装修豪华、设施齐备，与那些小客栈完全不在一个档次，里面有会客厅、舞厅、牌房、餐厅，每间房配有报纸和水果。杜少清曾经到过上海，住过那种有电梯上下，有侍应生服务，室内有壁炉、壁柜、沙发的高级旅馆，所以他回到潕城后就决心建一座好的旅店，其实他就是潕城当年追求新生活的代表。

保罗是他父亲最小的儿子，准确说是他父亲的第二个妻子所生。在保罗的成长过程中，他是与父亲慢慢的衰老伴随在一起的。他小时候常常听到父亲讲自己过去的故事，也许人一老就喜欢怀旧，这是他的哥哥姐姐们没有体验过的。当然，他就听到了不少来自中国的，准确说是那个遥远的滹城的故事。

那些讲述就构成了保罗童年的记忆。那一天，天渐渐黑了下来，小城的夜晚来临，就像他的童年重新回来了一样。

在夜色中，保罗闻到了一种悠悠的、有些刺鼻的灭蚊药剂的味道。他睁大着眼睛望着窗外的一弯浅月，远处传来蟋蟀的声音，他相信离旅馆不远的地方是广阔无垠的田野，昆虫们就成群地蛰伏在那里。而那里正是乡村与城镇对峙的地方，它既是自然的分界，也是一条隐形的两个不同世界的隔离带，而历史的寓意正在蟋蟀的奏鸣下，在越来越深的黑夜中变得清晰起来。

旅馆旁的路上三轮车丁零丁零的声音不时传来，忽远忽近。这声音也是悠远的，没有白天的喧嚣，甚至有一点古意和孤独感。保罗想象蹬车人与坐车的人之间也有一种无形的对峙，就像人与人之间也有历史的隔膜。

夜突然变得有些虚无。异乡的夜，总是有些空洞无依。

保罗突然想起一年前，他第一次来到滹城。当时也坐在一辆三轮车上，就同蹬车的车夫聊了起来。大概滹城很少有外国人来，人们看到外国人都会觉得稀奇。那是个热心的车夫,他好像对保罗并不陌生,而且乐于给他介绍漓城。他告诉保罗,他爷爷曾在江上跑过船,见过不少外国人,甚至还跟他们中的某个人成了朋友,他到死都记得一些蓝眼睛、黄头发、大鼻子的外国佬。

车夫的爷爷会不会跟他的祖父认识呢?保罗想。

这似乎并非子虚乌有的胡乱想象,在一定的时间、空间下,是完全可能的,而保罗隐隐觉得自己在漓城随时都可能与什么意外的事件相遇。这种感觉很新奇,一直在暗中推动着他,让他在头脑中不停地勾画着什么,而一些轮廓似的东西开始在涌现。保罗暗暗地发现,祖父的日记、父亲的回忆以及他目睹的现实正在开始融合。

对保罗而言,漓城是陌生和新鲜的。看到的、听到的,这是两种不同的东西。耳朵与眼睛虽然只有那么短的距离,但却有不可思议的东西产生,他相信历史的形态常常是以耳朵和眼睛的形式存在着的。

3

第二天一早,老邱就来找王元灵,他们是老朋友。

老邱与王元灵年龄相当,在漓城县志办工作。此人个头不高,头发花白,但看起来很精神,给人一种

纸

朴实而亲切的感觉。

那天，他们一行三人就朝滃城下面的磨坊乡方向驶去，老邱想让保罗先看看滃城古老的造纸业。一路上，老邱都在为保罗指指点点，王元灵也会帮着解释，他显然非常熟悉这一带的情况，如数家珍。

汽车沿着山路盘旋，在那些郁郁葱葱的树林里，会时隐时现地出现一些房屋，而其中不少就是造纸的作坊。这一路连绵下来，估计也有上百家。其间他们曾经下车停到了路边的一家作坊前，保罗好奇地走上前去与那个正在忙碌的男人聊天。他告诉保罗，他正在为外省的一个小学赶制一批练习毛笔字的纸张，时间是必须在秋季开学前运到。

回到车上，保罗问老邱，他们一年能够赚多少钱？老邱回答，这比种地好得多，当地百姓只要条件允许，都愿意造纸。

一小时后，车停在了一个空地上，旁边是一个不小的四合院，老邱带着他们走了进去。作坊由一对中年夫妻在经营，请了几个帮工，干一些粗活，如洗竹漂麻、打堆、捣料等。丈夫亲自抄纸，这是门精细的技术活，是造纸中最为重要的一个环节。当然，这也是体力活。

那天，保罗看到在一槽水缸里，里面装满了稀薄的乳白色的纸浆。男人把一个特制的纸帘放入水中，然后鼓荡水波，双手从水中端起纸帘，纸浆就均匀地糊在了帘子里，像一层半透明的薄膜。男人再轻轻将

第三章

纸帘上的那一层薄膜放进纸板上，一张纸就完整地出现了，这个过程就叫抄纸。

保罗看得出神，他没有想到古代的纸就是这样造出来，竟然有种特殊的美感，也可以说是一种魔力，真是神奇之极。

那个熟练操作的男人光着上身，双臂雄厚有力。他反复做着同样的动作，而一张张纸就已经从槽中分离出来，变成了一个个独立存在的东西。

保罗沉浸在这个过程中，他甚至有跃跃欲试的冲动。王元灵告诉他，抄纸是门手艺，轻重缓急都很讲究，每一个细微的动作都会对纸带来影响。所以保罗觉得纸里有一股韵，那是匠人的手臂、肩膀、腰部等和谐配合下产生的美感，很值得玩味。

其实，这时候的纸还是湿的，抄出的纸像一块豆腐一样粘在一起，不能去动。接下来的工艺就是上榨脱水。纸榨是个特制的装备，是用巨木做成的，它运用杠杆原理，借用巧力来压干湿纸的水分。水一去，纸已半干，再启层就方便多了。一般来说，这个精巧的活就轮到女人们去完成了。

分出来的一张张纸要烘干，这就要刷壁晾纸，即把纸贴在墙壁上，墙壁后面一般会生火来增加温度。墙是专门砌的，一般是两层墙，中间烧火，温度传到墙上，将纸烤干。干了的纸启下来，叠放在一起切割。一刀纸一百张，整整齐齐码在一起，要是在过去，捆好就可挑着去市镇上卖了。

纸

　　当然，造纸并非这样简单。如果要从砍竹开始算起，这里面有七十二道脚手，要讲完这每一道脚手，得说上三天三夜，写上一本书。漰城在清代光绪年间有个文人写过一篇文章，专门讲述造纸的过程，文章刻在碑上，叫《蔡瓮碑叙》。里面是这样讲的：砍其麻，去其青，渍其灰，煮以火，洗以水，舂以臼，抄以帘，刷以壁。这二十四个字概括了造纸的整个流程，保罗看到的只是最后的"抄以帘，刷以壁"这两个环节，而如果要看完全过程，常常以一年计，最少也需要半年时间，这还得从出竹子的春夏季开始。所谓"砍其麻，去其青"，就得在这个季节，把竹子砍下来，然后将竹子沤成黄色，就是指这个意思。

　　新生的嫩竹是造纸最好的原料，纤维柔韧，才能落墨细润。但现在已经过了砍竹的五六月，保罗他们如果要看造纸，还得需要一点时间。王元灵对他说，顺序确实也可倒着来，从现在开始，考察到明年春夏，正好也是一个周期。

　　那天看完作坊的造纸工艺，已到了中午，夫妻俩热情地留他们吃饭。老邱说，就留下吧，附近也没有饭店。看得出他同这家人比较熟，不用太客气。

　　农家饭菜，腊肉香肠、炒鸡蛋、烩茄子和一盆蘸水豆花。保罗吃得津津有味，只是豆花的蘸料让他有些不适应，当然这是他第一次吃乡下的豆花，麻辣的蘸料让他吃出了一身汗。

　　吃饭的过程中，屋外突然传来一阵摩托的轰鸣。

第三章

一个十六七岁的大男孩闯进了屋子,原来是夫妻俩的儿子回来了。这个孩子看起来很壮实,初中毕业就没有继续读书,父亲本来想让他在家里干抄纸,但儿子不愿意,就到漓城的一个建筑工地上去了。工地的包工头是同乡,跟这家人也是远房亲戚。孩子现在干的是没有什么技术含量的活,挑挑土、守守工地,一月工资两百块,比干抄纸的收入高,也还不是特别累。这天是老板去外地收账了,工地上连续停工了几天,也没有什么事,他便趁机回趟家拿换洗衣服。

他一上桌,孩子的母亲马上掀开饭甑给他舀饭,又使劲给他夹菜,保罗看到她搛了几块又肥又厚的腊肉在儿子的碗里。孩子闷着头刨饭,但不时用眼睛睃保罗。他是第一次在现实中见到外国人,之前仅仅是在电视上看过,所以他非常好奇,又有点怯生生的。

其实,保罗对这个大男孩也很感兴趣,不时去打量他。保罗想,他为什么不愿意留在家里学造纸手艺,而宁愿去工地上工作?难道手工造纸没有前途吗?他不能理解。

在他知道的一些地方,像这样的传统工艺往往有很好的传承。有不少人家很多代人一直做一件事,从不放弃,做得精益求精,代代相传。他们不会太多去考虑经济利益的问题,甚至根本不赚钱,有些祖传的手艺几乎已经濒临消失,但他们还在坚守,这里面其实是一种对手艺的尊重。

此时,保罗又看了看眼前的夫妻俩,这是两张最为朴实的中国乡村农民的脸，他们能够理解他想的这些问题吗？他们没有什么文化，只会种地和造纸，造纸显然能够带来一些收入，比种地强，这就是他们简单的生活逻辑。保罗觉得这样的乡村好像缺乏一点什么。

就在保罗想着这些费解的问题时，他又听到了一阵摩托的轰鸣。

那个大男孩已经骑着它飞奔而去了。

摩托声消失的时候，他们也准备起身离开。吃完饭，夫妻俩又开始劳动，没有休息。

保罗问老邱，他们一天能够做多少张纸？老邱没有直接回答，他说每抄一次纸帘，舀水、抬臂这一个连贯动作承受的重量相当于把一只盛满水的水桶举起来。这大大出乎保罗的意料，他在心里默算，如果按三十斤算，举一百次就等于三千斤，如果是举一千次，就是三万斤。这个看起来并不显得特别笨重的劳动，居然需要付出如此大的体力，造纸就是重体力活。

在滽城有多少这样造纸的人家？保罗又问。

老邱说当地把造纸的人家叫槽户，最兴旺的时候有数千家，整个滽城不下一半的人从事造纸行业，当地人说这叫吃竹根子饭。

确实，造纸曾一定是个赚钱的行业，比种地带来的经济效益好很多。但老邱说如今的情况有很大变化，造纸并不好赚钱，仅仅算是农民的副业，现在造纸的人家越来越少了，再等几年，这种手工造纸就会逐渐绝迹。因为就在当地已经有两家机器造纸的企业

第三章

正在兴建,如果开业,生产的纸张将远远超过那些手工造纸户产量的总和。

老邱给保罗讲述这些的时候,表情有些凝重。他是土生土长的漓城人,他的家里过去也是槽户,祖祖辈辈都是吃造纸饭的,他小的时候就是看着父母在槽池边劳动长大的。老邱后来到了城里工作,按当地人的说法就是跳出了农门,吃国家定粮,告别了那些艰苦的农耕劳动。但有很长一段时间,只要一回到老家,他就会主动去干一些造纸的劳动。

保罗,你看,那边就正在建一个纸厂。

老邱指着一个远远的山头说道。

那是个正在修建的工厂,相隔约一公里,一眼望去,隐隐约约能够看到一点建筑的影子。不过,老邱对它却有点忧心忡忡,他说那个厂一旦建起来,周边的手工作坊就麻烦了,它们怎么也竞争不赢那个庞然大物。

作坊垮了怎么办?保罗望了一眼正在劳作的夫妻俩。

要么继续种地,要么去工厂干活。老邱回答。

保罗想,如果按照这个逻辑,那么那个孩子的选择未必是错的。

那天回到旅店,保罗把他这一天的见闻全部写到了日记里。他发现相对于他的祖辈,这已经完全是两个不同的时代,漓城之行注定是特殊的旅行。

第四章

1

紫菀曾收到过一些奇怪的匿名信。

信来自漹城,这从邮戳上就能看得出。

信里写的都是一些莫名其妙的事情,字写得工工整整,但也常常有几个错别字。紫菀前后对照过字迹,可以判断为同一人所写。不过,写这些信有何意义呢?紫菀断断续续收到了十多封,厚厚的一叠。这究竟是个什么人?为什么老是给她写信?这件事让紫菀颇为烦恼,不知道怎么处理这些信,后来索性把信扎成了一叠,扔在了床下的箱子里。

这一年,紫菀中学就毕业了,她想去读护士学校。她对医学最早的兴趣来源于很小的时候父亲对她的影响,那时父亲经常带她去郊外辨认一些药材,后来她居然认识了上百种之多。但紫菀更感兴趣的是西医,那些穿白大褂的医生总让她感到一种神圣感。有一次,学校请了仁济医院的洋医生给她们上了一堂生动的卫生课,讲的是中国人的健康状况。这堂课让她

第四章

的内心起了波澜，很多不良的习惯其实就是疾病的温床。像痢疾、阿米巴病、血吸虫病、钩虫病等一直危害着国民体质，中国人的卫生水平必须大力改善。那天，那个医生还带来了一架显微镜，让学生们挨个去看，结果每个人都很震撼，原来世界之下还藏着一个看不见的世界。

在离开学校前，紫菀在清理杂物时又翻出了箱子里的那些信，她决定把它们统统烧掉，一封不留。

学校的背后有条小沟，在那里将信烧掉，灰烬就会沿着流水飘走，从此完全消失。这是个不错的主意，她迅速把那叠信放进了一个布包里，还专门带了匣火柴。她突然感到一阵放松，迈着轻快的步子走出寝室，去处理长久积压在心里的烦恼。

这天的天气好得出奇，天空晴朗得没有一丝云，站在高一点的地方，甚至可以看到西岭雪山。成都难得有这样好的天气，一遇到晴天，她的姑妈准会把家中衣柜中的冬衣拿出来晒，小院里便会飘着花花绿绿的衣物，而紫菀总会在下面逗着那只打滚赖皮的花猫。那猫很有灵性，它知道怎么撒娇作态，甚至还懂得佯装愤怒，吹胡子瞪眼睛。看它生气的样子也可爱，一口咬去，却不是真咬，原来只轻轻地舔了几下你的手指。

想到这些，紫菀的心里暖暖的。此时，她看见一些女生正在教学楼的大门前集合，准备拍毕业照。那些女生正三三两两地散落在操场上，很快她们就像一些轻盈的蝴蝶聚集在一起。那是一个美丽的景象，但这样的景象马上就要变成几张黑白照片，每个人都会带着它们各奔东西。那些朝夕相处的同学很快就要告别了，紫菀的心里又有些伤感。

她稍稍加快了步调，她不想继续看下去，她们一生中最美好的同窗生活就要结束了。在某些时候，紫菀对那个模糊的未来有种说不出的期待，但更多的时候是心里突然涌起的一阵无名的茫然。

快要走到小沟渠附近的时候，她停了下来。人突然有些恍惚。火柴在手里攥着。她只要轻轻一划，一团火焰就会跳出来，扇动着蝴蝶一样的翅膀。就在这时，她听到有人在喊，紫菀！

是文绣，她的同学。紫菀本能地用肘护住了布包，生怕别人发现了她这个秘密似的。文绣很快来到她的身边，同她一起走。那是一条两边栽满了冬青树的小径，路上铺满了石子，那些坚硬的石头发出小小的碎光。文绣开朗活泼，热情地同她说着什么，几分钟后，她们回到了宿舍房前。

就在这个过程中，文绣叮嘱紫菀不要迟到，说她们班的毕业照是在下午两点，大家尽量早点去集合，摄影师会在那里等着她们。文绣还告诉紫菀，她想在合照的时候让每人都戴一根纱巾，所有人都表情严肃地坐在一起真没意思，这个办法可以让毕业照不至于太过严肃、呆板。她总是有些别出心裁。

其实紫菀并没有去想文绣的话，那个奇特的想法

第四章

也没有吸引她。紫菀的手里还一直攥着那盒火柴,回到了寝室后,把那些信又扔回了箱子里。接着,她顺手又点了一根香,然后站在窗前,远远地望着那个空空荡荡的操场。

在漓城,人们都知道跑邮差的鲁矮子,人们都称他鲁大爷。

虽然其貌不扬,但鲁大爷就是漓城的邮政大臣,掌管着漓城的书信往来。要是他心情不好了,故意把那些重要的家书拖上那么一两天,或者把它放在地上踩上两脚,甚至就是把它顺手扔到阴沟里又能怎样,所以人们一般是不敢得罪他的。其实,鲁邮差对人倒也和蔼,胖乎乎的,眼睛里就像转着两颗甜豌豆。

在人们心中,送米、送盐都不如送一封薄薄的信。鲁大爷挎着一只绿色的邮袋,常年奔波在漓城的大街小巷。他的眼睛虽小,却明亮有神,就像那些温暖家书中闪光的字眼。

守武心里一直都在等一封信。

有一年,守武遇到过一件奇特的事。那天,他在河边玩耍,看见河里漂来了一个白色的东西,等那个东西靠近他的时候,他才发现是个信封。上面的字迹早已模糊,但它漂在水中一漾一漾的。他在想,它是被人扔掉的,还是不小心丢失在水中的?守武甚至还虚构过一个场景:这封信的主人是个年轻女子,她正站在桥上读这封信。突然,吹来了一阵风,信一下被

纸

吹到了江中。

信封就从他的旁边漂过去了。当它漂了很远的时候，守武突然有些失悔，为什么不把它捞起来看看呢？那会不会是他写给紫菀的信呢？

这天，守武又听见了鲁大爷在外面喊他：颜少爷，快点，邮船马上要开了！

一听见这声音，守武就紧张得不得了。那时他正在写一封信。他已经写了很多张纸了，但都不满意，重来了好几次，而每次一下笔就觉得写错了什么似的。

喂，船不等人哦！

鲁大爷的声音拉得长长的。

他越喊，守武越紧张，一个字都写不出来。鲁大爷一周才来取一回信，错过了就只有等下回了。

走了，走了！鲁大爷又在催促。

守武急红了脸，恨不得跑出去骂他一通。奇怪的是，这样一想，他的手却在纸上快速写了起来。下笔如有神，不到几分钟就写好了信。但正要封上信封，他就发现了问题，因为他在落款处署上了自己的名字。这可不行，他是绝对不能让对方知道自己的名字的，要是对方知道了是他写的信，那他就完蛋了。

守武将刚写好的信揉成了一团废纸，又重新铺开了一张纸，把刚才的内容重新誊写了一遍。他边写边提醒自己千万别再犯错误。

这时，守武就开始做梦了：对方安安静静地读他的信，睁着两只好看的大眼睛，就像脉脉含情地望着

· 108 ·

第四章

他。是的,这一切都是如此美妙,让他充满了幸福和温暖。

但就在这时,鲁大爷不耐烦的声音又传了过来:颜少爷,我走了,下回请早!

守武一听,急忙冲了出去。但他跑出屋子,迅速赶到大门口的时候,已经不见了鲁大爷的身影。

鲁大爷,鲁大爷……

守武连喊了几声,不见回音,而他声音也渐渐地变成了一股愤怒。

鲁矮子,鲁矮子……

是的,只有鲁大爷知道他一直在给一个叫紫菀的女孩子写信,却从来就没有收到过一封回信。

这点可能连鲁大爷都感到郁闷,甚至还悄悄地取笑过这个多情的少年郎,因为每次当他接过信的时候,鲁大爷都会意味深长地瞟一眼守武。他的那豌豆米大小的眼睛又骨碌碌转动了,一动就能世事洞明似的。鲁大爷肯定是知道守武心里的那点秘密的,不过他是明白人,不道破,也不说,鬼得很。

信没有寄走,守武坐在门槛上失望至极。

他想哭,想哇的一声哭出来,他委屈、不安、愤怒。

就在他感到嗓子有种剧烈疼痛的时候,守武突然被守文的脚蹬醒了。这一夜他们同睡一床。

守武一醒来,感到脸上是湿的,赶紧把脸埋在铺盖中擦了两下,然后才坐起来,端起瓷杯喝了几口冷水。

这时,守武有些不好意思地问,蹬我干啥?

· 109 ·

你刚才乱喊乱叫的,跟杀猪一样!

守武有些不好意思。这时他往窗子外看了一眼,下雨了。远处有不知是河水还是雨水,或者是河水同雨水混合在一起的声音,哗哗响。四周仍是黑洞洞的。

你是不是梦到老夫子打你的手板心?守文咕哝了一句。

守武嘿嘿了两声。但睡意马上又袭来了,他倒了下去,想继续睡,但又觉得有点躁动。

过了会,他突然转过身说,哥,我给你说件事,我以后不得挨打手板心了。

守文从床上立起身子,吃惊地望着他,觉得他有什么话要说。

哥,我马上就要去成都念新学堂了。

真的?守文很惊讶,这件事他还全然不知。

守武点了点头。

真的?守文又问。

我不骗你。

2

去了成都读书后,守武没有再给紫菀写信。他们之间已没有信的距离,那个既冒失又懵懂的青涩少年已经渐渐长大了。

第四章

守武站在船上的时候，曾动过一个荒唐的念头：他要给鲁大爷写一封信。当然，这只是个恶作剧。这种戏弄的感觉实在太奇怪，也不知道为什么会有这样的想法。鲁大爷每次在接信的时候表情总是怪怪的，意味深长，有点像在嘲笑他，又有点像在同情他。想想也是，给一个女孩子写信，却从来没有得到过一封回信，这不是自作多情吗？但是，守武本来就不需要得到回信，他只想写，不断地写，这是他的权利。况且，这件隐秘的事是如此美妙，旁人根本无法体会，他喜欢这样的冒险。

想气气鲁大爷的念头只有一瞬间，他其实应该感谢他呢。何况河上的风那么大，一下就把这个念头吹走了。

守武去成都读书这件事，为他张罗的是他的姑爹崔一夫。

崔一夫在湾城县衙署里做文牍，肚子里有学问，颇受乡人敬重。谁家的孩子满月要取个名，或者要举行加冠之礼，都会去请他坐上席，因为他晓通文墨，说话得体，待人客气，请他就当请了天上的文曲星。

小的时候，守武喜欢跑到姑爹家中去玩，崔一夫高兴了会给他一块米糕吃。崔一夫没有小孩，家里清清静静的，守武一去就热闹，如条黄狗乱窜。但守武后来就不喜欢到他家里去，因为每次去都看见崔一夫在案头上写字，崔一夫一见他就说，守武，快来给我磨墨!

刚开始他还给姑爹磨,姑爹一高兴就说,坐下,坐下,我给你讲讲字是咋个写的。

接下来,他就兴致勃勃地给守武讲什么间架结构,什么颜体柳体。崔一夫说,写字就像穿衣服,写不好字就像穿不好衣服,字如其人,长大了就是歪瓜裂枣。崔一夫又给他找出《芥子园画谱》,让他也照着画上几笔,山峰呀水波什么的,反正扭来拐去的。但守武贪玩,对这些没有兴趣,他讲的时候,守武或许正在偷偷望屋檐下一只飞来的麻雀。崔一夫发现后,马上把桌子敲得咚咚响,说,难道麻雀会写字?

倒是守文每次去了都安安静静地坐在那里,写上两张大字,崔一夫经常表扬他。有时,他还把兄弟俩同时写的字贴在墙上比较,夸奖守文的字灵秀,像水中的小鱼,静而有神。而守武写的字像只张牙舞爪的螃蟹,满地乱爬。

守武明白那是姑爹在批评他,他心里有些不服气。他才不相信守文比他强多少,在外面总是他护着哥哥,那些调皮捣蛋的孩子才不敢欺负守文。所以守武有时会故意搞恶作剧,让姑爹生气,比如把墨磨出了砚,弄得满桌都是。姑爹说中锋用笔,他偏偏要把笔偏着写,崔一夫就说他是在鬼画桃符。

但有件事情守武就一直不明白,姑爹总是叫他磨墨,很少让守文去干这件事。有一次他是真的问过姑爹,但他笑而不语。那次下来后,姑爹多给他一块麻饼，说是磨墨的功劳。

去成都念书那天，崔一夫把守武送到码头上。他从身上掏出两块银圆给守武当零用钱，然后叹了口气说，以后给我磨墨的就只有守文了。

上船后，守武时不时用手去摸那两块银圆，直到把它们摸得滚烫。他一直舍不得用这两块银圆，总舍不得把它们花掉了。也许在守武的潜意识里，他和守文就像那两块银圆一样，应该在一起。

守武走后不久，守文就得了一场病。

那段时间中，他成天都不想吃东西，没有食欲，且常常觉得恶心，莫名其妙地就想吐，人变得很萎靡。后来去找郎中看病，说是中了寒邪，脾气虚损，以致中阴不振。按照中医的说法这是个慢病，需要慢慢治。这样一来守文只好退了学，回家养病。

那一段时间，颜家大院里每天都飘着一股中药的气味。最辛苦的是袁嫂，她每天都在一个炉子生火、扇火，熬出一罐药，常常让炭灰扑她一脸。

袁嫂熬药的时候，守文有时也坐在一旁看她做事，跟她说几句话。但这一年中，守文因为身体不好，一直病恹恹的，每天看上去都是那样无精打采。袁嫂从小带他，看着他也心痛，总想让他高兴起来。这天，她就突然说，守文，你还记得小时候的事不？

守文点点头。

你还记得那头鹿子不？

他又点了点头。

我说的是山里的那头。

山里的那头？

对，就是你刚说话时，对我说看到了山里有头鹿子。

哦……

守文突然陷入了若有所思的状态中。

那是一头什么样的鹿子呢？他在记忆中努力地搜寻。是的，那是他亲眼看到的鹿子，全身金光，绚烂之极。当时他惊讶得突然喊了出来，袁嫂说他就是那时才学会了说话。但是，难道这是真的吗？现在他好像也不那么自信了。但可以肯定的是那头鹿子全身都充满了言语，流淌着赞美，那是守文童年被唤醒的一个新的生命。但是，它之后就再也没有出现过，难道它消失了吗？

守文，来帮我滗药。

这时，袁嫂递给守文一个小钵，她端起药罐，用一根筷子挡住药渣，让热乎乎的药汁流到钵中。

药要熬三道，掺上水还要继续熬第二道。袁嫂的脸上开始出汗，炭灰一扑，汗水就会变成一道道污迹。

守文一看到那些乌黑的药汁就皱起了眉头。长期吃药，让他觉得自己的身体里全部是中药的味道，他迟早有一天会变成一味中药，骨头、指甲、头发丝丝都会散发出浓烈的药味来。守文变得极度敏感起来。刚才滗药的时候，药倒进小钵里发出的声音，让他想起了撒尿。他的尿中都有股药味，每次一闻到就想呕吐。

第四章

我不想喝药了,喝了也没有用。守文说。

人家太医都说了,又不是啥子大毛病,就是要慢慢调理。

信那个太医的,只有被活活医死!

袁嫂一听着急了起来,连忙说,哎哟,可别瞎说。要不我们再换个郎中试试?听说嘉定城里有个神医,没有治不好的病。就是远了点,但只要能治好,背包打伞都要去找他,吃几服就好了。

后来,守文又换了两个郎中,但都没有任何效果。而袁嫂听说的那个嘉定城里的神医,他们也坐船去看了,来回花了两天时间。

那一天,袁嫂又在那里熬药,守文坐在旁边的一根凳子上,神情没落。

袁嫂不停地忙碌,把火点了起来,然后不停给炉子扇风,炉膛渐渐红了起来。不一会儿便听到咕噜咕噜的声音,药味四溢。

守文又想起了去见那个神医时的情景。那是个干瘪精瘦的老头,留着一把胡须,但稀稀疏疏,黑白相间。他戴着老式圆框眼镜,镜架落到了鼻头上,眼珠吊在上面。他看了眼守文,然后用沙哑的声音说了声,嘴!

守文便张开了嘴。这是其他郎中都会要看的,这些动作他做过无数回,已经有点麻木了。

嗯,舌苔厚,茶饭不思吧。郎中说。

这时,郎中伸出了手。守文也赶忙把手递了过去，让他把脉。当他那瘦骨嶙峋的手指放在守文的手腕上时，守文猛地缩了一下。

回滠城的途中，守文问袁嫂，他开的药有用吗？袁嫂说，你看那么多人排队等着看病，不就是为了求他一服药。

回到屋中，袁嫂就开始忙碌起来。

过了不一会，袁嫂说：守文，帮我把钵端过来，我要滗药，这次喝了肯定会好。

很快，第一道药就熬好了。

这药灵得很，三服就会见大效！袁嫂又说。

袁嫂对这服药一定是寄予了很大的希望。其实她对每服药都寄予了很大的希望。她希望守文一天天好起来。

但守文一点都不高兴，愁眉苦脸，神情恍惚。

药罐里重新掺上了水，开始熬第二道药。

袁嫂，以前院子里那头鹿子是怎么跑走的？守文突然问道。

袁嫂吃惊地望着他，有点不知所措。

守文，你咋个会想着那件事？

我总觉得那头鹿子没有跑出去，而是藏在哪个地方了。

藏起来了？袁嫂有些惊讶。

守文点了点头。

你觉得藏在哪里了？袁嫂朝四周望了一下。

我也不知道。

第四章

守文有点像在自言自语。袁嫂看到他此时的神情，就像当年他喊出"鹿子，鹿子"的神情一样。

她伸出手去摸守文的额头，冷冰冰的。又去摸他的手，也是冷冰冰的。

我没有病！守文说。

我也觉得你没有病，咱们喝完这几服药就全好了。袁嫂的脸上露出了一丝苦笑。

第二道药滗完，又开始熬第三道药。

这时，颜佑卿从门外走了进来，他大概是闻到了浓烈的药味，就朝这边走来。见到守文，便从口袋里掏出一封信来给他。

信是守武写的。他在成都念书一切正常，请家里人勿念。他还说这个暑假不准备回家，要去搞勤工俭学，挣一点生活费。另外他很关心哥哥的情况，专门提到了守文，问他如何。

这时守文才意识到守武已经到成都读了一年书了，而他在这一年中，却是每天跟药罐子抱在一起的。读完信，他的眼角突然掉下一颗泪来。颜佑卿见此情景，连忙走上去拍了拍守文的肩膀，然后对袁嫂说，药熬好了，要赶紧喝。

那一天，守文把熬好的药端进了自己的房间。其实他一口都没有喝，而是把它全倒在了窗边的一盆兰草里。

3

守武当年到成都读书，走的是水路。

从漹城江边上了船后，顺江一路向北，再到嘉定转船。

在嘉定码头时，船上已经有七八个人。开船之前，有几个兵士闹闹嚷嚷上船来检查行李。结果查出船上有个乘客带了一大捆烟草，要他补缴烟叶货税，但那个人坚称是自己买来抽的烟，不是贩运，所以拒不缴纳。这一来双方就起了争执，耽搁了半个小时，同船的人也不耐烦，急着催着要赶路。但兵士就是不放行，最后的结果是捎带烟叶的人折半给了些钱才开了船，但兵士说没有票据，下次来补。

呸，不要脸！钱还是进了他们的腰包。

那个人一路上都在愤愤不平地骂骂咧咧。旁边的人也附和着安慰几句。

就在船只准备解缆开船的时候，便看见从江边飞奔出一个人来，他边跑边喊：等下，等下！

来人正是杨家奎。

杨家奎一上船就向四周的人拱手，并不停地点头打招呼。

这时，那个因为纠纷而耽搁了大家时间的烟叶

第四章

客，也卷好了几支烟，让同船会抽烟的人品尝他的好烟叶。船上一时间烟雾缭绕，但气氛明显比之前融洽了不少，大家有说有笑，船往前方划去。

要不是烟叶客闹腾的那半小时，杨家奎就错过了这条船。

他一上船就解开领口，脖子上都是汗，用帽子不停扇着。此人是马脸，中分头，眼睛很机警，胡须刮得干干净净，显得很干练。

杨家奎就坐在守武的旁边。

守武不怎么说话，因为在临行前崔一夫告诫过他，不要在途中与旁人交谈过多。出门慎言，免得招惹是非。守武记着姑爹的话，他这是第一次出远门，所以一路上小心翼翼的，不与陌生人多言多语。

船一过嘉定，大家就静了下来，船开始走上水。刚开始时，大家还看看外面的风景，但久了也觉得厌倦。人们便在船上横七竖八地躺着、斜靠着，恹恹欲睡。守武的思绪有些散漫，他想以前那些文人墨客在这条江上行走，写出了那么多的诗，其实他们也不过聊以打发船上的寂寞而已。但这样枯坐船中，却也不啻是个冥思苦想的时机。其间守武跑到船尾去撒了几泡尿。尿从船孔里撒落出去，嗖嗖嗖的，像一叠铜钱落进了江中。

当晚歇在了汉阳坝。第二天一早，船主就催大家走，江上的雾气已散，是个大晴天。江面上霞光片片，两岸的树木五彩斑斓，那些巉岩峭壁上也长着红

· 119 ·

纸

的、黄的、紫的、绿的灌木,烂漫多姿,像是随意涂画,却胜过任何彩笔。

杨家奎不断地抽着烟。旁边的人你一句我一语地说话,一船人抵足而谈,多是风土人情、岁时收成这类的话题,伴随着小孩的哭闹声,也时有笑声,船就这样慢慢地向成都划去。

就在这期间,守武手里多出了一张报纸,也不知是谁带上船的,旁边的人看完就顺手递到了他的手中。这张报纸已经在船上传了一圈。守武翻了一阵后,又把报纸递给旁边的杨家奎。

小兄弟,平时爱看报?他指了指那张《新声报》。

守武摇摇头。

小报上的东西,装多了没啥好处。杨家奎随口聊道。

守武有些奇怪地望着他。

去省城念书的吧,好好念书就对了。他朝守武认真地点了点头。

但他们的话就断了,随即杨家奎开始稀里哗啦地翻着报纸。守武也谨守着姑爹的告诫,出远门尽量不与外人多言。其实,他也并非没有见过世面,当年被土匪绑架,那些人的容貌仍时时在他的脑海里闪现。他有种天生的对江湖险恶的警觉。但他觉得杨家奎刚才的话,是话里有话,便多出了一点好奇,突然问,大哥,你是做啥的?

我嘛,猜猜看。

第四章

肯定是做大生意的?

哈哈,跟别人跑点小买卖而已。

这时杨家奎点起了一根烟,抽了两口,说,来一口?

守武赶紧摇了摇头。

接下来,杨家奎跟守武天南海北地聊了起来。守武虽然知道得不多,但有了坐在身边的这个有点江湖义气的大哥,说说笑笑,路途倒也不寂寞。

同船中有个姓廖的老先生,一把长须。船上还有个老太太,带着个七八岁女孩,应该是她的孙女。小女孩时不时要撒娇闹一阵,过一会又倒头在老太太怀里睡一会。

船上还有个军人,穿身旧军装,满脸胡茬,邋里邋遢。还有父子两人,说是要到西北去做买卖,要转道去汉中,这个地名守武还是第一次听说。但父子俩说话谨慎,守武看见过好几次两人侧着耳朵低声叽叽咕咕的。一路上停停歇歇,加之税卡甚多,经过岷江的几十个码头,行人早已是疲惫不堪。

到眉山河段的时候,发生了一件事情。不知道谁看见了大河中漂来的什么东西,就大声喊了一句"快看"。一船的人都循着那人的方向远远地望去,河面上确实漂来了什么东西,黑黑的一个圆点。

是条狗吧。廖老先生说。

是猪。小女孩一边叫。

别乱说话!老太太马上训斥。

当那个圆点越来越近的时候,突然有人惊叫了一声，是个死人！

话刚完，船就猛烈摇晃了一下。众人都打了寒战。

船上顿时一阵唏嘘声。老太太喋喋不休地重复着一句"造孽哦造孽"的话，甚为悲戚。等老太太把那块脏兮兮的手巾插进斜襟里时，船上又出现了嘀嘀咕咕的声音，他们三三两两围在一起，显然谈的是刚才的事情。

船到了王家渡的时候已是黄昏，天上下起了雨。这雨不但大，而且被大风一吹斜着飘，直接灌进了舱里。船老大说今晚就宿江口，但船上不能睡人了，棉被被打湿了，只有上岸找客栈住下。

那天晚上，窗外的雨越下越大，守武就在异乡做起了一个梦。他梦到了表姐紫菀，她跑到岸边来接他，并送他到学校，亲自给他铺床，替他擦桌椅，还站在椅子上去擦玻璃上的灰尘，守武在下面偷偷望着她……

翌日，雨没有停，仍在细细地下。杨家奎站在船头，他点燃了一支烟，若无其事地望着江上的景物。去西北的俩父子好像有些发愁，暮气沉沉，唉声叹气地说着什么。

这船上居然有两个骗子！杨家奎突然半蒙住嘴对守武小声道。

守武很震惊，向四周张望。

杨家奎努了努嘴。守武朝着对面的父子二人望去，差点失声叫了出来。又转过身去看着杨家奎，

第四章

觉得不可思议。杨家奎很仗义地拍了拍守武的肩膀，说，在外要多长个心眼，学会看人，才不会吃亏！

这件事在守武的心里激起了不小的波澜，不断用眼睛去看对面的两个人，心中有很多的疑问，他们怎么会是骗子？而杨家奎又是怎么看出来的？当他不断睃去的时候，却发现对方用警惕而飘忽的眼神盯了他一眼。

守武突然把眼光转向了杨家奎，有点投靠的意味。杨家奎好像已经忘了刚才说的话，把烟抽完后，顺手把烟头弹到了江中。

守武趁机又暗地里迅速瞟了眼对面的两个人。但对方好像是刻意在等着他的眼神，那个年纪大的抬了抬帽檐，双眼一愣，眼光如锋利的刀子一般刷来，守武浑身不禁抖了一下。

就在这时，杨家奎掏出一张名片递给守武，说，快到成都了，我住这里，以后尽管来找我玩。

守武把名片放在手上翻来覆去地看，上面写着名字和地址。他有些感激地望着杨家奎。

此时，雨还在下，好像没有停下的意思。丝丝凉风吹进舱内，渺茫之感顿生，守武又想起了表姐紫菀。望着两岸影影绰绰的村庄、树木和田地，他突然感到，那种扑面而来的新鲜感和冲动已经荡然无存。

守武把名片小心地放在了上衣口袋里。

4

守武在入学之前,借宿在沄城人开设的和顺纸庄里。

和顺纸庄是专事纸品买卖、囤货销售的货栈,经营各种纸张,如贡川纸、连史纸、对方纸、书画纸、新闻纸、染色纸等等,生意兴旺。和顺纸庄地处宏济桥附近,紧靠锦江边上,运输上颇为便利。过去,沄城的纸运到成都,主要就在这一带的门店上销售。那些商号都是各地纸商开设的,一家挨着一家,大小前后竟也有几十家之多,招牌林立,非常热闹。

和顺纸庄是个临街铺子,前店后仓。除了跑腿的伙计之外,办事处守店的平时就两个人,一个是年纪稍大的廖大爷,他管账,柜台上放着两把算盘,噼里啪啦,左右开弓。另外一个是年轻小伙子,叫刘家言,日常的杂务多由他跑腿。

刘家言也是沄城人,十六岁那年由于家庭贫寒,辍学后就去当了兵。本来他可以去学门手艺谋生,但正好遇着个人给他算命,说他是武相,在行伍中可能会有点出息。巧的是那一年,刘家有个亲戚在二十四军中做事,觉得这孩子机灵,便推荐刘家言去军中,但年龄实在太小,就让他养马。还没有到半年,军阀就打了起来,战事越演越烈,看见槽里的马都死得没

第四章

有剩下几匹了,他就害怕了,偷偷跑了,不干了,但又不敢再待在瀘城,便跑到成都当了小伙计。

纸庄里平时就是收物送货、算账收钱的事,刘家言办得利落,颇讨老板喜欢,这样一待就是好几年。刘家言平日也无别的爱好,就喜欢看点武侠小说,他最喜欢的是《三侠五义》,到了废寝忘食的程度。

守武也喜欢武侠,两人就迷到一块了。当时刘家言正在看还珠楼主的《蜀山剑侠传》,这书有好多部,刘家言看完一本,守武就接着看;有时刘家言还没有看完,守武就抢着要看下一本了。每次他们看完后都会津津有味地谈论里面的人物情节,什么昆仑派的散手、守护神达摩、疾恶如仇的罗刹,还有妖妃、仙子、剑灵等等,如数家珍。

有一次,刘家言问守武最喜欢哪位大侠?守武脱口而出,剑圣啊。

剑圣是《蜀山剑侠传》中一个行走江湖的黑衣剑侠,因为他的无踪剑影可以斩尽世间妖邪,除暴安良,威风无比。其实,守武想如果有剑圣相助,他当年就不会被人劫走了。他从小就有侠客梦,被劫之后,他就有种强烈的愿望,要是以后碰到那个爱欺辱他的"半边脑壳",一定要报仇。守武做过很多次几乎是相同的梦,每次梦到"半边脑壳"的时候,他都会吓出一身冷汗。

但惊醒之后,他就会想自己如何变得武艺高强。而接下来的梦境就出现了变化:当"半边脑壳"又把手

纸

伸过来揪他的耳朵的时候，他会一把挡住那家伙的手，然后一脚踹去。这一踹就开了花，端端的踹在裤裆上，鸟笼翻转，只听见"半边脑壳"哎哟一声趴在了地上。这时，守武走上去使劲揪着他的耳朵，扯得像根橡皮一样，然后一放，耳朵啪一下弹回了耳洞里，再软软地冒出来。当年"半边脑壳"就是如此心狠手辣，实在是歹毒啊。如今他也要让"半边脑壳"尝尝那种耳门子里面都钻心疼痛的滋味。看到"半边脑壳"不停地告饶，不停地呻唤，守武开心到了极点。

这样的梦，会让守武在第二天醒来后感到身心舒畅。而每次看武侠小说，就会给他带来痛快淋漓的梦境。这也是守武爱去找刘家言的原因，那是他心底的一个秘密。当然，他的另一个秘密还是紫菀。

一周后，守武就去了外西的仁德中学上学，那是他一直梦想的地方，他对新学校充满了憧憬。

那是一座由过去的寺庙改建的学校，三重大殿，中间的大雄宝殿改为了教师办公的地方，两庑和后殿是学生教室，藏经楼是图书馆，后面的禅房和裙房当作了住校生寝室，中间有两块不小的坝子，是学生的室外活动空间，前坝用作操场，后坝是篮球场。

说起这个学校不算小，但守武的第一印象并不怎么好。整个建筑中的大门、殿堂、走廊、钟鼓楼等，他都太熟悉了，仍然留有一股陈腐破旧的味道，当年他就是被土匪劫持到了一个破庙里，这很容易让他又

第四章

想起了过去的事情。特别是大门两旁的那一对石狮子，威严、肃穆，好像镇守着某种法度，这又让守武浑身不自在，感觉自己仍然被过去的东西包裹着，似乎一切都没有变。

但就在守武进学校的第一天，就遇到了一件事，他看到有两个老师带着几十名学生去省署游行，呼吁提倡国货、抵制日货。学生们举着旗子，喊着口号出了大街，马上就围满了很多观看的百姓。守武是新班的学生没有参加，但下午的时候，看见游行的学生回来，脸上洋溢着兴奋的神色，守武似乎也受到了极大的鼓舞。他想，下一次他也一定要去参加，他现在就是这个学校的新生，也就是它的一分子了。

就在这个过程中，守武远远地看到了何书怀，那个领队的老师。他看上去很清秀，意气风发，身上充满了一种旺盛的新鲜气息。守武想，他要是自己的老师就好了。

守武跟陈方真被分到了同一个寝室里，他们的寝室住了四个学生，但守武同陈方真谈得拢，好像一见如故，第一天晚上就叽叽咕咕地摆到了深夜。也就是那天晚上，他们突然被一束手电筒强光给照了一次，外面随即传来了一句严厉的声音：不准说话！

学监来了！陈方真惊叫了一声，赶紧用铺盖蒙住了头。

等外面的脚步声走远，守武说，怕啥？他又不吃人。

听说全校的人都怕他呢，睡吧。陈方真这才从铺

·127·

盖里露出了惊恐的眼睛，压着喉咙小声地说。

第二天上午全校在操场上开会，守武看到了昨晚那个用手电筒照他们的学监祝景伯，他背着手，表情严肃地站在台上。不一会儿，轮到他讲话时，祝景伯就讲到了昨夜新来的学生不按时起居，半夜说话，希望下不为例，不然要加以处罚。守武意识到他说的就是自己，他斜着去看陈方真，他因为个头矮小站在最后一位，头使劲低着，脸涨得通红。

新的学校，对守武来说，一切都是新鲜的。很快他就把学校的周边环境熟悉了，他甚至找到了翻墙出门的地方，有一次他带着陈方真去逛闹市，回来晚了，就是翻墙进去的。过了几天，守武又说，走，我们放学后去青羊宫逛夜市。陈方真胆小，说，跟做贼一样，再也不干了。

陈方真学习不错，而守武则有些吃力，不会做的题，他就请教陈方真。但在生活中，陈方真却有些弱，常常被人欺负，往往是守武站出来替他说话。他们相处得很好，还真有点像是兄弟。

一个月后，守武就想到去找紫菀，但从学校到牛市口要穿一个对城。他得一早就去，走拢牛市口都已经是中午了。但他没有找到方家，这是因为两月前烟馆失火，把附近的街都烧着了，方家的房子也被殃及。方杏春只好暂避乡下，而紫菀因为考虑念书方便，则去了城里的姑妈家寄居。无奈之下，守武只好

第四章

返回学校,而之后很长一段时间,他都找不到方家的任何信息。实际上,在半年后守武又去过一次牛市口,但被烧的房屋仍然没有恢复,他还是一无所获。还有一次是在一年后,守武去询问街坊,那些人说方家还住在乡下,但具体在何处却不清楚。守武要找的紫菀,她究竟在哪里呢?

守武想到了杨家奎,那是他去翻箱子的时候突然看到了那张名片。在到成都的船上,杨家奎曾说如果有事就去找他,那一天正好是礼拜日,守武就突然想起去找杨家奎,也许这是个奇怪的想法,但他想去试试。

成都的深秋总是灰蒙蒙、阴沉沉的,云层厚得像盖了一百床大被,一丝阳光都没有,让人感到压抑,浑身不自在。四川人爱吃辣椒,就是想把身体里的湿气给逼出来。要是湿气陷在体内,不去拔它个火罐,贴张膏药,或者让盲人捏捏筋骨,就会有一群蚂蚁爬出来,浑身不舒服。要是再连续下它个几场雨,更是让人心烦意乱。就是在这样的季节里,守武有种强烈的想见到紫菀的愿望,他暗暗下定决心,必须想方设法去找到表姐。

其实,在守武的意识中,杨家奎有点奇怪,也可以说是与众不同。这个人很机警、干练,但也很仗义、江湖,他好像从来没有见过这样的人,何况他在成都根本就不认识外面的人。算命先生说他八字大,啥都不怕,也许这正是他对很多事情充满好奇的原因。

这件事情确实也有些奇怪,本来那张名片早该被

纸

扔到不知什么地方去了,但他却好好保藏着,这也注定了他与杨家奎还会见面。

见到杨家奎是在暑袜街附近。那条街处在成都县与华阳县的分界线上,非常热闹,官衙和商家均云集于此,他就住在马路边的一幢小楼上。街边有几棵梧桐树,树叶茂密,掩映着小楼,从外面看有些灰暗、隐蔽。守武走进去,然后顺着楼梯往上走。

走到半途,他突然停住,觉得这一切都有点莫名其妙。他转身走了下去,离船上那次见面已经过去好久了,人家可能早就把他忘了。

到楼下的时候,守武犹豫了起来。他仰头望了望上面,楼顶上正好有几只麻雀,叽叽喳喳在叫。他又走了上去。

笃、笃、笃。守武轻声敲门。

不一会,门隙出半条缝。杨家奎伸出了半个脑袋,很警惕的样子。他只迟疑了两秒钟,就认出是守武,有点喜出望外。

是你呀,颜……

是我,颜守武,还记得我不?

记得,记得!前年在船上,把学费藏在裤裆里。

啊,你咋个晓得的?守武很惊讶。

啥子事情能骗过我,哈哈。

杨家奎惊喜万分,一下把手放在他的肩膀上。事情瞬间就发生了奇妙的变化,杨家奎不仅记得他,还好像对他的印象不错。

·130·

第四章

进屋子后,守武乘机扫视了一番,普通公寓房,房间不大,但窗台上的两盆花格外醒目,正好阳光能够照到。

守武,你说怪不,前些天我还想到过你。杨家奎说。

这让守武颇为吃惊。原来,杨家奎说他不久前去嘉定跑了趟买卖,在船上又遇到了上次那自称是两父子的人。他说,上次我就知道他们是骗子,没有想到又碰上了。他们在船上来回行骗,你发现没有,上次他们到江口后就下船了……

后来呢?守武问。

久走夜路必撞鬼嘛。

两人都笑了起来,好像这个结局他们早就知道了似的。

杨大哥,你是做什么买卖的呀?守武顺口问。

以后再告诉你吧。杨家奎诡秘地望了眼守武。

哦……守武心中的谜团并没有散。

不过,放心,都是正经买卖,不会像那父子俩一样。

那天,杨家奎表现得非常大方热情,不仅请守武去盐市口吃赖汤圆,还去春熙路的新明电影院看了场电影。杨家奎没有把守武当外人,他有点受宠若惊。

其实,跟杨家奎在一起,守武感到很轻松愉快。

那天的电影上映的是阮玲玉演的《桃花泣血记》,讲的是一对青年男女的爱情悲剧。电影的情节让人悲伤,也让守武的心里浮动起了一些难以名状的情绪。他想起了紫菀,如今还不知道在哪里,他每天

纸

都在想找到表姐。既然来了，守武就想把这件事情马上告诉杨家奎，他是做买卖的人，路子多，此时的他已经完全相信这个杨大哥是个可靠稳妥的人。

电影一完，走出影院的时候，就发现天下雨了，雨下得稀里哗啦。躲在屋檐下的时候，守武就把要寻找表姐的事情告诉了杨家奎。

杨家奎当时拍了拍他的肩膀说，放心，交给我来办，我有朋友在警察局，查一查就行。

四周的雨下得很响，让这句话变得有些模糊。

当天晚上守武没有回学校。他们坐人力车又回到了那幢小楼里，杨家奎把他的床让给了守武，而自己在隔壁屋子的长藤椅上睡。

但守武一睡下竟然有些失眠，电影的情节一直在脑袋里盘旋，而与杨家奎的相遇居然如此顺利，犹如上天安排，也让他心绪起伏。这样一来，守武睡意全无，感到有点口干舌燥，想喝水，而脑袋清醒得犹如一张显像液中的底片。

这一折腾就过了半夜，这时候他才迷迷糊糊地睡去。也不知道睡了多久，守武在半梦半醒之间又感到一阵潮热，突然鼻子里涌出一股热乎乎的东西，他连忙用手去堵，但没有来得及，那鼻子里流出的东西已经顺着他的脸颊流到了枕头上；守武赶紧立起身体，再一摸，才发现是鼻血。守武迅速用纸把鼻子堵上，又平直着睡，不让鼻血继续流出来。

一大早，守武就起了床，他想趁着天色微微亮，

第四章

看看鼻血是否把枕头弄脏了。就在他翻枕头的时候，竟然在下面看到了一个黑黑的硬东西。

枪！

守武差点叫了出来。他明显地感觉到了心脏被猛击之后的骤然停止，让他的大脑产生了一种因为缺氧而导致的紧张。

就在他想伸手去拿手枪的时候，他听到隔壁屋子里一个伸懒腰的声音。杨家奎可能被惊醒了，他在长椅上翻了个身。

守武的手迅速缩了回去。但他的高度紧张还没有过去，他在想如何对付眼前的问题。也就在那一刻起，守武意识到杨家奎绝不是简单的人，他的身份是个谜，而此地绝非久留之地。

守武迅速翻身起来，踮着脚走出门。就在他拉门闩的一瞬，他看见杨家奎站在了自己的面前。

守武猛然退了一步。

这么早就走？杨家奎搓着眼皮问。

嗯，我得赶回学校了。

好吧，改天放假再过来玩。

从杨家奎屋子里出来，守武飞快往学校奔去。一路上，守武都在想，杨家奎究竟是什么人？枪就放在他的枕头下，说明他随时都很警惕，难道他有特殊身份，或者是暗藏的杀手？这个念头一闪，守武不禁打了个冷战。

守武瞬间就陷入了一个巨大的失落和恐惧中。

纸

天才蒙蒙亮,街上只有几个摆早摊的,行人很少。他急急忙忙地往回走,可能是太快,一不留神,突然就在小巷口撞上了一个提鸟笼的老头子。顷刻间,那笼中之鸟惊恐万分,翅膀在笼壁上扑扑直响。

守武没有停下来,仍然在往前开跑,远远地听到了一句骂:贼娃子,找死!

跑到了南河边上时,守武才放缓步伐大喘了口气。此时的他仍然惊魂未定,还是没有从刚才的恐惧中解脱出来。守武想,他不会再去找杨家奎了,接着从口袋里把那张名片摸出来,顺手扔到了江水里。

第五章

1

沩城外三十里地有个蔡翁村,是从唐代开始就有的造纸村。

那里的人都姓蔡,这是造纸的祖师爷是蔡伦的缘故。但实际上他们在很久之前未必都姓蔡,各有各的祖先,来自不同的地方。只是后来迁到这个地方后,就以造纸为生,世代为业,便也都纷纷改了姓。不仅如此,他们还供奉着蔡伦,把这位纸神供在祠堂里,以祈福避灾。

蔡翁村出造纸高人,这个小小的村落里有不少是沩城有名的槽户。远的就不提了,单说有这么一户人家,世代以纸为业,在清朝光绪时他家的纸因为做得好,还被朝廷定为文闱卷纸,作为考场试卷。沩城县为此声名远扬,所以当时的知县也没有亏待他们,给他家送了块匾,上面写着"蔡纸传芳"四个字。想想看,能够进考场的都是些喝了不少墨水的人,里面是人才济济、卧龙藏虎,他们用的纸就来自遥远的西南边地的这个小乡村，而那些纸助他们一鸣惊人、仕途亨通、人生得意。

且说这户人家按辈分到了昌字辈这一代，也就是在民国初年时候了。一房中有三兄弟，都是鼎鼎有名的造纸高手，各怀绝技，被当地人称为"蔡氏三杰"。

这三兄弟分别叫蔡昌风、蔡昌雅、蔡昌颂。他们的父亲并没有多少文化，但觉得祖上曾经为朝廷选才出过力，也是被天上的文曲星照应过的，所以把三兄弟的名字按《诗经》中的风、雅、颂来取，想以此来沾点文气。

说来也怪，这三弟兄从小对纸耳濡目染，领悟在心，各有千秋，是当地有名的能工巧匠。纸这东西与文脉相近，三兄弟都干造纸，分家立业后各有成就，在坊间又有风纸、雅纸、颂纸的说法。他们不仅在漓城是造纸高人，连成都、重庆，甚至云南、贵州都知道这三兄弟的大名，很多人都以能成为他们的徒弟为荣。甚至很多根本与他们没有关系的人也要打着蔡氏三兄弟的旗号，借以抬高身价，这是因为蔡氏三兄弟造出的纸质量好、卖价高，商家争相抢购。

当年，大哥蔡昌风是抄长帘文卷的高手，学堂书院都争相买他的纸，特别是文人墨客，要是家里没有几张蔡昌风名号的纸，固然有如花妙笔，也难以将那万千诗情画意呈之于人前。其他不说，纸就是脸面，行内人都明白，纸虽都是竹木所制，但区别甚大，如

第五章

漓城的贡川纸与粉连纸就很不相同。文人用纸讲究，纸就是身份与品味，不讲纸品，何谈诗文？所以有得一张不菲好纸，字画自然是风韵万千。那时候，想要蔡昌风的纸得早做打算，春季的用纸得秋季就要早早订好，不然到时买不到，真是一纸难求。

人一出名，利也就跟着来了，名利相连，乃孪生兄弟。蔡昌风后来被一个大纸商出重金请去抄纸，当然这比他自己开纸槽有利可图，但这家商人不是傻子，出高价钱肯定不会做亏本生意，其实想的是借助他的名号把生意做得更大。确实，有了风纸之名，又借着蔡昌风的高超手艺，这家老板把生意做得红红火火，据说在一年中又增加了几架纸槽，请来了不少匠人，其实就是捏着蔡昌风这张牌，将牌局全打活了。而蔡昌风不仅被视为上宾，每天好酒好菜被侍候，晚上还要泡澡堂子。这不说一周得看一场戏，遇到过节，老板还要带着他去镇上消遣，捶捶背、捏捏脚，抽盘大烟，这哪里是一般抄纸匠的待遇。老板是个讲信用的人，按月发饷，分毫不少，收入之丰厚，岂是普通匠人能比。有人说蔡昌风的日子过得就像华头山上的青笋烧肉，有瓢光光的油面子。

这一年春节前的腊月二十七，蔡昌风领了东家的赏，又喝了不少酒，便兴冲冲地带着徒弟往家赶，准备好好过个年。那徒弟憨厚、老实，平时只管闷头做事，一直跟着他也有七八年时间，两人视若父子。

此时，徒弟大汗淋漓，挑着一担子年货正走在山道上，这一走也有十几里地，正好看到一棵大树，便停下来歇脚。两人正喝水闲聊，蔡昌风还正说着过完年给徒弟说门亲事，就遇到了棒老二，呼呼呼几声。徒弟吓得撂下担子一趟子跑了，但蔡昌风跑不动，他的腰上绑着一口袋钱，这下就遭了殃。土匪抢走了钱财不说，又把他推到了山岩下，杀人灭口，一代造纸巧匠顷刻丧命。

但后来又有个说法，就说你蔡昌风那么好的手艺，什么好处都得到了，把其他人的饭碗给端了，这不是遭人嫉恨吗？当然，这个说法未免牵强，是真是假谁也不知道，但蔡昌风的那个徒弟从此就消失了。再后来，他可能是心中惭愧，感到临阵逃跑对不起师傅，再无颜见江东父老，就去山上当了和尚。

蔡昌风一死，徒弟一走，在漓城大名鼎鼎的风纸从此绝迹。那些文人雅士纷纷把仅存的风纸藏了起来，不敢用，因为用了就再也没有了，都像宝贝一样存之高阁。一时间，在市场上再也买不到一刀风纸，而那些称是风纸的往往都是仿冒货、赝品，明眼人一看便知。但就这样以风纸行销的仍然不少，因为贴上风纸的名号等于就是钱，奇货可居。人心诡诈，由此可见。

蔡氏二哥蔡昌雅也是纸林高手，且更有独特之处，在漓城能够把一种叫方细土连的纸做得尤其平整、柔韧、细白的找不出几个来。他的纸真还像他的名，雅，实在是雅，摸着那纸就像摸着白皙的纤纤小

第五章

手。蔡昌雅的那双手不知道为何有如此之巧,他做的纸跟他哥蔡昌风的又有些不同。同行的人说蔡昌风的风纸主要是润泽,而蔡昌雅的雅纸则是细柔,如他抄出来的连史纸就洁白如玉,不仅有斯文气,也透出股风流气,字墨一上,是那样的妥帖、清隽和蕴藉。纸也可以如此多情,仿佛有几分情意绵绵,这就是人们想不到的了。

有一年,蔡昌雅的家里突然来了一个姓林的富家小姐,皮肤白皙,细腰肥臀,明眸皓齿,反正乡下见不到这样的美人儿。

她来做什么呢?人家是来造访蔡昌雅的,她想看看那纸到底是怎么做出来的,就是好奇嘛,这事说出来没有几个人相信,但却是真实的事情。这个富家小姐从小深居闺阁,却与众不同,喜欢读书写字画画,不知为何她用了蔡昌雅的纸后,再也不用其他人的纸了。听她说这个雅纸,摸着都舒服,轻轻一翻,听得见峨山上的雪声,那真的是玄啊。后来这位林小姐突发奇想,要去看看那位神奇的造纸人,便以买纸为名,坐着轿子去了蔡昌雅家。当然,也只有像林小姐这样的有闲情逸致的富家闺秀,才做得出如此的事情来。

这一去让她大出意料,此人长得斯文儒雅,居然是个白面书生,完全不像那些粗莽的下力人。皮肤白白净净,五官俊美,头发居然有些微微的卷。你说这怪不怪,他蔡家祖祖辈辈都是乡下人,却出落了这么一个美男子来。他不仅在英武中透出斯文,而且长相还有几分洋气，总让人猜想他的血脉中有一丝与遥远异域的隐秘联系。

其实在蔡昌雅小的时候，就遇到过一桩奇事，跟他的相貌有关。有一年，蔡翁村来了个戏班，一眼就看上了蔡昌雅，想让他学戏，送去一担好礼，但他父亲坚决不愿，说了好几次都不干。一句话，就是他们不愿孩子去当戏子。戏班走的时候在蔡翁村多留了一天，加唱了一台戏，为的是等蔡昌雅来看。那天，蔡昌雅被父亲关在屋子里，死活不让他出门。第二天戏班走的时候，戏老板连说了三句可惜了！

真的是可惜了。

这个戏班后来到成都一带去唱，场场爆满，其中有个反串旦角的孩子成了头牌，人称小梅兰芳，每月大洋八十块，戏迷如云，炙手可热，红透了华西坝。但戏班老板念念不忘的仍是在蔡翁村见过的蔡昌雅，他觉得要是蔡昌雅跟他走，依蔡昌雅的天资，调教三五年之后，要红的必定是他。而且，他红的不是华西坝，他要带他到汉口、北平、天津卫、上海滩一带去，红遍大江南北。据说那个戏老板眼光很毒，心气颇高，一生就有此雄心，要培养个一代名角来。但他一辈子就没有找到一块真正的好玉呀，错过了蔡昌雅，他就认输了，而此憾一旦种下，就再无弥补之可能！

但蔡昌雅好像天生就不是个凡俗的人，错过了当名角的机会，却遇到了林小姐。

纸如其人，人如其纸，林小姐居然就喜欢上了蔡昌雅。男人爱上女人会傻，女人爱上男人会疯。她就开始朝思暮想，茶饭不思，她有事无事就往山里跑，其实就是去看蔡昌雅。过去，去蔡翁村的路就是条普普通通的乡间小路，后来就发生了不少变化。路上的乡夫村叟总是朝着蔡家指指点点，神色诡异，无心待在田间地里干农活，却每天热心等候在路上看翩翩而降的娇柔身影。他们撂下庄稼不管，就图个眼球快活。想来也是，在那个偏僻封闭的乡下，何时何人看到过飘然若仙的漂亮女人，更不说那风中传来的似有似无的脂粉味，那一吹呀，四下里乱飘，把眼睛吹得迷迷瞪瞪的，心里像有几条亮晶晶的蝌蚪在游来游去。

其实，在蔡翁村，人们的脑袋里都有一些固化的观念作祟。凡是长得太漂亮的女人都是妖精，都要敬而远之。这个道理看似奇怪，却是真真实实存在，就像行走在早春三月的山间，见到乍然初开的桃花，总会魂不守舍。鲜艳之物扰心，千真万确。所以，后来蔡翁村的人们就突然开始厌恶和憎恨那个女人了，你经常往乡下窜，闹得鸡犬不宁，还要不要人家过日子了？那些年轻男子、光棍们不发疯吗？每当那个城里的林小姐来到村里，老人们就会怂恿小孩在背后吐口水，你不能再来了呀，再来扰民，庄稼都要歉收了！

后来，村子就真的安宁了。

据说是有一天，下了场大雨，乡间小路变得泥泞难行。也就是从那天后，就再也没有见到林小姐来过蔡翁村。又过了半月，人们就开始焦躁起来，甚至有些怨起那场雨，因为它冲走了那个让人神魂颠倒的气味，之前的一切埋怨、愤恨都是假象，假得让人空虚、失落，并开始后悔起来。

奇怪的是，林小姐再也没有出现过，而蔡昌雅家的门紧闭，连他本人也神秘失踪了。有人突然反应过来：这小子当年没有被戏班带走，难道被那个妖精给诱走了？

大概在半年后，就传来了消息，说蔡昌雅娶了富家女子，吃穿不愁了，不当抄纸匠了，成了大户人家的上门女婿。这个消息无疑是颗重磅炸弹，让蔡翁村的人们议论了好久，说蔡昌雅走了桃花运，娶了个城里的妖精。那小子不就是一个抄纸匠吗？让一个如花似玉的千金小姐给勾走了，人们想不出到底中间发生了什么，羡慕的、嫉妒的、愤愤不平的都有。

不管人们是什么样的心态，都掩盖不了一个事实：蔡昌雅不做抄纸匠了。

那么，雅纸也就不再存在了。

风纸不在了，雅纸也不在了，蔡氏三兄弟昔日纵横漓城纸市的雄风也就慢慢散了。其实，蔡昌雅不是不抄纸，而是只为一个人抄纸了。有人传言，说人家林小姐的家族可不是一般普通人家，林家是做铜矿买卖的，那买卖大得可以买下半个漓城。林家不仅在各地置业，还开有钱庄、学校，家里不知道有多少钱财。林家的大宅子俨然是座江南园林，蔡昌雅进了豪门，林小姐专门为他在大宅院的一角修建了精致的造

第五章

纸坊，纸槽是用水晶做的，纸帘是镶金的，纸墙用玉石砌的。两个人在家里把造纸当成了修炼术，而那些洁白的纸变成了一个个神秘的试验品。他们造出各种各样的纸，甚至将纸作为他们的枕头和被盖，与他们的生活融为一体。他们日出而作，日落而息，卿卿我我，恩恩爱爱，造纸技术则愈加精益求精，蔡昌雅的手艺也越来越出神入化。可以说，此时的他不是为抄纸而抄纸，而是在创造一种玄虚的纸，一种人们从来没有看到过的纸，而这种纸是种境界。若将字画融入纸中，必能产生浑然一体的效果，去掉物质性，而飞升于灵性的世界。

蔡昌雅从此与林家女子关门闭户，以纸修道。几年之后，在精雕细琢之下，他的纸比他哥哥蔡昌风的纸已经好了不知多少倍，甚至根本就不能比拟，因为他不屑于做普通匠人才做的纸。他们一个是纸匠，一个是纸仙，不可同日而语。蔡昌雅做的是带着仙气的纸，肆中流通的纸对他而言就是些俗品而已，他连看都不想看一眼。那些纸形同废物，不过是《红楼梦》中妙玉顺手扔掉的刘姥姥喝过的茶碗而已。

从此以后蔡昌雅的雅纸一张也见不到了，坊间只有雅纸的名，很多年后人们已经不知道雅纸到底是什么样的了。也许雅纸就不应该存在于俗世了吧。

对蔡昌颂而言，他的两个哥哥都等于死了。

但蔡昌颂不想走他两个哥哥的路，既不想靠纸发财，也不想靠纸获名，他只想保留一门独家技艺，让他祖辈留下来的造纸术不至于失传。所以在滹城，人们可以见到的是颂纸。

颂纸与风纸、雅纸齐名，但蔡昌颂做纸是为了养家糊口，也是为了安身立命。颂纸是自做自售，每年的产量不多不少、不增不减，家中平时只请了四五个帮工，纸也是自己挑到城里销售。按说他早就不该这样做买卖了，主动上门高价收货的纸商多的是。但蔡昌颂坚持我行我素，他觉得要过平安日子，就要做个本本分分的造纸人。

确实，蔡昌颂的日子过得平平安安，盖了几间房，买了一片山林，每年能够收两万斤竹麻，够他一年的造纸之需，这些都是他的手艺换来的。他本可以换来更多，但他不想，他觉得多的不是自己的，人不能贪婪，靠勤劳吃饭，知足常乐。蔡昌颂尽管保守，但他的造纸手艺一直被人赞赏，滹城人都知道，谁要是得到了颂纸的秘籍，谁就会兴旺发达。但蔡昌颂遵循蔡家祖训，对外不收徒，手艺只传嫡系后人。所以一直以来，蔡昌颂的生活倒也过得顺顺当当，没有大富大贵，也没有流言蜚语。但颂纸虽好，只算是小门小户，在人们的心中他有点倔和迂。不过，不管外人怎么说，颂纸无人能比，代表的是滹城纸业的最高水平。当然，有颂纸在，人们便渐渐地忘了风纸和雅纸，它们都变成了传说。

第五章

2

守文再也不吃药了，他每次都把袁嫂熬的药倒进了兰草盆里。但他没有想到的是，那盆兰花居然长得越来越好，枝繁叶茂，且越发风情万种。

守文想，难道花喜欢吃药？它们吸收了药的养分，变得丰腴、娇艳，这真是一件奇事。实际上，守文没有吃药后，状态相反变好了。他总觉得是那盆兰花在替他吃药，而各得其所。三个月后，守文就以病好了为由，停下了看病问医的生活，而袁嫂则认为是那个神医妙手回春。不管怎么样，守文的状态渐渐恢复正常，而他此时已经辍学两年多了。

本来按说守文就该回到课堂上继续读书，因为颜家的人都认为他是块读书的料，而且漓城已经兴办了新式学校，请来了几个外面读过书的先生来任课，校长还是在日本留过学的，听说颜佑卿的儿子资质不错，还曾主动邀请守文去就读。

但守文突然就不想读书了，因为一想到读书就感觉自己又回到那段生病的沉闷日子里一样。对这件事，颜佑卿的态度比较开明，他也想让守文再休养一段时间，大病初愈，实在也没有必要再去做费心用功的事。其实，他想的是等过一段时间再说，他知道这孩子从小就很敏感、柔弱，还是任其自然为好。

这样一来，颜佑卿就让守文跟着自己到处走走转转，想让他多长点见识。半年下来，他们就走遍了漓城方圆几十里的大小场镇，颜佑卿发现，守文不仅没有厌倦，相反对跟外面的人打交道有浓厚的兴趣。守文确实是变了一个人，他变得慢慢开朗了起来，由于经常在外日晒雨淋，他身体也渐渐好了起来，跟过去那个孱弱怯懦的少年完全是两样。

颜佑卿喜在心头，他就想，等入秋了，让守文重新回到学堂。

河东、河西的争斗一直没有停止。这一天，一堆人坐到了颜家大院里商量对策。他们热烈地讨论了半天，最后还是推举颜佑卿出面，让两岸的纸商坐在一起，不能兄弟相煎，而是要拿出一个互惠互利的办法来共谋发展。

那天，颜佑卿就准备让守文去河西给曹洪贵带一封信。其实这件事根本用不着守文去办，但那天他不知是突然动了哪根神经，就想守文跟着自己走了那么多地方，这回正好可以锻炼一下。其实，颜佑卿想的是如果守武在的话，他可能会让守武去办。他在下意识中仍然认为守武比守文更让人放心一点，他知道守武要野一些，不容易吃亏。

守文到了河西后，跨进了那幢豪阔的大宅中。他见到的景象让他有些吃惊，颜家与曹家相比，真是相差甚远,一个是破落衰败,一个气派兴旺。

大院内,守文也看到了守武当年看到的两棵紫薇,一株粉红,一株洁白。还有穿过花园时的那个巨大的瓷缸,里面浮着几尾灵动的红鲤鱼。也就在这个地方,守武曾经被缸中的鱼吸引住了,并为此走过神。

当然,守文并不知道这些,他没有停留地穿过了它们,径直走到了曹洪贵的房间里。

曹洪贵见到的是一个清秀的少年。他有些吃惊,略略抬起了头,乜着眼打量着守文。

你就是颜家少爷?曹洪贵问。

守文点了点头。

那个被土匪绑架的娃儿,是你……

是我弟弟。他叫颜守武,我叫颜守文。

哦,文武双全!不错,原来颜佑卿还有两个这样的儿子!

曹洪贵禁不住又上下打量了一下守文。他确实没有想到,眼前的这个少年身上有股隐隐约约的英气。他谈不上强健,但很沉稳,略显青涩,却从眼睛里看得到一种灵气。曹洪贵久经商场,阅人无数,被他一眼看破的人太多太多。但他此时是真真实实地被守文吸引住了,他想的是这孩子分明是生了个好相貌,命上不差呀,远不是他爹颜佑卿能比的。

你在哪里念书?曹洪贵的声音柔和了下来。

我,我没有念书。

不念书?不念书干啥?

纸

守文摇了摇头，嘴角掠过一丝苦涩。

曹洪贵被守文的话一惊，竟然有些蒙。颜佑卿的孩子居然不去读书，这孩子要是读书应该有美好前程，难道他不想读书吗？还是颜佑卿不让他上学？他百思不得其解。

守文走后，曹洪贵还在想着刚才的事。准确说，他没有更多去想信上所言，而是被刚才的情景缠绕着，心中滋味颇为复杂。

蔡昌颂膝下无儿，没有人来继承他的手艺。老婆给他生了个女儿，名叫凌波。但蔡昌颂想要个儿子，可他没有这命，老婆因为难产，大人都差点没有保住，此后他便再也没有了求子的想法。

造纸行中，女人做不了重体力活，这都得由男人来做。每到出纸的那几个月，蔡昌颂就只好多请几个人来帮工，如砍竹捶料、舂竹捣麻、淘洗蒸煮等，人少了做不了，得借众手之力。过去人尚年轻，身体吃得消，自己能够承担，但随着年龄越长，他也渐渐感到有些力不从心。

守文就是这时来到了蔡昌颂家中。

这件事说起来很偶然。一天，颜佑卿对守文说，你还是回去读书吧。但守文说他不想读书了，他想去学一门手艺。就是那次守文去了曹洪贵的义昌纸坊后，他就不想读书了，因为他看到了曹家的兴旺发达，对比颜家的衰败，对他的刺激很大。颜家要兴旺起来靠读书显然没有用,他的父亲留过洋,也是个读书人,到头来仍然是深陷生活的困境。所以,颜家要恢复昔日的荣光,靠读书是不行的。其实,在跟着父亲去乡场到处转的过程中,守文内心也慢慢学会了看人,他喜欢跟外面的人打交道,他向往外面的世界,他再也不想在那种让人窒息的私塾中生活了。

但这个想法出人意料,让颜佑卿闷了三天。他原以为守文是喜欢读书的,也是块读书的料,但守文很决绝地选择了弃学,这是他完全没有想到的。但他又转眼一想,守文如此选择也有他的道理,读书确实不是唯一的出路,他自己就是个例子,而学门手艺也许对守文而言更好一些。他进而想,不读书了,可免于人的思虑太重,这样对守文羸弱的身体也许会有帮助。其实,颜佑卿是无奈,也是无能为力。

事情也巧,按说蔡昌颂是不收徒弟的,这是祖传的规矩,要收他早就收了,他曾经拒绝了很多人的请求。但听说是颜佑卿的儿子颜守文,没有多想就答应了。

这中间有段缘分。很多年前,颜佑卿曾经帮过他一回大忙,当时河东河西的槽户正是闹得最厉害的时候,蔡昌颂也深受其害,他的纸卖不到河东,河东的人结成了联盟,一致抵抗河西的槽户。有一次,蔡昌颂就遭遇了麻烦,他在顺江把纸运到外地的时候,被河东扣押了几十挑纸。后来有人就给他出主意,说去找找颜佑卿。后来颜佑卿果然各路疏通,托人解决了这件事,那些纸原封不动归还了蔡昌颂。这件事让蔡昌颂感激不尽，所以，当有人来提守文学徒之事时，蔡昌颂竟然爽快答应了。

这天，颜佑卿带着守文到了蔡翁村。他带去了一只公鸡、一包白糖和一块猪头。同蔡昌颂谈好后，就在他家墙上设立了蔡伦的神位，点上三炷香。守文先给造纸祖师爷磕头，又给师傅磕头，然后又由颜佑卿办了一桌席，这样才算完成了拜师礼。

师倒是拜了，但蔡昌颂心里还是有个疙瘩，他有个问题没有想明白。他原本想的是报答一下当年颜佑卿的相助之恩，但后来他又有些不解，颜家少爷毕竟不是穷苦人家的孩子，虽然颜家已经破落，但过去也是大户人家，没有必要来学抄纸。但他哪里知道颜家就像艘快要沉没的船，颜佑卿只不过是要赶在倾覆之前把守文放在根救命的稻草上。

按照行规，除了春节外，守文不许回家，学徒要跟着师傅学三年，吃住都要在师傅家里，不拿一分钱的工钱。但蔡昌颂给颜佑卿额外说定了一条，如果守文吃不了苦，随时都可以回去，双方不必强求。

从那一天后，守文就正式开始跟着蔡昌颂学艺。蔡昌颂有自己的打算。他看守文文弱的样子，还不像能够吃苦的人，而造纸这行日晒雨淋，先得把细皮嫩肉磨掉，三个月下来后这个孩子会变粗变黑，才能够像个男人一样做点事情。

从那天开始，每天早上起床，守文的第一件事情是去河边挑水，要把水池装满才吃早饭。接着他开始

第五章

帮纸槽里的工匠打杂,一直忙到黄昏。而到晚上,守文还要到山林中去寻查,防止竹林被人盗砍,而这也是一天中最辛苦的事情。

那一片林地在蔡昌颂家的后山上,竹子长得郁郁葱葱。有了这片林子,一年的劳动生产才会有保证,漓城的槽户都知道竹林是他们的命根子。每年一到春季,幼竹新生,正是采竹的好时节,但也是偷盗最严重的时候。那段时间中,林子里不断穿梭的是人和猎犬,稍有动静,就能听到狗的叫声。守住林子是一年中的头等大事,不能掉以轻心。

自从守文到了蔡家后,每天晚上蔡昌颂都会牵着一条狗,挂着一杆猎枪,带着守文去山林中搜寻一番。

刚开始时,守文非常不适应在夜间的山道上行走,经常跌倒,衣服撕破、胳膊摔伤是常事。有一次天下小雨,路有些滑溜,守文还差点掉在了一个很深的坎下,若不是蔡昌颂即时伸手拉他,早就人仰马翻,摔得个半死。到后来,守文渐渐适应了山路,眼睛能观四周的动静,夜里也能健步如飞。他跟着蔡昌颂在竹林中穿梭,耳朵听着遥远的地方发出的任何声响,而那些小动物,老鼠、野兔、野猫、刺猬、菜花蛇……在他的脚下穿梭。头顶上则是瓢虫、蝙蝠、麻雀、鸥鹐、猫头鹰在扑闪,特别是那些有壳的昆虫像莽撞的夜行客,撞在他的脸上,吓他一跳。渐渐地他也就不怕了,他认为那些虫子们原本也是天真调皮的孩子,在为他挠痒,而他用手摸着那种轻微的摩擦感，竟然有一份快意，那是虫子们在跟他亲昵。

守文从开始的胆怯害怕，到后来渐渐能够享受那种自然的天籁之趣，是一大飞跃。他知道那些动物根本不会伤害他，相反是人在闯入它们的乐园，给它们带来威胁。再到后来，守文发现那些动物也适应了他们的来临，彼此之间居然出现了默契，就像朋友一样每天晚上都要见面，不然过上几天还有些想念。几个月后，守文甚至知道这片林中有些什么动物，如黄鼠狼和獾藏在哪个洞里，哪棵树上站着哪只白鹤和斑鸠，哪种声音是野猪和兔子发出的……而他也学会了发出类似的声音，学鸟叫，学虫叫，那些声音逐渐变得惟妙惟肖，在茫茫的竹林中起伏回荡。那夜中的少年是如此的自由和欢快，而这个时候也是他最舒畅的时候。

守文已经渐渐忘记了那个冰冷的颜家大院，忘记了疯疯癫癫的母亲和被生活折磨得精疲力竭的父亲，颜家大院里的陈年记忆已经逐渐从他的心里被慢慢遗忘了。是的，守文来到了一个新的世界中，这是他从来没有经历过也没有想象过的生活。

守文的生活忙碌而充实。蔡昌颂夫妇待他很好，小女凌波跟守文相差不大，他们就像是两棵新鲜的竹笋，萌动地在一起成长，并悄悄地把头伸出笋壳来好奇地打量着对方。

凌波是个灵秀的女孩子，她在家里跟着母亲学针绣缝补，料理家务，也帮助造纸坊做一些轻活，如

第五章

把湿纸贴在烤墙上烘干，在纸干以后负责叠成捆等。守文与凌波以兄妹相称，凌波非常勤快，常常要给守文洗衣服，舀饭的时候故意要使劲把饭往碗里压，让他吃得饱饱的。而守文也会主动到河边去端洗衣盆，闲暇时也会教凌波认识一些字，给她讲一些城里的故事。两人相处得非常融洽，身影相随，以致让附近的乡民看到后都认为他们是天生的一对。

其实，守文到了蔡家后，首先是师母非常喜欢，她看守文斯斯文文的样子，人也实在，便把他当成自己的儿子一样，这让守文感受到了在颜家没有的温暖。就在这样的环境中他渐渐长高了、长壮了。守文因为母亲龄珠的缘故，从小是在晦暗、压抑下成长起来的，童年没有真正得到过母爱，而父亲成天忙于奔波，也几乎没有照顾过他，他一直是在孤独、受人漠视的环境中生活。

蔡家以勤劳治家，夫妻相敬如宾，老少和睦相处，这样的生活朴实、简单，但又温暖。守文冰冷的心渐渐打开了，就像严冬之后的初春，开出了一片新绿。而凌波的存在，仿佛是在广阔的原野中浮现出了一些明亮、鲜活的色彩，他的生命中有股清澈的溪流，涓涓流淌而至，守文已经渐渐忘记了过去的伤痛和忧郁，融入了新的天地之中。

第六章

1

这天,老邱就带着保罗四处转,车在山路上盘旋,远远地可以望见峨山。保罗对这座山是熟悉的,他知道很多人以登临此山为荣,所以当他在目力所及的范围内远眺峨山,心中不免荡漾起来。

一路上,他们谈兴甚浓,不断地说着这座山。其实保罗的爷爷卞福中的日记也曾经写到过,他在山上还认识一个叫觉慧的和尚,卞福中对他们的清修生活怀有莫大的敬意。

这时,保罗突然看到有一片云正好在山顶上,一动不动,他就想起了觉慧和尚。他想,觉慧也许就是那片云吧。

漓城是个风水宝地,土地肥沃,民风淳朴,峨山是漓城的衣冠,青衣江是漓城的衣带,与此地结缘是保罗他们祖辈三代的福分,是上天的恩赐。这样一想,保罗突然感到不能辜负此行,他要好好写一本书来回馈这片土地,用他的视角,当然是一个西方人的

第六章

视角来打量、书写这个川南的小城，为此他很自信。

思绪瞬间就不知道飞到了哪里。

那片云也消失不在了。

车不久就开进了城里的大街小巷中。不一会，车子拐了几道弯，他们的眼前出现了一个古旧的建筑。车子停了下来。

下车吧，保罗，你想见的颜家大院到了！老邱说。

颜家大院是保罗的父亲出生的地方，他一直想要找的就是这个颜家大院，居然这样巧，现在保罗就站在这座建筑的面前，这一切简直太神奇了。

在保罗的爷爷卞福中的回忆中，这是个很大的庄园，里面有很多房子，爷爷曾经告诉他那个园子是天井连着天井，转来转去，很容易迷路。他还曾经告诉保罗，那座院子就像《红楼梦》中的大观园一样。后来保罗专门借来《红楼梦》了解过，但似懂非懂。他的理解是，那是个只能想象的地方，院落套着院落，人物众多，深不可测。他承认自己没有真正读懂那本书，也许它本身就是只有中国人才能读懂的书。所以，在他来到漓城的时候，最想见到的就是颜家大院。而现在，应该是让他的想象落地的时候了，他仿佛真的看到了大观园的影子，触手可及。

但是，当保罗穿过门坊，走过那个长长的甬道进去的过程中，他感受到了一种幽暗而破败的气息。他的想象在一路崩塌。

很快他就见到了一面高大的照壁，照壁上爬满

纸

了藤蔓植物，遮住了它的本来面目。照壁后面是一个大的四合院，这从天井的大小就能够看出，但这是个不完整的四合院，只保留了局部，准确说只有侧面的一幢房子是完整的。不仅如此，保罗还发现所谓的颜家大院只剩下了这么一点，其他的建筑全部不在了，都被拆毁了。四周全被新修的建筑包围着。就像一只船，如今只剩下几根桅杆和木板了。

保罗心中的疑问越来越多，他看到的颜家大院残破得触目惊心。但这不是他想象的样子，祖父敲开的大门在哪里？他父亲出生的地方是在哪间屋子里？保罗皱着眉，有些心事重重。

别看它破落成现在这个样子，但过去风光着呢。

老邱说着的时候，伸手从一间房屋的窗子上撕下了一张残破的画报，这是糊窗户用的纸，玻璃早就不在了，里面的人家早也不知去踪。

接下来，老邱就讲起了这座大院的历史来。

在清朝乾隆时期，这户人家的财力远不是普通的商户可比的，可谓富甲一方。漓城因纸而富庶，经济甲于周边县邑，而颜家大院最盛之时有十几个大小院子，东南西北套在一起，像个小小的迷宫一样。颜家就是漓城富商的代表。

颜家大院的背后是一个大家族。但是，颜家到了光绪末年就迅速衰败，民国初就更见破落。家族四分五裂，一个大院子被分出了十多户人，各自居住经营，东南西北全部分割开来，就像一块饼被分为了大

第六章

大小小的很多块，已经不成为完整的形状了。这些被分割出来的房屋就卖的卖、租的租、佃的佃，甚至开起了客栈、烟馆和妓院。后来，这个颜家大院又被漓城的各种单位占据，办厂的办厂，做仓库的做仓库。临街的墙被破开，房屋改为了门面，变成了杂货店、铁匠铺、书店、理发店等等。院子里面又陆陆续续住进了几十户人，这一来院子被弄得七零八落，变成了个大杂院。上世纪八十年代后，老房子开始拆迁，四周兴建房屋，不到二十年时间，颜家大院已经拆得来只剩下不足十分之一，人们只能从残留的墙根想象院子过去的规模和气象。那个传说中的大院子永远不存在了。

经老邱这样一说，保罗不禁有些唏嘘。

此时，保罗站在那个天井的中间，四下里看着周围的景物。他在想他的父亲当时生在此地，那响亮的啼哭之声在曾经的院落中是怎样的效果？

卞福中在日记中写道：

> 颜佑卿救了我的妻子和儿子，当然这都是神的安排。没有无所不能的神，这一切将变得不堪设想。当时颜家的其他人感到颜佑卿做了一件极其错误的事情，仿佛他把灾难引到了自己的家里，人人避之不及，大人们都把好奇的孩子们全部关在了自己的房子里不让出来，一时间颜家大院变得静悄悄的。我的儿子出生的时候，他的啼声声震屋宇，这

才有人从房门中伸出脑袋来看，看我们这些跨洋过海的外国人会不会生出个可怕的怪物来，那真是个让人尴尬和略显荒诞的时刻。颜佑卿用他的开明和善良救了我。

颜家还有后人吗？保罗突然问老邱。

当然有。

这让保罗颇感吃惊。他以为颜家也跟这座即将消失的大院子一样，他本来应该听到的是"没有了"，或者是"找不到了"。

很快他们就见到了颜小勇。他是颜佑卿的曾孙，如果从颜佑卿算起，他是颜家第四代了。颜小勇并没有见过曾祖父颜佑卿，他出生的时候已经是七十年代初，连他的祖父颜守武也没有什么印象，在他几岁的时候祖父就去世了。

但找到颜小勇，保罗的故事才真正开始。

2

按老邱的说法，颜小勇是颜家唯一还在寻找祖宗的人。

颜小勇是"文化大革命"时期出生的，对颜家而言，那真的是个灾难的时代，他们家是黑五类，根

第六章

本抬不起头。他记得有一次,是在一个太阳明晃晃的中午,他在路上滚着铁环,突然就听见有个人朝着他骂了句"狗崽子",小勇回过头来看,原来是他们院子里住的张老汉,此人性情暴躁,一辈子都没有讨到老婆,谁要是绊倒了他的扫帚都会惹来骂声。回到家里,他妈知道后只说了句"别惹他,以后走路就绕着他走吧"。这件事让颜小勇很沮丧,总觉得颜家低人一等,心里面有块阴影,他从小就知道大人忌讳谈颜家的事,好像是不可告人。

那时候,颜家比院子里其他人家更穷,家里没有一件值钱的东西,唯有一只皮箱,被他偷偷撬开过。其实只有一本相册,装着几张发黄的照片。但小勇不敢问,把这事悄悄藏在心里。直到很多年后问他母亲,她才说照片上的人是他们的几个亲戚,有的在南京,有的在上海,有的在新疆,有的甚至在海外,但颜小勇一个都没有见过。后来常常会出现一两个陌生人来到家中,神神秘秘的。母亲告诉他,这是哪辈哪房的亲戚,一般都不来往,连信也不写,他们一走后又是很多年没有音讯。

等到颜小勇长大,已经到了轰轰烈烈的改革开放初期,那个荒诞的时代终于过去了。颜小勇的父亲是五十多岁患病去世的,他的哥哥姐姐都相继参加了工作,他后来读了个技校,在一家工厂里当工人。在颜家孙辈这一代中,颜小勇的同族兄弟姐妹根本就不关心祖上的事情,甚至认为是个耻辱,说起就让人伤心。因为家庭成分问题，他们只能低头做人，不然全家不得安宁，在他们小的时候也跟大人一样战战兢兢地过日子。那真的是一个讳莫如深的年代，颜家的上上下下总是忌讳谈论家族的过去，就像瘟疫一样避之不及。因为他们只是些凡夫俗子，想的是平平安安地活下去。

到了九十年代初，所有人都忙着下海挣钱。颜小勇也不例外，他辞去了公职，跟几个朋友一起倒卖摩托车，跑到重庆去骑一辆新的嘉陵摩托回来，倒手就能赚一两千元。但后来摩托俏得不得了，要凭内部票才能提货，没有一点关系根本买不到车，这生意没法继续。

单位是回不去了，怎么办呢？他想到了出去打工，后来他去了海南，但不到半年就回到了漓城，因为他还没有找到合适的事情就已经腰无分文了，差一点就沦为乞丐。回来后，颜小勇很快结婚生子，老老实实回到现实。也就在那个时候，母亲生了场大病，人突然消瘦，一查已经是癌症晚期，医生说也就只剩两三个月左右的时间了。那时候颜小勇天天去医院守，那是一段心力交瘁的日子，也是他人生中最为灰暗的一段时间。也就在他母亲临终前的十多天里，有一天，母亲拉着他的手，给他讲了很多他过去从来没有听过的事情，她说这些东西憋了一辈子，死之前就讲给你听听吧。办完母亲的丧事，颜小勇内心顿感空虚，但那些母亲讲过的故事却浮现在他的脑海里，久

第六章

久不散。

准确说,颜小勇就是从那时开始才知道了家族里的一些事。后来他看到当地的文史资料中,也有不少关于颜家的回忆,这是因为他认识了老邱。老邱是个好人,鼓励他更深入地了解颜家的历史,于是他便到颜家各种亲戚那里去走访,逐渐对颜家有了比较清晰的了解。按保罗的话说,那是个人历史意识的觉醒,也许时代刻意要百转千回地才来到颜小勇的身边。

也就在这个过程中,颜小勇动了修家谱的念头。颜氏家谱只修到了颜佑卿一代就断了,他想把后面的接上,给后人留个宗族的记忆。

在修家谱这件事上,颜小勇常常去请教老邱,而这也促成了他与保罗的认识。其实,认识颜小勇,也让保罗的漓城考察之旅变得有内容起来。

在保罗住下来的几个月时间中,他穿梭于漓城的大街小巷,主要就靠颜小勇的帮助,他们一起寻找着历史研究素材,保罗也很快把自己变成了一个漓城通。而他们的交流越来越多,也越来越深入。

有一次,颜小勇偶然给保罗讲起了杨家奎的故事。

他的爷爷颜守武,当年一个少年,要去杀一个叫杨家奎的人,他觉得不可思议。但越是不可思议,越有吸引力,而这个故事一直是个未解的谜。

那一天,颜小勇请保罗在一家小店里吃火锅,那又麻又辣的火锅同那个故事一样刺激。也就在那天,保罗突然发现他的历史考察竟有了一点悬疑的色彩,这个人物的出现竟如同小说一般曲折，吸引着他们向下探寻。

杨家奎到底是个什么样的人？颜守武怎么认识杨家奎的？

保罗一直在围绕这个话题同颜小勇聊，但显然没有任何答案。这时他们又打开了一瓶啤酒，泡沫在啤酒杯里浮起，就像那故事中的虚构部分，大概那也是最有口感、最吸引人去开怀畅饮的部分。

保罗想，他的滠城纸业历史研究也许找到了一个引人入胜的切入点，他就要从颜守武杀杨家奎开始讲起，这条线索也许可以串起他长长的历史叙事来。

杨家奎只在一份封存的档案中出现过。

那是颜守武向组织交代的一份材料，用钢笔写的，时间应该在五十年代中期。纸已经发黄，只有薄薄的三页，纸面的有些地方已经被浸染得模糊不清。

这是份向组织提交的个人汇报材料。在过去，个人向单位毫无保留地汇报自己的重要经历是很正常的事情；同时，为了肃清敌我，人人均需过关，这是政治需要，不得有任何隐瞒，如果发现有假那将是非常致命的问题。

这份个人材料不足一千字，其中就提到了杨家奎。

颜小勇在滠城档案馆里第一次看到这个名字时非常吃惊。杨家奎的出现让他突然发现爷爷的一生颇为神秘。

第六章

保罗看到了那份交代材料的复印件,其中写道:

> 那一年,刘湘在重庆建立起了清共委员会,对成都的地下组织进行破坏。有一天,我去找杨家奎,我在与之应酬的过程中,逐渐发现了他隐藏的身份,他是个特务,后来经过组织调查得到了证实。组织交给我的任务就是摸清对方情况,及时报告。但我为了组织的安危,决定想法将他干掉,以除后患,来表达我对革命的忠心。

杨家奎是谁?后面又发生了些什么事情?这些都一无所知。

当时,颜小勇有一种直觉,不管杨家奎是何人,他在爷爷颜守武的人生中一定是有过交接的人物,而且背景不简单,这个人引出了颜守武的一段隐秘的故事。

有了这样的基本判断,颜小勇开始逐字逐句地琢磨这段话。首先,杨家奎的身份是刘湘清共特务组织成员,那期间颜守武正在成都读书,也就是说只有在这段时间内他们才有交接的可能。

在那份交代材料中,颜守武用了"去找"二字,这说明他们之前是认识的,后面的"与之应酬"又补充说明了他们的关系,也就是说,他们一直在交往。但是,他们是怎样认识的呢?

既然认识,又为何想去干掉他呢?

这种极端的方式在一般的情况下不应该出现,难道当时杨家奎造成的威胁已经很大,到了非被除掉不可的地步?

保罗说,我们应该找到杨家奎。

哪里找?颜小勇问。

保罗摊了摊手。

这时,两人都感觉到自己变成了历史中的某个角色,在一个看不清的地方相聚了。

对保罗而言,这条线索非同寻常,他意识到杨家奎的突然出现改变了他原有的一些计划,一段鲜为人知的故事正等待着他去破解。这时,保罗仿佛已经看到了很多年前的某一天,那个诡异的一幕。

3

守武再次见到杨家奎是一个月后。

那天,守武正是下课的时候,突然听说有人找,心中还在纳闷:是刘家言?或是漓城来人?

他匆匆到校门口,远远一看才发现是杨家奎在那里。他戴了顶黑毡帽,嘴上叼着根烟,守武不免一惊。他又想起了那支枪,他心里的恐惧和疑惑并没有完全消失。

走在途中,他突然止步,想退回去。但是杨家奎已经看到他了,正朝他招手。守武只好硬着头皮走了

第六章

上去。

嘿，守武！杨家奎很热情地打招呼。

但守武把头埋得低低的。

杨家奎瞅了他一眼，你小子肯定有啥心事？

没有，没有。

守武在用脚去磨着地上的什么东西。

别骗我，你脸上藏不住。

唉，这次国文考差了。守武想搪塞过去。

我说嘛，不过别想那么多，下次努力就是了。好啦，我给你带好事来了。

……好事？

是啊，我找到你表姐了！

真的，怎么找到的？

这个你就不用管了，反正找到了。

这时，杨家奎从身上摸出一张纸条来。守武打开一看，上面写着个地址。

杨家奎拍了拍守武说，你看，我说话算数吧。

守武突然很激动，不知道说什么好。

这时杨家奎说道，我还有事，先走了，下次记得把你表姐带来见见。

正因为这句话，才有了后来守武和紫菀去同杨家奎见面的那一幕，而就在那次见面中，守武第二次发现了枪，由此怀疑起杨家奎的秘密身份来，并将这件事告诉了老郑。

礼拜日那天，守武就按照纸条上的地址寻去找紫菀。

那是一个静谧的早上，有几只鸟在屋顶叽叽喳喳地叫。紫菀在槐树下看书，屋子里的人都出去了。她突然听见有人敲门，便连忙跑去从门洞里往外看，外面站着一个大男孩子，还没有等她辨清是谁，就听见对方说，菀表姐，是我。

紫菀一愣，面前的人是那样熟悉，又有点迷糊。

表姐，我是守武。

守武？

对，是我。

哎呀，这才几年时间，比我都高了！

紫菀有些惊喜，连忙把门打开，把守武迎进了屋里。

紫菀她万万没有想到漓城的远房表弟已经到了成都。开门后，站在紫菀面前的守武让她差一点都没有认出来，因为她印象中的表弟完全变了个样，个头长高了一截，有股子精神气。其实守武在去见紫菀之前刻意理了发，布鞋是新的，又换了一身干干净净的衣服。

而在守武的眼里，表姐紫菀更漂亮了，她头发的样式变了。以前的那对小辫没有了，剪成了童花头，露出白皙的颈子，齐齐的刘海下是一双明亮的眼睛。

刚开始的时候，守武有点手足无措，说话的时候总是低着头，只有当紫菀转过身的时候，他才敢使劲地看表姐。紫菀穿着一袭紫色的乔其纱连衣裙，脚上是一双黑漆雕花皮鞋，显得轻盈可爱。那一天，守武过了好久才让自己轻松了一点，他甚至感到了手心里

第六章

都在冒汗。此时家里没有其他人,清清静静的,与紫菀的单独相处让他很不习惯,他没有想到几年后的相见竟然有点狼狈。

紫菀已经毕业,她想继续去读护士学校,但一时没有落实好,只好待在姑妈家,平时便学习弹琴打发时光。表弟一来,让她感到很兴奋,她好久没有跟外界接触了,也有一点憋闷。

他们摆了很多关于漓城的事情。除了那年去过一次漓城,紫菀没有出过远门,对那个小城的事情感到很新鲜。

临近中午的时候,紫菀的姑妈方小蕙同家中的保姆一同回来了。

一开门,紫菀马上上前拉着她的手臂说,姑妈,你看谁来了?

她上下打量了一番,皱着眉头,有些茫然。

是我表弟守武,漓城来的。

漓城……

守武,你也喊姑妈。说着,她把头转向了守武。

姑妈……守武怯生生地喊了一声。

她看了看他,就转过身对保姆吩咐,林嫂,今天中午多备一点饭菜。

紫菀又兴奋地说,姑妈,我们都有几年没有见面了,那时守武还小呢!

方小蕙这才上下认真地打量了一番守武。但不知道为什么,方小蕙对站在她面前的这个男孩并没有表现出多少的热情来，神情矜持。

方小蕙是个苏气的女人，穿了件合身的旗袍，高跟鞋踢踏作响。头发也是烫过的，略略有点翻卷，蓬松齐肩。一对碧绿的翠玉耳环，衬托着她玲珑的五官，但这样的脸精致得不能有一丝多余，嘴角有些微微上挑，整个脸蛋隐藏着一种不经意的傲慢。

那天紫菀的姑父瞿子镜不在家，他是金城银行的高级职员，外出还没有回来。吃饭的时候，只听见紫菀和守武两人在交谈，方小蕙只是偶尔插下话，不多，也不深问，其间她只是象征性地叫了两回守武搛菜。后来方小蕙吃了一小碗饭就下了桌，独自坐在旁边的躺椅上打着扇子，右手漫不经心地剔着牙齿，而留声机里正放着一段曲。但这并没有让守武放松，相反让他更拘谨，这屋子里好像总有什么让他放不开手脚，连墙头上的字画、瓶里的插花都在无形中透出股不可捉摸、小心翼翼的气息来。

紫菀给他添了碗饭，守武悄悄地打量了下姑妈的表情。她正若无其事地打着扇子，沉浸在咿咿呀呀的唱段里。守武想，那年他同紫菀在河里划船，那是多么自由快乐的事啊，无拘无束。一瞬间，他竟然有些游离，神不守舍。

表姐，你还记得那年我们在江里划船的事不？

当然记得，真好玩！

可惜成都没有划船的地方。

有啊，下午我们去少城公园，那里就可以划船。

第六章

不知道为何紫菀突然来了兴趣,其实她也感到在家里守武有些拘谨,在她的印象中,这个表弟可不是这样规规矩矩的。这时,紫菀转过身子对方小蕙说:姑妈,吃完饭我们就到少城公园耍半天。

方小蕙有些不悦,紫菀,你不学琴了?下午老师要来。

我就请半天假吧。

唉,人家老师来了白跑一回,咋个好说嘛?

紫菀与守武对视一下。

方小蕙睃了眼守武,又转过脸对紫菀说,现在外面很乱,前几天街上几个兵痞乱开枪,伤了行人,我看就待在家里,不要出门……

姑妈,恐怕也没有小报上说的那么吓人。

方小蕙突然变得有些语重心长地说,我还不是得为你着想,你父亲吩咐要我照顾好你这个小先人……

姑妈,我们又不是三岁的小孩。

还是听姑妈的吧,以后再出去玩。守武突然插话。

你看,还是人家守武懂事。方小蕙的脸上有些得意。

午饭后,守武告辞回去,紫菀悄悄抓了一把糖塞进了他的口袋里。

紫菀送守武出门,刚走到门边,就听见外面一阵杂乱、急切的敲门声,接着又听到了几声"哎哟、哎哟"的呻吟。他们就被眼前的景象惊住了。

原来是瞿子镜一瘸一跛地推着车走了进来。只见他的脸因为痛苦而变得有些扭曲,手臂上有块新鲜

纸

的伤痕,裤子的膝盖上也擦破了,满身是灰,非常狼狈。原来是他在路上骑车的时候,遇到后面有人喊抓小偷,突然一个人斜刺里闯过来,让他躲闪不及,龙头一拐,直接就撞在了电线杆,摔了个大跟斗。

瞿子镜平日很讲究,穿的是培罗蒙西装,裤腿熨了两道笔挺的折子,康派斯皮鞋擦得能照见人影子,这一切均与他在银行的身份有关。他的这辆老人头牌自行车,自然也是让人羡慕的。

守武见状,赶紧上去接过自行车,车龙头已经歪了,这一跤还真摔得不轻。他急忙与紫菀把瞿子镜扶进了内屋,方小蕙见状开始大呼小叫起来。

方小蕙那张精致的脸瞬间大变,就像花瓣被人使劲捏了一下,变得七零八落。这时,家中的小猫也跑来凑热闹,在旁边转来转去,正好转到她脚下,方小蕙心中有怒气,顺脚就朝它踢去。小猫一蜷身,喵喵喵地跑到了门外,它可是委屈死了。也许方小蕙烦心的是,今天的霉运都是这个莫名其妙的莽撞少年带来的。

4

守武再次见到紫菀是一月后的事情了。

这一段时间中,守武去了次和顺纸庄,目的就是找刘家言学骑车。这件事与瞿子镜骑车被撞有一点微

第六章

妙的关系，它居然激发了守武的欲望。那次事情后，守武就想到了和顺纸庄的那辆自行车，平时它主要是刘家言在用，在城里送货、跑路都靠它，有了它办事方便了许多。关键是，有一次刘家言搭着守武去城里跑了一圈，这可让他高兴坏了，从此迷上了自行车。

那天，守武一说要学车，刘家言没有拒绝，马上说，好呀，跟我走。很快他们就找了块平地学车，刘家言在后面掌着，守武在前面歪歪扭扭地蹬，半日下来，虽然摔了几次，但他居然可以骑上一两圈不倒。守武胆子大，学得也快，后来刘家言对守武说，再骑上个两三次，你就可以上街了。

一骑上车，守武就上了瘾，一到周末都到和顺纸庄去找刘家言，常常是骑得满身大汗，衣服都湿透了。几周之后，他就真的可以自如地骑车了，在空地上来回转，甚至有一回他突然放了双手，像鹰一样展开双翅。但只有一秒车子就剧烈晃动了起来，他赶紧又抓紧龙头，一个踉跄差点把他摔了下来。但他还是不甘心，又尝试了几次，都没有成功。刘家言见状，在后面吼他，你疯了！还没有学会走，就想跑。

到了"出师"那一天，刘家言准许守武上街练胆。但第一次上街，在人群中穿梭，让他手忙脚乱。不过骑了一阵，他慢慢就放松了下来，并逐渐变得游刃有余。车上飞驰的守武兴奋到了极点，他感到自己的身体里正在长出一双翅膀。

就在正骑得高兴的时候，出现了情况，车轮碾

纸

在了一块西瓜皮上,车子一下滑了出去,斜斜地飘了起来。守武捏紧了刹车,单腿撑在地上,鞋磨得呲呲响。这一瞬间,他大惊失色,车在飞速向前滑行,只听见砰的一声,车子撞在了一棵柳树上。守武倒在了地上,人仰马翻。

守武很快站起来,拍了拍身上的灰尘,发现布鞋的前面裂开了一个洞,而自行车像头受伤的小兽正在地上呻吟着。就在这一刻,他居然傻傻地笑了起来。他搓了搓手上的泥土,牙帮还有些痛,吐了一口水,带着血丝。不过,有惊无险,实在是太刺激了,一点伤都没有!

应该有点伤才对,他想。

守武更加自信了起来,觉得自己完全可以驾驭这架铁家伙了,心里再也没有一点胆怯和畏惧。而当守武再次骑在车子上的时候,他感到了从来没有的轻松。奇怪的是,他突然就想到了瞿子镜那次的狼狈相,心里竟然产生出了一种快感来。

守武再次出现在紫菀姑妈家的门口时,是骑着刘家言的那辆自行车去的。

开门的时候,方小蕙吓了一跳,这个莽撞的少年又出现了。她眉头皱了一下,脸一下就阴了下来。显然,方小蕙看到了那辆自行车,它就像一个怪物横亘在面前,让她厌恶、反感。

姑妈。

第六章

守武擦了把脸上的汗，兴冲冲地喊道。

方小蕙站在门前，一句话没有说，表情有些生硬。

姑妈，我表姐呢？守武问，他不敢贸然进去。

她，她……

方小蕙回头往里面望了一眼，却没有让他进去的意思。

但守武听到了屋子里传出的弹琴的声音，紫菀分明就在里面。这一刻两人突然有些僵持，时间像凝固了一般。

表姐……守武突然喊了一嗓子。

这时，琴声停了下来，从屋子里传出了紫菀的声音。紧接着，就看到她从里面走了出来。

快进来吧！紫菀说。

就在这一瞬间，方小蕙的脸上掠过了一丝尴尬。

守武说，不进去了，这么好的天气，我搭你出去玩吧。

紫菀分明已经看到了守武的车子，大为惊讶，觉得有点不可思议。

哪来的车？紫菀问。

我朋友的，他借给我骑半天。

你会骑车？

守武拍了拍后座，大声说，放心，上车吧！

紫菀突然就想起了当年在漓城江边，守武带着一群大大小小的孩子去划船的事情。他真的是个独特的男孩，敢作敢为。

紫菀兴奋万分，而旁边的方小蕙明显有些不快。紫菀连忙走上去安慰，在她耳边小声说了几句什么，方小蕙突然笑了起来。但很快她就止住了笑，脸色又沉了下来。也许方小蕙觉得眼前的这个少年就是个野性十足、行为莽撞的家伙，怎么也喜欢不起来，便说道，今天说好要去新都宝光寺烧香的，等你姑父雇的车来，我们就出发，不能耽搁。

但方小蕙的话未完，紫菀已经搭在了守武自行车的后座上，两人一溜烟就不见了人影。

一出门，紫菀和守武就直奔少城公园而去。

他们一路飞驰。在夏日的蓉城，马路上招摇的总是贵妇名媛，她们仿佛是从月份牌上吹下来的摩登女郎。但紫菀完全跟她们不一样，她是那样清新脱俗，仿佛与街上的每个女人都不一样。车在疾驰，轻风吹拂，守武闻到了紫菀身上的一种清香，他的心里面充满了隐秘的兴奋和不安。

紫菀本来想的是去少城公园划船，因为她之前想到了澫城的那次划船经历。虽然那不过是个大水塘而已，跟宽阔的江面是两回事，但在城市里也算是个不错的游乐之地。据说这个水潭过去是通皇城下的金水河的，那在成都也是个不小的历史遗迹。

很快就到了少城公园。那一天，他们并没有划成船，因为水潭里的水已很浅，无法划船。两人望着干涸的潭水不免有些失望，但他们的兴致很高，且少城公

第六章

园还有不少可看的,于是他们选择去看通俗教育馆。

通俗教育馆是几幢新修的西式建筑,绿树环绕,环境清幽,人们趋之若鹜。

通俗教育馆里面有好几个展馆,展品非常丰富,让市民大开眼界。在自然陈列室的时候,紫菀看到了她喜欢的鸟禽的标本,如画眉、黄鹂、山鹊、子规、瓦雀、夜莺、鹦鹉等。守武告诉紫菀,说漓城的山上有两种鸟,一种叫山和尚,一种叫雨道士。

你从哪里听来的?紫菀感到新奇。

山上的土匪讲的。

这让紫菀一惊。

那年被劫后,守武在山上待了半个月,那些土匪尽管干的是谋财害命的勾当,都是动刀动枪的狠角,却喜欢逗他玩。紫菀一下就想起了守武说过的那个脸被刀砍过的"半边脑壳"来,表弟真的是太神奇了,在土匪窝里居然毫发无损,而且还见到了那么多奇奇怪怪的东西。

这时,紫菀看到了一种叫桐花凤的鸟,被吸引了过去。这是种很传奇的鸟,轻盈小巧,全身翡绿,非常漂亮。据说它靠露水就能活下来,桐花开的时候就出来,落则深藏不露,一直与桐花相伴。紫菀读过《红楼梦》,她觉得那个叫妙玉的女人就有点像这个桐花凤,高洁出尘,但因为太高洁了命总是不好,后来就被强盗掳了去。不知为何,她回头看了看守武,他正在看一头鹰,看得目不转睛。

纸

守武，来看这只小鸟。紫菀叫道。

守武站在原地没有动，他显然被那只凶猛威武的雄鹰给震慑住了。他喊道，表姐，你来看这只鹰，好大！以前我在山里见过，在山顶盘旋，它能把一只母鸡抓上天，不愧是鸟中之王。

紫菀不喜欢鹰，只瞥了一眼，就转回了头。她很怜惜那些弱小的鸟，恋恋不舍。

而守武对那些桐花凤，也不怎么喜欢，不过是几只斑斓的玲珑小鸟，活着的时候叽叽喳喳，而鹰一言不发，沉默、冷峻，翅膀在云际中擦响。

他不时回头去看那头鹰。那鹰虽然已经死了，但仍然威风凛凛，眼中好像随时会闪出一道寒光来。

不一会儿，他们又转入到了武器陈列室，里面陈列着各种各样的刀剑枪炮，还有古代的弓箭、盔甲、木铳等冷兵器。就是在那里，守武看到了一把勃朗宁袖珍手枪，也就是这次让他产生了对枪的强烈兴趣。

在守武的眼里，静静躺在展柜里的这支枪是精美的，有点像艺术品，而之前他看见杨家奎的那支枪多少有些粗笨，完全是两样东西。实际上后来守武一旦想起枪，都会先想到这把勃朗宁。

守武突然有些走神。这枪太美了！

他突然想伸手去拿，但隔着一层玻璃，玻璃阻止了他的欲望。

守武的心中咚咚在敲。

那天回去的时候，紫菀想着桐花凤，而守武则想

第六章

着那只老鹰和勃朗宁手枪。那只手枪就像桐花凤一样精致和冷艳,甚至它的枪声都像桐花凤的叫声一样孤寂和婉转。

第七章

1

三月的滃城亮了起来,从天空到一望无际的农田,都是新鲜透亮的颜色,土地在风的吹拂中慢慢苏醒了过来。雨水充足,风和日丽,到处是生命的喧嚷和争吵。小虫子们开始飞舞,长出幼小的翅膀,或是从土中翻爬出来,小脑袋四处东张西望。

竹子开始发芽生长,槽户们一年中最为重要的时节到来了。那些茂盛的新竹将为一年的造纸生产带来充足的原材料,只有这样的嫩竹造出的纸才是最好的,竹肉厚,纤维密实,可以让纸张更为白洁绵柔。不久,初夏接踵而至,春天的竹子已经蔚然成林,忙碌的生活也将开始,上山砍竹是一年中造纸周期的第一个环节,这也叫取春料。

这一天,守文头上扎着布巾,腰上带上一把锋利的弯刀就上山了。他跟在另外两个工匠的后面,前面的人挥舞着砍刀,竹子不断地倒下,然后被拖到一边剔掉枝叶,扎成捆,让人抬下山。

第七章

守文也在用刀砍那些柔韧的竹筒，他还有些吃力。砍竹看似简单，其实有不少技巧，如砍刀要顺着向下砍成一个斜剖面，不能横着砍，也不能向上反着砍，砍掉后的竹桩要像一个个尖削的马蹄。另外，用力也很讲究，太猛或太轻则耗力，甚至一不小心会伤身，这需要懂得轻重缓急。

那一天守文正砍得兴起，突然他大叫了一声，感到腿上一阵疼痛。他回头一看，是一条小蛇乘其不意咬了他一口。这时，旁边的一个工匠见状，迅速冲来，向小蛇挥刀砍去，蛇身变成了两截。他又迅速摘下头巾，将守文伤口上的小腿肚子紧紧缠住，背着他就往山下跑。

到了家，蔡昌颂一看，腿上有两颗大牙印，四周已经肿了。他马上用一把锋利的小刀将守文的伤口划开，使劲挤压肌肉里的血管，排除毒素。他又让女儿凌波提来一桶水，用水瓢舀水来反复冲洗。这时守文已经痛得大汗淋漓，连声呼叫。

蛇毒会要命的，要马上吸出来！蔡昌颂有些着急。

我来吧！凌波说。

蔡昌颂一惊，他知道这种方法最有效，毒素排得最彻底。但吸的人也存在风险，万一毒素通过口腔传入体内，那可不得了。他还在迟疑，凌波已经埋下身子，将嘴贴在守文的伤口上吸了起来，每吸一口，她就用水清洗一下口腔，直到毒汁被吸干净，蔡昌颂才用药膏给守文敷上。

这时，守文感觉不那么疼痛了，情绪也渐渐平静了下来。

凌波的额头上早已是汗淋淋。过了一会儿，守文有些担忧凌波，毕竟她是用嘴去吸蛇毒，万一吸进肚子里怎么办？这时，凌波的母亲让她喝了一大口酒漱口，又用清水反复清洗口腔，直到看着她没事了才缓下气来。但她母亲显然对女儿刚才的举动有些惊讶，既心痛又不解。

守文有种奇特的感受，就在凌波为他吸毒汁的时候，他突然不紧张了，而且产生了一种安全通畅的感觉。可能是太奇妙了，守文居然忘了山上那惊险的一幕，心中想的是平时温顺的凌波，竟然在危急之时果敢地伸出侠义之手，真的是不可思议。他有点不好意思再看凌波，但此时凌波已经进屋去做其他事情了。

第三天，守文感到伤口完全不痛了，肿也消了不少。凌波来为他换了药膏，就在那个时候，守文悄悄问她，凌波，你不怕蛇毒吗？

她有点不好意思，脸红得像樱桃一样。

那天夜里，守文就想到了一些从来没有想过的事情，他的心里萌生了一些让他冲动而又羞涩的东西。也就是从那一天开始，他爱去看凌波，总要在做事的时候偷偷地看上几眼。实际上，守文也发现凌波在偷偷地看他，两人看对方的时候总低着头，慌慌张张的，忐忑不安的，像做错了什么事。从那以后，守文发现他的衣服总是凌波替他洗，凌波在洗碗的时候，守文总是去帮助她，两人默默地做事，不像过去一样爱说话。

有一次，凌波去喂猪，守文就去帮她提猪食。他们一同走进猪圈里，把猪食倒进槽中，看着两头小猪欢快地吃起来。他们一言不发，一直看到小猪把槽舔得干干净净，然后两人把空桶拎出来，这件事居然成了他们那段时间最喜欢做的事。也许他们觉得那两头小猪真幸福，开开心心地在一起。

一月后，山上的竹子已经砍完了，那些竹子被整整齐齐地放入了窖池中，用重石压着，池中放满水淹着那些竹子。青青的竹子在水中慢慢变成黄色，那时候田野里到处都听得到蛙鸣，它们就像水底的竹子发出的吃水的声音。

那是槽户们最闲的一个月，他们一般会在这个月中去乡镇上赶场，买盐、打酒、割肉。他们得趁这段时间休整一下，因为真正忙碌的时节马上就要来了。

这一天，蔡昌颂带着守文和凌波一同去赶场。场镇上人头攒动，热闹非常。蔡昌颂好像认得不少人，不断跟人打招呼。他挑着一担纸，还没有到场头就卖掉了，他的纸从来不愁卖。接下来他要去把日用品买上，中午的时候他还要去一个小馆子里同他的朋友们喝酒、摆龙门阵。守文和凌波便自己在场上转，于是就听见有人故意高声在喊，老蔡，该要请客啰！

请啥子客？蔡昌颂不解。

嘿，反正今天你要请客！

纸

好好好，就给你打一竿酒嘛，这样行了吧。

来来来，堂倌，把熬锅肉、炒猪肝、豆瓣鱼上起！

蔡昌颂说，呲，想刮油嗦。

有喜事了，还不请客！大家来说说嘛，该不该吃你！

这个人的声音大得让整个场镇都听得到。

蔡昌颂脸红筋胀，莫乱喊，莫乱喊！

这时守文看着凌波，凌波也看着守文，他们分明也听见了，两人都不说话。那天，他们从场头转到场尾，又从场尾转到场头，也不知道转了多少次。有一次，人挤的时候，守文去拉凌波，他发现凌波的手是那样柔软，手心热得有些烫，他赶紧就放开了。不仅如此，守文发现凌波的眼神也是热露露的，心里好慌。

回到蔡家，守文就感到困了。晚上守文做了一个好奇怪的梦，梦见自己同凌波穿着大红衣服在拜堂，给双亲拜，他看见母亲高龄珠和父亲颜佑卿喜笑颜开地接受他们的跪拜。而母亲还给他们献上了一束鲜花，那花是他从来没有看到过的，鲜艳灿烂。母亲说，只有峨山顶上才能采摘下这样的花，那是用来供佛的。

但就在这时，守文听见了鸡叫，他睁眼一看，天还没有亮，可惜美梦已经消失得无影无踪。守文突然感到有些失落。他坐在床上，不久就听到了凌波开门的声音。她也醒了，起床开始做事了。守文想，梦里的花怎么会那样艳丽？像婚床上的绸缎一样好看，看不够。

第七章

那天去喂猪的时候，守文帮凌波提着一大桶饲料跟着进去，两头小猪欢快地吃着，守文突然问，凌波，你最喜欢哪头？

凌波说，我两头都喜欢。

为啥？守文问。

它们在一起好乖嘛，无忧无虑的。

猪圈一片欢快的抢食景象。看着小猪快要吃完槽中的饲料时，凌波问，你说是不是嘛？

守文连忙回答，是，是。

也许，在他们眼中的小猪就像他们自己一样。

这事其实蔡昌颂心里明白着呢。他好像不仅把守文当成了唯一的徒弟，也私心里想促成一段姻缘。他喜欢守文的品性，这孩子能吃苦，诚实懂事，而且也非常聪明，所以他决定把蔡家的看家本领教给守文，并在心底已经认定颂纸的传人今后就是守文了。

还在盛夏中，槽户们最忙碌的时候已经到来了，他们把竹料从水中取出来，加以捶打再用浆灰沤制，然后层层叠叠地放入巨大的篁锅中。在那个如碉堡一样大的篁锅中，竹子将发生神奇的变化。七天七夜的蒸煮，会让竹料变得柔性十足，而这也是古法造纸中最为关键的一个环节。

也就在那七天七夜之前，蔡昌颂把守文带进了一间平时不让外人进入的房间内。守文看到了一个神龛和供台，蔡昌颂告诉守文神龛上的神像是造纸的祖师爷蔡伦，那是每家槽户都要祭祀的神祇。他点燃三根

· 183 ·

香，跪在神像下念念有词地磕了三个头。守文也跟着做了同样的动作，但他不知道能够跟着蔡昌颂进这间房屋，代表他已经真正成了蔡氏造纸的传人，因为其他人是不能进入这间屋的。一旦进入了，就证明他是蔡氏真正的入门弟子了。

走出门，几个请来的伙计已经在院子里等候了，其中一个手中抓着一只白色的公鸡，它的身上一片杂毛都没有，洁白如雪。那是好漂亮的一只鸡，它还在咯咯地叫，眼神中流露着不凡和高傲，用它来祭祀有点可惜，但也只有这样的鸡才配用来祭祀。

伙计们看见蔡昌颂一出来，便摸出菜刀将公鸡割喉放血，这一仪式象征着纸的洁白，也意味着出纸料的时候即将来临了。

2

何书怀是守武的国文老师，他第一次进学校见到的那个带领学生游行的人就是他，也就在那一天，守武就喜欢上了他。

何书怀三十来岁，清瘦，精神，穿一袭蓝布长衫，随意的大背头，圆眼镜片后有一双清澈明亮的眼睛。

何书怀的课很受学生喜欢，他知识渊博，谈吐生动有趣。除了课本上的，何书怀还爱讲一些新鲜的事

第七章

情，如报刊上的一些新文章、新观点，甚至在高兴之时还会评论时政，发一通感言。他尤其爱"德先生"和"赛先生"，学生在下面听得津津有味。每堂课好像都太短，每到铃声乍响，仍觉意犹未尽。

有一天，何书怀讲起了一本叫《家》的小说。这是成都的一个高姓大家族里发生的故事。高家大院里四世同堂，孙子辈中有三弟兄，分别是觉新、觉民和觉慧。觉新是长子，在家中忍辱负重，他接受新思想，但性格懦弱，人生不幸；他爱着一个叫梅的女人，但他们的爱情却是悲剧，梅一生坎坷，追求幸福不得，最后是含冤而死。老二觉民是个有进步思想的新青年，他爱上了一个叫琴的女子，而琴是敢于走出封建家庭的叛逆者，不顾家庭反对，冲破阻拦，最后与觉民走到了一起；老三觉慧是个内心善良、敢作敢为的人，他爱上丫鬟鸣凤，但鸣凤低微的身份又让他们无法走到一起，后来鸣凤不愿嫁给一个有钱的糟老头子，投湖自尽，成了封建社会的受害者，而最后觉慧在惨痛的教训下毅然离开了高家大院。

这个故事对守武的影响不小，他不自觉就会联想到自己的家庭，他觉得小说中的高家跟他的那个颜家有好多的相似之处，他甚至觉得自己的母亲就是鸣凤。母亲与他在颜家是抬不起头的，总是低人一等。守武从小就讨厌那个院子，恨那些势利的嘴脸。而他的父亲颜佑卿也不是觉慧，他接受过新思想，但懦弱保守，生不逢时，永远也走不出那个高高的颜家大院。

读过《家》后，守武感到热血沸腾，他的思想渐渐活跃起来，在学校里常常能看到他在一群同学中高谈阔论。从那时起，守武开始看一些左翼文学书籍，那些书被秘密地传阅着。书在学生中产生了截然不同的效果，有的兴奋冲动，有的恐惧害怕。在学校看禁书是要受到惩戒的，但守武不怕，有一次他把一本书悄悄放在陈方真的枕头下，结果把陈方真吓得不轻，把它扔到了厕所里。

陈方真想的是好好读书，出人头地，光宗耀祖。不过他挺佩服守武的，胆大，疾恶如仇，敢作敢为。

何书怀很喜欢守武，觉得他脑瓜子灵，常常有奇思异想。何书怀除了教书，也常常给一些报纸杂志投稿，每有发表，都会兴奋地与他的学生分享。他对学生也好，一有邮局汇来的稿费，他总喜欢买些书籍和文具送给学生，以鼓励那些国文水平有了进步的学生。那时候，何书怀经常是叫信任的学生课余帮忙送稿，守武便常常为他跑腿。就因为这样，守武常常见到丁燮奇。

丁燮奇是《新声报》的主笔，大胡子，不苟言笑，眼神深邃，有点让人望而生畏。

每次守武去送稿子，丁燮奇总是只说"放这儿吧"，再不多说一句。要是遇到正在埋头奋笔写着什么的时候，他连头都不会抬起来，只是敲敲桌子左上方，意思是让守武把稿子放在那里。所以，守武觉得丁燮奇是个不拘小节的怪人。

第七章

一天下课后,何书怀又叫到了守武。还是那件事,送稿。其实守武非常乐意做这件事,他已经很习惯,疾走带小跑,来回也就一个小时,回去后还可以到何书怀办公室里喝杯凉开水。何书怀也许不在,但那杯凉开水一定放在桌上,那是专门为他准备的。

这一天,守武一开溜地往新声报社快走,他脚下生风,比往常还要快些。到了报社门口,他才感觉刚才自己太用劲了,有些喘不上气来。但他还是尽快走进了丁燮奇的那个房间。

在守武的记忆中,正门右侧的第二间,太阳好的时候,光会从门缝中斜射过来。丁燮奇的房间门总是半开着。守武每次伸进去半个脑袋,就可以看到他。他背对着门,面窗而坐。守武一般是轻轻地敲几下门,等里面传出一声"请进",他才进去。

丁燮奇穿着一件青色长衫,他只微微地侧过身来,说了一句,放这儿吧。

总是这句话。这是守武熟悉的,他感觉丁先生是寡言少语的人。

这次也一样,守武把稿子放下后,转身要走。

等等。丁燮奇突然喊道。

守武一惊。

丁燮奇把旁边的一根凳子拉了过来说,请坐,你都来过好多次了,咱们也认识认识。

守武有点受宠若惊,不敢坐,仍然站着。

坐嘛,小鬼。何书怀是你啥人?

是我的国文老师。守武答。

哦。丁燮奇笑了笑。守武是第一次看到他笑。原来他笑的时候也很亲切。

怎么总是喊你来送信？丁燮奇问。

我，我跑得快些。

哈哈哈，你叫啥名字？

颜守武。

喜欢听何老师的课吗？

爱听。他在课堂上经常讲到您的文章。

哦，讲过些啥子？丁先生有些好奇。

守武就说，他印象最深的是那篇写春荒的文章，川西坝子都要饿肚皮了，这天下就不太平了，何老师让同学们思考为什么"秋收万颗子"，却"农夫犹饿死"。

丁燮奇不停地点头。

对了，何老师有那么多时间写文章吗？

他一般是晚上写，写到深夜，第二天还要上课。

哦……丁燮奇若有所思。

过了一会，丁燮奇又说，小颜先生，下一次请你的何老师来一下，我想见见他。

丁燮奇叫他小颜先生，守武有些激动。守武出门的时候，心情畅快到了极点，他觉得今天的收获太大了。在守武心里，丁燮奇是一个有学问的大先生，大先生称他是小先生，这是好大的一个奖励。

守武很快就回到了学校，何书怀还在办公室里改

第七章

学生作业。守武把丁燮奇的话带给了何书怀,何书怀不停地说,喝水、喝水。

几天后,何书怀就去了新声报社,而那次见面成为他以后常常引以为荣的事情。守武不知道当天到底发生了什么,但他相信那一定是个非常重要的见面,两人谈得极为愉快。在之后的课堂上,何书怀偶尔会讲到他与丁燮奇先生见面的一点片段。

我第一次见还有点怕他!守武突然说。

其实,他笑的时候有两个酒窝,被大胡子遮住了。

但他好像不爱笑……

何书怀沉思了一下说,大概这个世上让他笑的东西太少了。

后来,何书怀给他讲起了丁燮奇同情弱小贫苦的事情,他曾经让街上的一些乞丐和残疾人去卖报纸,折扣要比其他报贩多,让他们多挣一点钱。

何书怀的课,学生最爱听。他专门在下午放学前开设半个小时的读报时间,由他在新出版的《新声报》中选择一到两篇文章来品读。守武每当听到那些振奋人心的文章时,总是感到热血澎湃。

也就是在那一时期,校园里的集会多了起来,也出现了不少新的声音,学生中有人开始在谈论苏联革命,也有人在偷偷议论正在川省边区活动的红军;老师中也有人怒骂刘湘政府,对社会的腐败和不公进行抨击,校园中弥漫着一种开放而自由的气息。

守武就是在那时认识的老郑,介绍人是快毕业

纸

的一个同学。他把守武带去见了老郑,他们说了很多话,让守武大受鼓舞。那一天回来得很晚,校门已经关了,守武是从后墙翻进去的。他的身上带着老郑给他的红书,而那些书很快就在学校里传开了。

3

又到一个周末,守武借了刘家言的自行车准备去找紫菀。

在路上,他一直在想今天要把表姐带到哪里去玩。当然,既然骑了车,那就得跑得远远的,他想把紫菀带到一个从来没有去过的地方去。

已是初秋,阳光透亮,空气中有馥郁的香味,让人产生轻微的眩晕感。

守武抬头望了望天,一只风筝正在半透明的云朵下。守武快速地蹬着踩板,可能是他的速度太快,不断有行人回头看他。但他是如此兴奋,精神抖擞,两腿不停地加力,车滚发出了呜呜的响声。他不时地抬头去看那只风筝,仿佛那只风筝也在一直看着他似的。

突然,守武的前方出现了一个骑车的人,正不快不慢地骑着。守武呼的一下就跑在了那个人的前面。就在守武超车的那一瞬间,对方侧头望了他一眼,但两人迅速就分开了。一分钟后,那个人已经被甩得老

第七章

远。但就在这时,守武感觉刚才的那个人好像很面熟,应该是他见过的人。他故意放慢了速度,就在两车只有二十米的时候,他回头再一看,大吃一惊,是瞿子镜,紫菀的姑父。

这一刻,守武有些后悔起来,他太冒失了,居然没有认出他,关键是他昂首而去的时候,瞿子镜可能已经认出了自己。

确实,当守武到了瞿家后,不一会儿瞿子镜也回到了家中。

瞿子镜见到守武很诧异,他盯着守武的那辆车看了几眼。守武有些不知所措。他们之间没有说话,只见方小蕙来帮瞿子镜拿手提包,而瞿子镜则在一旁用鸡毛掸拍打着身上的灰尘。

紫菀给守武眨了下眼睛,说,走。

守武会意,马上就往门外跨。

方小蕙连忙喊道,去哪里?

姑妈,我们出去玩一会。紫菀说。

方小蕙从里面冲了出来,嘟着嘴,一脸不高兴。

没事,就去骑会儿车。紫菀安慰道。

方小蕙瞪了一眼守武,说,这车太危险了,连铃铛都没有,摔伤了咋办?

紫菀穿着一件白色的短袖衬衫,下装是一条蓝色的裙子,刚好遮膝,露出白色的高筒鞋袜,皮鞋是带襻的,一切都是那样的清新雅致。

· 191 ·

纸

那天，守武搭着紫菀就往大路上跑。出门一抬头，他就看到那只风筝还在天上飘，它好像一直都在盯着他。守武使劲蹬着车子，满头汗水，但他的心里充满了巨大的喜悦。这一跑就是几里地，一直跑出了城，看到了一片田野，而天上的那只风筝已经看不见了。

骑了好长一段路，城墙越来越远，站在高一点的地方，偌大的城市就像个摊开的芝麻饼。不一会儿，他们终于看到了一个凉水铺，紫菀从车上跳了下来。

两碗凉水，带着甜甜的薄荷味，清凉透底。

两人坐在路旁边喝水，边聊天。

守武讲起了《蜀山剑侠传》中的剑圣来，那是藏在他心底的一个英雄。后来他又说起了《家》，谈到了觉慧。但紫菀的生活跟守武完全不一样，她对行侠客、叛逆者之类不感兴趣。紫菀从小是在一种平静的环境中长大的，生活对她而言，就像她的琴声中的流水和云朵一样。守武所说的一切都是新奇的。

他们也谈起了漹城那些奇奇怪怪的故事。守武会给她讲幺婆婆的甜豆子，土匪窝里的各种人，青衣江边那摇摇晃晃的小船，高母那突然伸来的长指甲……

这时紫菀就想起了漹城的那个邮差，突然问，守武，你知道漹城有个送信的人吗？

守武回答，当然知道，鲁大爷，漹城的人都认识他。

表姐，晓得不，我太爷爷当年还想在漹城办邮政呢。他又说。

那是颜家的一段风光日子。在大清邮政时期，送

第七章

信的人都穿上了绿色制服,戴着大盘帽,曾祖父觉得那是多么新鲜的事情呀,而这样新鲜的事情应该为颜家独有。

这个事让紫菀乐了起来,她问,这是真的?

守武说,是啊,我们颜家的故事三天三夜也摆不完。

当年,颜家四世同堂,守武的祖爷爷就像小说《家》中的高老太爷,主宰着一个大家族。只可惜守武没有看到过他八面威风的时候。太爷爷去世的时候,他们还在穿开裆裤。在守武的童年记忆中,太爷爷不过是个奄奄一息的老头子,他们只是在太阳很好的时候,才看见太爷爷由丫鬟伺候着出来,坐在一把竹椅上晒太阳。那已经是他生命中的最后几年,他脸色灰暗,气息虚弱,半仰着抽大烟,偶尔会传来几声急促的咳嗽声。

颜家的小孩子都有点怕他,而太爷爷也好像打不起什么精神来理会小孩。只是小孩们在捉迷藏的时候,转晕了头,突然转到了太爷爷的旁边,会被这个好像不存在的人吓得魂飞魄散。不过,他们的太爷爷,就是那个衰老头子,可不是简单的人,他的故事很多,年轻时那是风光一时。颜家在光绪年间就已经成了漓城的大户,每天码头上都有很多船等着把从颜家搬出的纸运往下江。据说漓城上的银号钱庄没有不与颜家发生关联的,资金吃紧的时候,太爷爷只要一开口,银子一厘不少就会送到他的家里,连个字据都不用留,好像那些银号钱庄就是替颜家开的一样。

纸

守武说，小时候，我们就端根小板凳，围在大人的身边听他们摆。

每年青衣江上开龙舟会期间，颜家便包下两艘大船，船被扎得花枝招展，格外醒目，远远就能看到。一条船是自家用，一条则是请来场面上的人物观看。船上吹拉弹唱，衣香鬓影，要热闹两天。到最后抢鸭子那天，颜家也准备了上百只鸭子放进江中，任由人去抢夺，只见人、船在水中扑腾，把一条江都弄浑了。当然，颜家的阔绰也为后来埋下了祸根，守武小时候遭遇匪徒被人敲诈就跟这有关，人家总觉得颜家有油水，白道黑道都想来刮削一遍。实际上守武出生前，颜家已经衰败了，所以当别人讲起颜家昔日的辉煌时，守武想到的可不是什么荣耀，而是荒唐，一个大院子里经历的荒唐往事。

其实，紫菀过去也听人说过，颜家的故事多得很。在漓城人的嘴里，颜家就是故事，而故事的核心就是守武的太爷爷，一说起他就像打开了水龙头，故事就会哗哗地往外流……

对了，守武，我也有个故事。紫菀突然说。

守武有些惊讶，你也有故事？

其实也不是什么故事，就是一件奇怪的事。

接下来，她就把前些年收到从漓城寄来的匿名信的事讲了一遍。讲完，她问，守武，你说说，一个人平白无故地给别人写信，到底是为啥嘛？

守武说，我也不知道。

第七章

太奇怪了，你说，会不会是我认识的人？紫菀问。

守武赶紧埋下了头，把碗里剩下的半口水喝了下去。

对了，你说送信的鲁大爷会不会知道这个人？

守武听完，惊出了一身冷汗。他赶紧支吾，那信……还在吗？

我早把它烧了。

守武一下子显得很失落，问，一封都没有留下来？

我才不会把那些莫名其妙的东西留下来。

守武若有所思。其实信还在，被紫菀藏在一个隐秘的地方。但此刻，她眼里是一片迷雾。

这时守武稍作镇静地问，表姐，你想过写信的人没有？

我又不认识这个人，为何去想？紫菀反问。

是的，可能有些奇怪。

紫菀突然说，唉，想起来真荒唐！

守武吃惊地望着紫菀。

这时，远处传来了一阵稀稀落落的狗吠。

回去的路中，车轮飞速地前行，他们有些沉默，各怀心思。

进城的时候，守武又看见了那只风筝，仍然在那里飘着，仿佛一直没有变过。而在风筝的那个位置，还有一轮红红的落日，而落日与风筝之间好像还隐藏着什么。但在那一刻，守武觉得那是一只孤独的风筝，没有人懂它的心思。

纸

分手后，紫菀回到家中已近黄昏。方小蕙从乡下买来了鲫鱼，让林妈做了道烧鲫鱼，正等着她回去。

方小蕙仍然不高兴，说，这么晚了才回来，前次也是，说好去宝光寺，等了半天，只好把车夫打发走了，你姑父还在怄气呢！

紫菀也有些歉疚，说不小心跑到了郊外，绕了好大一圈才回来。

方小蕙面带愠色，一直在唠叨。说紫菀就只知道跟着那个表弟瞎跑，反正嘛，他就知道贪玩好耍，不做正经事。

哪里嘛，他挺聪明的……紫菀说着去拉姑妈的手。

聪明，聪明要放在读书上，砍头的个个都是聪明人！方小蕙把手拿开，不依不饶。

瞿子镜本来一直沉默不语，突然说道，我看就是个不想读书的野娃儿，不想读书，弄不好哪天给惹出些啥子事情来。

紫菀放下筷子，心里有些乱。

好了，不说了，吃吧吃吧，鱼冷了就腥。方小蕙把菜碗推到紫菀面前，又给她碗里搛了几筷子。

但紫菀就不想吃了，她之前同守武在进城的路上吃了一个红糖包子，所以一点都不饿。方小蕙也没有了多少胃口，挑了几下就不动了，这天的晚饭竟有些沉闷。

那天守武回到学校后，心里还在想信那件事，这

第七章

是他心里埋藏多年的秘密。他在想,到底要不要和表姐说出真相,说了过后会怎么样?他们以后还会像过去一样亲密吗?

这样想着的时候,他已经走到了教师办公的那幢大殿前,里面的灯还亮着。这天是周末的晚上,老师们都已经离开学校。守武悄悄走到窗户下,他透过玻璃看到了一个熟悉的身影,是何书怀,他还没有走,正埋头写着什么。他常常会通宵达旦地写文章。那段时间,他更勤奋了,发表的文章也更多了。但是,也就在最近,何书怀受到了校方的警告,因其文章涉及时政,言辞激烈。而就在上周,他搞了几个月之久的阅读课也被迫停止了。

何书怀奋笔疾书的样子让守武看得有些入迷。守武正准备走,突然看到何书怀放下笔,若有所思。

他在想什么呢?守武情不自禁地喊声,老师!

何书怀回过头说,守武,要查岗了,还不回寝室休息?

守武连忙解释,我看到房里有灯光就来了。

那就进来吧。何书怀朝他招了招手。

守武跨进了那道他熟悉的门。

何书怀给守武倒了一杯水,说,正好我刚刚写完了篇文章,是丁先生要的急稿,明天又要请你跑一趟了。

说完,何书怀将稿子折好装进一只信封里,然后用毛笔在上面写上"丁燮奇先生亲收"几个字交给守武。拿到信后,守武正欲转身出门,又听到何书怀喊

纸

道，等等，把水喝完。

守武以为何老师还有什么事情要吩咐，却看到他用手示意他坐下。这时，何书怀压低声音对他说，守武，我告诉你这件事，但切不可告诉任何人。

原来学校前些天在闹事，校方正在调查事因，怀疑学生中有人在鼓动此事。何书怀知道这件事跟守武有关，学校克扣学生的伙食，买发霉的大米给学生吃，所以引发了学生罢课事件。

守武有些紧张，急问，祝景伯在查这件事？

何书怀点了点头说，这件事学校确实有责任，但校方怕把事情闹大，想息事宁人。学校之前已经开除过学生了。

那天晚上从何书怀办公室走出来，守武并没有因为校方要惩治学生闹事的事情感到害怕，倒是因为何书怀对他的语重心长感到非常欣慰。显然，何书怀是站在他这边的。

第二天中午下课后，守武便带着何书怀的信直奔新声报社。

到了报社楼下，他便朝着丁燮奇的那个房间走去。天气有些闷热，但进了那幢大楼，一下便凉快了不少。一般的情况是守武在上楼梯时会先看到半掩的门，从门中斜射出一条亮亮的光线来。那条光线就像他的一个熟人在招呼他。

但守武没有看到那条光线。他有些诧异。

等完全爬上楼时，他才发现丁燮奇先生的那个房

第七章

间的门是关着的。

敲门。无人。

他还是第一次遇到这种情况。

守武怏怏走下楼。又过了一阵，守武再重新走上楼。刚一上楼就看见一个人站在了他的面前。守武从来没有见过这个人，有些诧异。

你找谁？那个人问。

我找丁先生。

那人上下打量了他一番，问，你找他有事？

守武点了点头。

你们没有约过？那人使劲盯着他，烟雾后面的那双眼睛显得很神秘。

我来送封信。

守武本来想从口袋里拿出何书怀的信来，让他转交，但他忽然觉得不妥，便把手缩了回去，转身欲走。

喂，等等……

守武回头看了一眼这个陌生人。他没有停下，而是咚咚咚地径直跑下了楼，由于走得太快，已经听不到后面的声音了。

第八章

1

刘家言从漓城回来后,给守武带来了不利的消息。

这段时间漓城的槽户日子难过,纸没有销路,积压严重,价格一落千丈。他们的纸庄虽然想趁机收购一批货,但由于资金短缺,周转非常困难,也无可奈何。之前漓城的销售商成立了一个白纸帮,而外地的销售商又成立了一个红纸帮,红白相对,双方竞争激烈,为了抢夺市场常常压低纸价对着干。但近来都偃旗息鼓了,没有市场,纸的进购和销售如一潭死水。其实,和顺纸庄就是漓城纸业的晴雨表,产品销售的大宗往往靠这些驻外的商栈,这里的生意旺,漓城槽户的日子就好过,这里一旦门可罗雀,漓城的抄纸匠就要失业。

刘家言的话,让守武忧心忡忡。但他每次写信回去,父亲都告诉他不要担心,好好念书。情况显然不是如此,家里的状况堪忧。

其实,刘家言这次回漓城的时候,就听说颜家

第八章

又起纠纷,颜佑卿因为拖欠债务,债主告上法庭要求将其资产抵债。他还听到了很多的传闻,说如果一旦将其抵债,颜家大院就要落到河西大户曹洪贵手里,颜家大院就要变成曹家大院了,这件事在澫城闹得满城风雨。但这次见面,刘家言对颜家发生的事只字未提,他怕影响守武。

守武本来是去借车骑的,但听了刘家言的一番话,心思全无。其实他知道家里的困境,只有自己想法来渡过难关,他想到了去勤工俭学。

不久,守武就找到了一家制砖厂,那里正好在招搬运工,按日结酬。虽然工价低廉,但也能挣点生活费。但这件事让守武没有了休息日,一到周末就去工厂干活,一天下来累得精疲力竭,回到学校只想睡觉。

再次见到紫菀已是初冬了,城里一片萧瑟,落叶满地。那天上午,守武没有去做工,他有些想紫菀了,久了见不到她,他心中那颗糖就要化掉。

还未进门,守武就听到了紫菀弹琴的声音。他站在门外,静静地听着琴声,那乐曲是那样动听,仿佛感受得到紫菀温柔的手指在琴键上起伏的样子。瞬间守武就有股热血在身体里流淌,他站在那里,一动不动。

过了好久,守武才敲门。

紫菀见到他很兴奋,当她看到守武的脸被冻得通红,身上是薄薄衣服,脚上还穿的是布鞋,便问,不冷吗?怎么穿这么少?

守武回答,我不冷。

快进来吧,屋子里有火。紫菀说。

方小蕙这时才慢腾腾地从内屋里走出来,抱着个暖壶,她只是微微点了点头,面无表情。

紫菀很热情,给守武倒了一杯开水,又从柜子里拿出一块点心递在了他手里说,守武,这是姑妈在淡芳斋买的桂花饼。

守武有点尴尬,瞟了一眼方小蕙,又赶紧低下了头。不知为什么他一进这家里,气氛就很压抑。

今天没有骑车来?紫菀问。

车坏了,我那个老乡拿去修去了。

想不想骑?

守武又瞟了一眼方小蕙。

没关系,等会儿我们去借姑父的车,他今天不上班。

守武赶紧摆手,不行,不行!

怎么不行?

我昨天打球,把脚给崴了一下。

守武其实在撒谎,他一想到瞿子镜的那辆车就紧张。他怎么敢去骑那辆傲慢的新车呢,它几乎就跟瞿子镜的表情一模一样。

痛不?紫菀问。

走路倒没啥问题,过两天就好了。

这时,紫菀从抽屉里拿出一瓶风油精来,这是瞿子镜从广州带回来的南洋货。守武还是第一次听说这个东西,紫菀说头昏脑涨时抹一点,会有醍醐灌顶的效果,

第八章

而要是遇上跌打损伤,涂在伤口上面会很舒服。

紫菀就涂了一点在守武的脚踝上,一阵清凉迅速蔓延开来,守武瞬间变得舒服极了。那东西确实是太神奇了,小小的一瓶,香味也是那样独特,仿佛能把七窍打开,让全身都变得通透起来。这种感受守武过去从来没有过。

紫菀又在守武的脑门上涂抹了一点,她的手指轻轻揉抹,让守武的心里产生了一种奇异的感觉。他感到了一种从来没有的愉悦,而这种愉悦又让他感到了一些慌乱。

突然,一只黑猫跑了进来,在他们的脚下钻来钻去。不一会,方小蕙站在了门前,亲昵地叫唤她的宠物,猫一溜烟就从门缝窜了出去。

瞿子镜坐在堂屋里,一直在看报纸,报纸翻得哗哗响。翻了一阵,瞿子镜就到外面去伺候他的那辆自行车了,他用干净的布擦拭着车的每一个部位,细细地擦,链条被擦得跟一束束光一样,居然有些炫目。

守武突然觉得有些迷糊起来,他感到表姐跟他们生活在一起有些怪怪的。她怎么会跟他们在一起生活呢?

到了中午吃饭的时候,守武格外小心翼翼,他甚至觉得不该留下来吃饭。他只是来看一眼表姐,看了就知足了。好在午饭后他就要去工厂做工了,今天他只给了自己半天时间,见到了紫菀,他的愿望已经实现了。

菜摆上桌,四菜一汤,做得极为精巧。但在桌子上大家都不说话，守武不敢大声吞咽，只听见汤勺碗筷发出的声音，那只黑猫在桌下缠来绕去地喵喵叫。

吃饭快结束时，方小蕙对紫菀说了句，小菀，等会儿思迪就要来了，你好好陪陪人家。

紫菀说，好呀，守武也一起跟我们去转转春熙路。

没必要吧！方小蕙的嘴角有丝轻蔑。

守武急忙插话，我下午还有事，要回学校。

你看看，人家多懂事。

这时，方小蕙转过头对着紫菀，但话明显就是说给他听的：小菀呀，思迪昨天就约好今天去可园看场戏，看完戏后你们再到东大街的夜市转转，看有啥子香东西，也给我顺便捎点回来！

守武心头一惊，方小蕙左一个思迪，右一个思迪，他还是第一次听说这个叫思迪的人，他是何人？

守武走的时候，紫菀把刚才那瓶风油精塞在了他的口袋里，说是擦擦脚上的伤，也可以在读书累的时候抹一抹。他正要跨出门，一回头，突然看见方小蕙抱着双手，靠在门边跟瞿子镜说话，他正在修剪一盆兰草。又听方小蕙随口说道：思迪的父亲最喜欢兰草，你哪天把那盆蕙兰给人家送去。

本来，守武出去后就应该往砖厂走，但他突然改变了主意，决定不去了。因为他听到了一个陌生的名字，之前他完全不知道的名字，让他和紫菀中间又多出现了一个人。守武的心里突然感到很紧张，有种不妙的预感。

第八章

很快，守武就在离瞿家不远一个隐蔽的地方躲起来，他想看看那个叫思迪的是何许人，他跟表姐到底是什么关系？方小蕙话里有话究竟是藏着什么玄机？

大概过了半个小时，一辆人力车停在了瞿家门口，从车上钻出个穿美式夹克的年轻人来。守武想，难道他就是那个什么思迪？

就在跨出车篷时，那人不小心把头上的帽子碰掉在了地上，连忙弯腰去捡。就在此刻，守武猛地把手伸进了口袋里一抓，他想抓到什么东西，但什么也没有抓到。这个动作把他自己都吓了一跳。

这时，那个年轻人站了起来，弹了弹帽子上的灰，重新把它戴在了头上，然后轻轻地叩门。守武这才看清了这个叫思迪的人，个头很高，穿着时髦，风度翩翩。他不由得暗暗一惊，此人一定就是思迪了。

不一会就看见方小蕙满面春风地跑出来开门。

思迪一进去，门随即被关上。也就在这一瞬间，守武感到心里乱到了极点，如同打倒了五味瓶，此时守武只有一念，就想看看表姐跟那个思迪到底会发生什么事情。

会府街上的可园是蓉城有名的戏园子，离瞿家隔着好几条街，守武一打定主意要去看个明白后，就迅速地奔那里去。

就在守武跑的途中，他的思绪也异常跳跃，他凭借着对思迪的短暂印象，在重新勾勒着这个新出现的

纸

人的种种可能：首先思迪到底是个什么人？对方家庭一定很优越，应该是个富家子弟。二是思迪同紫菀是刚认识，还是早已经认识？但从方小蕙的说话语气和表情上来看，方小蕙对这个思迪很上心，难道她在从中撮合？三是表姐会对思迪是什么态度？这一点对守武来说最为重要，他有点不敢想，如果紫菀真的喜欢上了那个公子哥儿，他该怎么办？

可能是跑动让心跳得更快了，那些问题如路中坚硬的乱石。守武不顾一切地奔跑着，在人群中跌跌撞撞。

到了可园，街的对面正好有个茶馆，热气腾腾，人声鼎沸，倒不觉得冷，而关键是坐在里面可以望见从可园里进进出出的人。

守武坐了下来，要了碗茶。

茶馆很破旧，木桌竹椅，摇摇晃晃。喝茶的人不少，口沫横飞，烟雾缭绕。从茶馆一侧可以瞥见可园门口的大幅招牌，花花绿绿，极为醒目。

颜家也有戏台，在兴旺的时候也是常年请着戏班子的，夜夜笙歌不辍。守武听家里人说，过去唱戏的都是从水路上漂来的名角，颜家的戏台那是高朋满座，好不热闹，只是后来不景气了，戏台子多年未用，堆满了杂物，成了他们玩耍捉迷藏的地方。当然，要是他颜家还是那么兴盛，他也不会像现在这样寒酸，守武突然有点恨这世道。

过了两个时辰，守武并没有看到紫菀和思迪的身影。他们也许根本就不会来，这样一想，守武那颗紧

第八章

绷的心终于放松了下来。也就在这个时候,瞌睡就来了,他居然坐在竹椅子上打了个盹。也不知道这个盹有多长,反正当守武醒来的时候,天已经暗了下来,茶也早凉了。他的头有些晕沉,猛然惊醒后,埋怨自己居然完全忘记了到这里的目的。

守武一醒来,连打了两个喷嚏。茶倌见状马上跑过来说:小伙子,续茶不?原来,如果要喝夜场得另加钱,夜场有说书的。守武摇了摇头。他刚去端碗的时候,才发现茶碗已经被茶倌拿走了。

这时,外面就传来一声,上茶!

哎哟,魏爷来了!

茶倌又闪了出来,满脸堆笑。那人一坐下就问,今天讲哪段?

茶倌说,宋公明三打祝家庄。

好,吴老瞎儿的惊堂木拍得响!老规矩,泡起。那人爽声喊道。

守武闷闷不乐。他只是睡着了,却睡了这么久,而且一点梦都没有,怎么会这样呢?他就像吃了迷魂药一样,有些失落,他没有看到紫菀和思迪,也许他们压根就没有来过,也许在中途就错过了。

他站起身往外走,想接下来去哪里。难道就这样回学校?他有些不甘。守武翻出了口袋里的那瓶风油精,在脑门上涂抹了一下,人马上清爽了很多。他突然就想起了表姐在他脑门上轻轻涂抹的情景,犹如一股暖流流在心里。他不能失去紫菀。他突然想起方小

纸

蕙说到过东大街,于是朝着东大街夜市的方向走去。

走在路上,寒风呼呼,他感到又冷又饿,中午在瞿家的那一小碗饭早就消耗殆尽。按他的饭量,那样秀气的青花小瓷碗,就是添上十碗八碗,他也吃得下去。

天渐渐黑了下来,但一到东大街,街面上却正在热闹起来,灯火通明。卖洋货杂器、书画古董、洋布绸缎、小吃杂烩的小摊小贩都出现在了街道上,从盐市口到城守署、新街口、鱼市口等几条附近的街道上游人不少。空气中搅和着一种浑浊的气味,说不清是香的还是臭的,反正一会儿是糖果摊上漫出的玫瑰味,一会儿是阴沟里的死老鼠味,一会儿是门店里飘来的蚊香味,一会儿又是街边炉灶上散发的烧饼味了。这些气味变换着,他的肚子更饿了。

走着走着,下午那个理直气壮的东西仿佛不知在什么时候就偃旗息鼓了,天黑了下来,守武就变成了一个影子,在大街上飘荡着。

到走马街附近,停了下来,他有些累了,寒风吹得他的脸生痛。在守武的视力范围内,看不到菀表姐,何况他根本就不想看到,其实什么都没有。

整个下午,守武都是在犹豫、忐忑、惶恐中度过的,饿让他饥肠辘辘,也让他神志清醒。真是荒唐,自己怎么在这半日中就走火入魔了呢,他突然哑然一笑,那笑有些苍白。

他现在做的一切全是徒劳,即便紫菀被那个叫什么思迪的人骗走了,那个人抢走了他心中那颗糖,又

第八章

有什么办法?守武长长地叹了一口气,突然感到万念俱灰,那些繁闹的市景完全吸引不了他的注意力,何况他根本没有心思看。

就在他再度打起精神的时候,就听到了一个熟悉的声音:

守武!

2

声音是从远远的人群中传来的。

守武在四下里寻找着这个声音,居然没有发现声音的来处,就在他有点怀疑是听错了的时候,一个人从背后一把将他抱住,让他大吃一惊。

抱他的人是杨家奎。

你小子,这时还到处乱窜!

守武闻到了他身上的一股酒气,他有点厌恶酒味。还算机智,他马上掩饰住了内心的慌张,才不敢把找表姐的话说出来,只说是学校今天放假,顺便出来转转。

这个回答好像没有让杨家奎满意,他放开守武,又上下打量一番,问,一个人出来?没一个同学相伴?

守武点点头,有些尴尬。

但杨家奎的眼光并没有从他身上拿走,而是更

纸

加怀疑地盯着他。守武有点紧张，难道是他心里的秘密被杨家奎当场识破了？杨家奎怎么会突然出现在这里？他总是神出鬼没的，他的身上还有枪，守武突然感到有些不安。

杨家奎笑了起来，瞬间变得亲热起来，又问，还没有吃吧？

这一变化是守武没有想到的。他连忙说吃了。

杨家奎狐疑地望着他，把手伸到他的肚子摸了摸，说，骗我？肚皮都是瘪的。

说完，他在身上抓出一把钱塞给守武。守武赶忙推托，但杨家奎一个劲地把钱硬塞到了他的手里。

接着，杨家奎说道，我马上要走，还要去办点买卖上的事。对了，前面有家西北羊肉店，去喝一碗，暖和暖和！

说完，杨家奎跟他招了招手准备走，但刚要走，他又转过身说，对了，哪天约你表姐到春熙大舞台去看戏？

她……好吧。守武有些吞吞吐吐。

那次我说请大小姐去打斑鸠野兔，她都答应了。

杨家奎边说边拍了拍腰。

守武一下就愣住了：他有枪在身。

确实，就是在上一次找到表姐不久，为了感谢杨家奎，他同表姐见过一次杨家奎。但在吃饭的时候，杨家奎无意间露出了枪，他为了掩饰就说带表姐去打斑鸠野兔，未想他还惦记着这件事。

第八章

今天的见面始料不及,守武万万没有想到。因为枪,他曾将此事报告了老郑,才有了后面的事情。他当时只是顺口就告诉了老郑,但就因为他的一时冲动,让事情变得复杂起来。

怎么这么巧?没有看到菀表姐,却撞见了杨家奎,刚才这一幕太突然了。

守武再也没有在街上游荡下去的心思,怏怏地往回走。就在路上的时候,他突然又想起杨家奎说他还要去谈生意,天黑了他还这么忙活?

那支枪又浮现在了守武的脑海里。他怎么一直带着枪?他拿枪来干什么?杨家奎同枪之间一定有什么神秘的关系。有枪就会杀人,他会杀人吗?他会杀谁?守武慢慢在街上走着,任由心思自由地蔓延……

就在这时,守武在寒风中听见了几声枪响。

砰、砰、砰。

街上马上出现一阵混乱,他看到之前在街上游荡的乞丐乘着人群张望的一瞬间迅速就跑了,跑得无影无踪。

四处一阵惊叫,人群中有人在大喊:打枪了!打枪了!

慌乱之中,摊子被掀倒了,脚被人踩了,尖叫声四起。隔了几分钟,一切又恢复了常态,摊子被慢慢捡起来,被踩的人一瘸一拐地走了,倒是有个中年人突然大惊叫起来,大声喊冤。他的钱包被扒手摸了,在一阵捶胸顿足之后,他把身上所有的口袋都翻了个底朝天。街上围着了一群看热闹的人，七嘴八舌地议论着，风吹着那个翻在外面的空空的口袋……

此刻，守武分辨着枪响的方位，那枪声短促，但给他的震撼却是长久的，他努力在回想，仿佛要在耳朵里找出那个已经消失了的余音。

那段时间，成都经常听见枪声，有人说是兵痞们为非作歹，喝麻了在乱放枪。但今天听到的枪声好像很奇怪，大半年前说是有人抢米，就出过乱子，也是打枪，有个报馆的记者听到枪声后就跑去看，结果被抓了起来，几天后就被枪毙了，给他加了个罪名，说他煽动春荒暴动。但人家就是个手无寸铁的人，怎么可能搞暴动，真是个荒唐世道！

守武冷静了下来，枪声一定来自南面，他有种直觉。

南城墙根下不远就是乱坟岗，除了在一片荒草中窜着几条野狗外，人们一般不会到那里。他曾听人讲过，这两年杀人常常就在这一带，而且经常在天黑时分。人都是被悄悄地杀的，也不贴个告示，杀了拖走挖个坑就埋了，听说那个记者就是在那里被杀的。此刻守武在想，难道真的是又发生了什么惨案？杨家奎急急忙忙说有事情，他还有枪，这中间是否有联系？这是他干的吗？守武不由得心底一惊。

当天晚上守武没有回学校，而是去了刘家言那里。

到了和顺纸庄，守武便把事情经过给他说了，特别是说到了杨家奎藏枪的事，他想听听刘家言对此事的看法。刘家言告诉守武，有枪说明此人不简单，平

第八章

头百姓谁会有枪,他一定有特殊的身份。刘家言认为杨家奎水很深,可能是黑道上的人,说不定要干杀人越货的事。有枪就有杀机,他奉劝守武最好不要跟这种人来往,好好念书,以免惹事。

那天晚上,两人一头一尾睡在床上,摆谈到深夜,刘家言反复叮咛守武,说现在世道不好,别给家里添乱。

但守武没有讲紫菀的事情,其实他从来没有对任何人讲过紫菀的事情,虽然今天发生的一切都和表姐有关。

这夜,守武做了个奇怪的梦,梦见小时候被绑架的事情,他又见到了那个"半边脑壳"。梦中,"半边脑壳"把身上背的一支枪撂给他,守武把那枪翻来覆去地搬弄,一点都不怕,觉得好玩极了。这一切都被"半边脑壳"看在眼里,他看了半天,突然就揪着守武的耳朵说,嘿,你狗日天生是个棒老二,杀人放火都不用教,以后好好跟着老子操!

这句话把守武从梦里面吓醒了。他确实不怕枪,甚至有些喜欢,难道他真的跟这个冰冷的硬家伙有缘?

第二天一早,守武迷迷糊糊起床往学校赶。但他仍然在想昨晚做的那个梦,那个"半边脑壳"怎么会莫名其妙地出现在梦里,他感到很迷茫。实际上,后来他再也没有见过"半边脑壳",据说前些年㵲城逮到了几个山上的土匪,拉到沙滩上砍头,其中有个刀疤脸可能就是"半边脑壳",也就是说此人可能早就遭了报应，被砍了头，早不知被埋到哪道深沟凼凼里去了。守武一直都清清楚楚地记得这个人，也许是他的面容太丑陋、太狰狞，永远也忘不了。但与其说是记得"半边脑壳"，还不如说是童年的恐惧一直跟随着他，从来就没有消失过。

守武加快了步伐。第一堂课是国文课，他从来没有缺席过何书怀的课。守武脚下生风，快步往学校赶。

3

蔡翁村的早晨是宁静的，鸟儿在林间鸣叫，淡淡的轻雾笼罩着乡村。

一日的生机复又开始，就像所有的乡村一样，它们都有一个新鲜而生机勃勃的早晨。守文每天早晨起来，便到溪水边去挑水，把石槽装满，然后把纸料放入槽内搅拌，直到水面变成乳白色的悬浮液体。这个过程，大概需要一个时辰，也就在这个过程中，凌波开始煮早饭，然后等着守文吃饭。

吃完饭，守文开始往槽内放纸药，这是抄纸前的最后一道工艺，如今他对纸药的配放越来越得心应手。纸药的用处很多，能使纸纤维分离不粘连，让纸张厚薄均匀，同时也能提高抄纸时纸张的滑度，也就是说它是纸张的天然保护层。纸的好坏同纸药的使用

第八章

有很大的关系，所以蔡昌颂对守文在这个环节上的传艺非常重视，但他告诉守文，之前的所有工艺都是可以学的，到了这个地方，就到了最关键的时候了。纸做得好不好，纸药是关键，使用纸药需要心领神会。

四月的沨城春意正浓，凌波就同守文一起上山了，他们是去寻找纸药的。

那一天，他们各自背着一只背篓，走在了弯弯曲曲的山路上。守文在蔡家生活的时光中，人长壮了，皮肤变得黝黑了，成了一个精干的小伙子。这同他在颜家大院时的孱弱模样完全是判若两人，他已经适应了这样的生活，也可以说是融入了那种勤俭而朴实的劳动生活。最关键是守文与凌波在一起，他感到了从未有过的快乐。

一路上，凌波都在给守文指认沿途的植物。一会是车前草、鱼腥草、芨芨草、马齿苋、蛇莓，一会是合欢、马兰、九里香、杜鹃花、三色堇，一会又是香樟、白杨、杉树、栾树、榆钱树。各种各样的草、花、树，让人目不暇接，但凌波认得很多，这都是蔡昌颂在她小时候就教她的。不仅如此，凌波还知道其中一些植物的药性，守文没有想到自己对大自然竟然这样无知，他对身边的草木产生了一种强烈的好奇，而他从凌波的身上又仿佛看到了一种灵性。

凌波对山路非常熟悉，她在前面走着，越走越有劲，越走越兴奋，如一头欢快的小鹿。他看着凌波轻盈的身影，有种想要追赶和捕捉的欲望。路有时

纸

崎岖，有时盘曲，有时陡峭，但他们一前一后地往前走。走着走着，守文感到越来越口渴，大汗淋漓，不停地用手去抹脸上的汗水。他想喊凌波停一停，休息一下，但她已经转到前面的山弯里去了。

静谧的山里，只有他们走路的声音，以及走过时草叶晃动的声音，也许还有一点似有似无的风的声音。守文突然觉得这山里就只有他和凌波两个人，一种原初的混沌的气息扑面而来。如果这世界上只有他们两个人，干干净净的世界，他们会怎样生活下去？守文的思绪有些发散，就在这时，他听到了凌波的声音。

前面有山泉！凌波喊道。

山泉挂在一个陡壁上，哗哗地往下流，落到一个小潭里，清澈见底。守文把背篓放下来，捧起水喝了几大口，又洗漱了一番，感觉清凉了很多。凌波坐在一块大石上，脸色红润，风吹着她的头发，衣服也鼓胀着，像要飞起来。守文望着她，有些出神。他爬上那块大石头，坐在了凌波的旁边。他们的眼前是一片极为开阔的地带，在左侧的山腰上有一片矮树林，像是下了一场晴雪，雪花白白地压在树梢上。

凌波指着那边说，山桂花，在那边！

山桂花？守文很新奇。

你闻！凌波说。

守文吸了吸鼻子，果真隐隐闻到了一缕清香。

凌波说，知道吗，山桂花的叶子就是纸药。

守文大为吃惊，他没有想到他每天在槽里添加

第八章

的黏稠状的液体就是用山桂花的叶片做成的。太神奇了，真是太奇妙了，他想象不出先辈们是怎么发现的它们，它们又怎样被选择用到造纸上面。

一阵风来，空气更香了，那香里混合着一种少女的体香，让守文目眩神迷。他们坐得如此之近，他都闻得到她的头发的味道，那种带着皂荚的清新的味道。守文感到了心跳如小鼓一样在敲，他想尽快平息它们。他闭上了眼睛，不敢再看眼前的一切。就在他感到焦灼和迷乱的时候，他发现凌波的头已经轻轻地靠在了他的肩膀上。

那一天回去后，他们就开始忙碌起来。

山桂花的叶片晒干后，被碾成粉末，用开水冲入搅拌，就会变成一种滑液。再将滑液放入槽中与纸浆一同搅拌，可以增加抄纸的滑度，一张张纸就是这样"滑"出来的。纸药让抄纸有了飞翔的感觉，但谁也没有想到，就是那半山上生长的山桂花竟然有如此的妙用，仿佛是神灵藏在人间的一个秘密。

自从到山上采摘了山桂花叶子后，守文常常会梦到那一片野生山桂花林。在浓郁的花香中，他感到自己睡在一个草坡上，阳光软绵绵地照在他的身上。而凌波睡在他的旁边，他们的手牵在一起。这时候，天上起风了，风越来越大。他一睁开眼，突然发现凌波不见了。守文着急地四处寻找，但还是看不到凌波。他越来越急，越来越害怕，凌波不见了，山桂花林也不见了，四周越来越黑。雨下来了，他在山坡上跑，

纸

一不小心滑倒了，滑向了一个看不见的地方……这时候，他听到了一个声音在喊，守文哥，守文哥……是凌波在呼唤他。但他看不见四周。他也喊，凌波，凌波……

一只手伸了过来，放在他的额头上。

守文哥，你的额头好烫！

我，我好像是做梦了……

是啊，我在隔壁都听见你在说梦话，好像在喊人。

啊，喊哪个？

……没听清。你发烧了，快喝点水吧。

凌波的手正从守文的头上拿走，守文一把抓住，把它仍然放在自己的头上，然后又将她的手放在自己的嘴唇上。他闻到那双手上有山桂花的香味。

从秋季开始，槽户们造纸的旺季来了。

这天颜佑卿突然想到去看守文，他要给守文送去过冬的衣服，然后与蔡昌颂一家吃一顿饭。还是同往常一样，颜佑卿与蔡昌颂聊天，聊一年的纸业收成。

三年学徒已经过了两年多，颜佑卿又有些忧心忡忡，他在想儿子学艺以后的事。颜家的状况很糟，债主告状到法院后，判决已经下来了，限期内要偿还所有债务，如果不还，就要将颜家祖宅拿去抵债，这段时间他还在为这件事情奔波。当然，颜佑卿做好了最坏的打算，要是到了那一天，他也只有认命。但真正最让他担心的还是守文和守武。蔡昌颂告诉他守文的状况不错,进步得很快,不仅已经掌握了造纸各个环节的技艺,而且很勤奋,领悟能力很强,让他放心。言语间,颜佑卿知道,蔡昌颂的爱徒之心是真切的,这固然不错,但在槽户如云的市场里,守文以后是否能自谋生路,他还是深感忧虑。

不过,在颜佑卿看来,守文在蔡家学艺,人长壮实了,看起来成熟了不少。确实,他不再是那个羸弱的少年了,身上有了股子虎虎生气。从这点上看,颜佑卿又感到非常欣慰,守文没有辜负他的期望。不仅如此,颜佑卿还有意外的发现。那天吃饭的时候,守文与凌波坐在一根条凳上,静静的,不言不语,但两人的神情有种默契。颜佑卿突然一想,守文已经快长大了,这两个孩子真般配。他心中不禁一喜。

蔡昌颂已经把守文当成了蔡氏造纸的传人。他把自己的手艺倾其所有地传授给守文,每一道工序,每一个环节都让守文掌握其要领,得其真法。蔡昌颂觉得守文这孩子踏实、勤快,头脑也聪明。他相信守文一旦掌握了颂纸的精髓,蔡氏造纸后继有人。

这一天,守文同凌波去山上巡竹林,走在路上他们就看到对面山腰里飞出了一道彩虹。他们停下来,看得发呆。

守文突然想起了小时候他看到的那道彩虹,而此刻它好像正从童年的地方升起,一头鹿子径直向他们跑来。

鹿子!守文喊道。

纸

凌波惊诧地望着他，可她并没有看到。

鹿子出现了，当年的那个哑巴孩子才开始说话。守文跟凌波讲起了自己的童年，讲起了他的家族的故事。他说从前有一头鹿子跑到了家里，母亲一直喂养着它，从娘家到婆家经历了很多事情，但后来鹿子不见了，颜家也衰败了。凌波好奇而同情地望着守文，又望着远处正在消失的那道彩虹，嘴里轻轻地念道：鹿子，鹿子……

4

何书怀正站在讲台上。

守武有些歉疚，何老师的课他从来没有迟到过。但他看到何书怀没有责备他的意思，心里的忐忑也就消失了，但很快他发现今天的气氛有些异样。何书怀头发凌乱，情绪低落。这不是平时守武印象中的何书怀，他觉得有点不对劲。

过了一会儿，何书怀用低沉的声音说，同学们，今天我要告诉大家一个非常不幸的消息。教室里变得鸦雀无声。这时，何书怀把头低了下来，话语哽咽地说，丁燮奇先生遇害了。

丁先生？遇害了？

守武突然蒙了。

第八章

接下来，何书怀还在讲着什么，他完全没有听到，也无心听，他的心绪早已乱成了一锅粥。他不相信这是真的，他是在做噩梦吗？

不可能！守武突然吼了一声。这一吼，所有的人都齐刷刷地望着他。而他也仿佛从噩梦中醒了过来。

何书怀已经平静了下来，说道：是真的，就发生在昨天晚上。

一个学生怯生生地问，何老师，他是怎么死的？

被枪杀的！何书怀说。

枪？守武的胸口猛地被什么撞了一下。

何书怀把一张报纸举了起来，上面有一行竖着的大标题：丁燮奇被枪杀于城南墙下，案情扑朔迷离。

此时，守武的耳朵里嗡嗡地响着，头里面有万根乱丝搅在了一起。是谁谋害了丁燮奇？在守武的心里，丁先生是个堂堂正正的人，一个清贫的书生，他只有一支笔。难道是他的笔惹事了？笔也能闯下大祸？

守武在小时候被人绑架，是那些匪徒想敲诈颜家一笔，杀肥猪的事情常见。他见过那些穷凶极恶的匪盗，他们要的是钱。但丁先生，一个清清白白的人却被人杀害，暴尸于光天化日之下，这不是谋财害命，而是杀人灭口。这肯定是个阴谋，十足的阴谋！

守武的脑袋在快速地翻转。他将回忆进行反向倒片，时间仿佛突然慢了下来，就像一列奔驰的列车由快到慢，渐渐停了下来。他的意识里所有的一切都黑了下来，像电影一样进入了慢镜头：是的，昨天发生了些什么呢？他为了见表姐去了她姑妈家里，却不想碰到了那个思迪。他跟踪去了可园，黄昏时又去了东大街。对了，在那里他巧遇到了杨家奎，然后不久就听见了枪声……

守武身体微微一震。像胶片卡了带。

杨家奎。枪声。城南方向。

难道这事跟杨家奎有关？他又把刚才的回忆重新倒了一回，确实，就是在见了杨家奎之后，准确地说是在他们分手不久，他就听到了枪响。杨家奎是有枪的，难道真的跟他有关系？守武不敢往下想。

守武陷入了一种胶着的状态中。一下课，他就追上夹着书匆匆而去的何书怀。

何老师，我想看看您给丁先生的那篇文章。守武说。

何书怀有些惊讶。他正想把稿子递给守武，但迟疑了一下，又把手缩了回去。说，算了。说完后，他叹息了一声，埋着头继续往教室外走。

守武站在原地，看着他走远。其实，那篇文章守武偷偷从信封中扯出来瞟过一眼，他还记得文章的题目，叫《米荒背后的真相》。那封信没有用糨糊密封，何老师一直都信任他，守武平时也不会去看，但当时何书怀是那么急切，这让他很好奇。而那一眼，让守武很震惊。米荒，这个事太敏感了，说这事是要杀头的，之前那个记者就是因为写了米荒的报道招来了杀身之祸。当局正在封锁言论，怕群情激奋，老百姓造反。

第八章

难道丁先生的死跟这件事有关？守武想起了丁燮奇平时不苟言笑的表情，但是守武见到丁先生最后一面的时候，他的心情是愉快的。守武还记得丁先生笑起来的时候藏在大胡子下的酒窝。这是不容易被人看见的酒窝，就像平静的河里平时见不到的旋涡一样。

第二天一早，守武请了假，直接去了新声报社。一路上，他都在想丁先生的死一定事出有因，那天去找丁燮奇的情景又回旋在了他的脑海里。他想，那天到丁先生门口没有见到那束从门缝里斜射出的光线，很可能说明丁先生已经失踪了，他当时就觉得有些蹊跷。

走到报馆，他被一张告示拦在外面：本报休刊三日。守武疑窦丛生，他必须要知道真相。他突然想到，应该到丁先生被杀的地方看看，或许能够发现些什么。

守武去了城南外，那里是乱坟岗，荒郊野岭，历来是杀人的地方，就像漹城城外的那块河边滩地一样。

出了南门，城外一片荒凉，有几只野狗在那里刨东西。他问行人，有人给他指了指，说那城墙下尸骨累累，从张献忠乱蜀那时就是杀人的地方，尸体堆得比城墙还高。

一个老头指了指那边说，哎，年轻人，最好别去，那地方容易招孤魂野鬼！

守武抬起头来望城楼，看见了几只麻雀。

那些麻雀看见过那血腥的现场吗？守武想。

守武在城门外一带慢慢地走着，城墙洞里进进

纸

出出的人中没有一个去关心死的讯息，他们的表情麻木、冷漠。天灰蒙蒙的，跟他们的表情一模一样。

守武有些茫然，在墙根蹲了下来。

天阴阴的，他听见了空中呜呜的呼啸声。守武一仰头就看见墙头上挂着的那两只破灯笼，犹如一对被风吹破的眼睛在摇晃着。那血腥的一幕它们一定是看见了的，但一言不发。守武望着灯笼突然有种恐惧，这秘密一定就近在咫尺。这时候，一个卖拨浪鼓的货郎挑着担子慢慢地走了过来。

那人把担子放下来，不停地摇着拨浪鼓。

咚咚咚，咚咚咚……

那声音就像有魔力一样，不一会，就跑来了几个小孩。他们是来看稀奇的，他们一听拨浪鼓的声音心里就痒痒。

守武把他们叫到一边，悄悄问道，这两天谁看到过杀人？

这个问题也太奇怪了，那几个孩子我看看你，你看看我，其中一个小个子躲在了一个大孩子的身后。

守武摇了摇手中的拨浪鼓，喂，谁看过？

一个孩子站了出来，他的衣袖又短又破，但手伸得老高。

你看过？骗我。守武问。

那孩子便往前面指了指，就在那里！

守武问，你真看到了？

哄人要剪舌头！

第八章

啥时候?

……就是前天晚上。

守武把拨浪鼓塞到他手上。那个孩子惊喜万分,使劲地吸着快要流到嘴唇上的鼻涕。

那个孩子说,那天他一听见枪响就跑来看,就像听见拨浪鼓响一样,只要有声音他就会去看稀奇。他跑过来时就看见人已经死了,地上有摊血,围了一堆人,后来尸体被拉走了,死的人穿的是长衫,是个大胡子。

说完,他又用衣袖擦了一把鼻涕。

守武朝他指的方向望去,回过头时,孩子已经跑了。

守武仿佛已经看到了丁燮奇在枪响之后,一头栽下去,但他的眼睛还睁着,死死地睁着。守武突然想吐。拨浪鼓响了起来,咚咚咚,咚咚咚。是那个孩子在使劲摇。他一摇,守武就想吐。守武突然想马上离开这里,他赶紧往城里跑,一阵狂跑,他想远远地离开那个地方,直到听不到拨浪鼓的声音。

但就在这个时候,守武突然又想起杨家奎来。

杀丁燮奇的人中会不会有杨家奎?如果真的有他,他一定是沿着东大街一直延续到城南墙根下的,杨家奎当天就是沿着这条线路到了这里,参与了这次枪杀行动。而现在,守武正沿着相反的方向而去,假如在那一天,他这样走过去,会正好与杨家奎相遇。是的,守武一直在与杨家奎相遇,从沩城坐船到成都那次开始,直到前天傍晚。这样的相遇总是那样奇怪，难道是有神秘的东西在暗中左右？

就在这时，守武突然想到了一件事，就是那次到成都上学坐船的途中，无意中看到一张递到他手上的《新声报》。他想起了杨家奎同他聊的话，让他不要受报纸上的东西影响，这说明杨家奎对这些报纸非常了解。

这样一想，守武倒吸了口冷气。

就在这时，守武的耳朵里突然又出现了拨浪鼓的声音，咚咚咚，咚咚咚……越来越近，越来越响。太奇怪了，怎么会出现这个声音呢？难道产生幻听了？他的心被这个声音震得有些发蒙。

第二天，守武去了生活书店，他把这些情况告诉了老郑，因为他感到丁燮奇被杀一定是个重大事件。老郑神色严峻，答应调查杨家奎，他确实很可疑，一旦有消息就会告诉他。临走的时候，老郑告诉守武，这段时间暂时不要来拿书，最近风声紧，书店被查了几次。

第九章

1

在沔城,村村户户都在造纸,槽户多如牛毛,沿着平畴山沟,密密麻麻地分布着。但经营得好的只是少数,有些几代人开纸坊,生意稀松,仅仅只能糊口。能够做大的纸坊,一般是技艺高超,且管理有方,二者缺一不可。

学艺满三年后,守文和凌波就成了婚。不久他们就单独开办纸坊经营,叫文波纸坊,合两人之名而取。

开业当日,文波纸坊门庭若市,来的人纷纷称赞小纸坊的纸。当然,那是地地道道的颂纸,货真价实。纸商们纷纷拥来订货,周边的成都、乐山、雅安、宜宾等大邑小城都开始销售颂纸,甚至贵州、云南都有客户订货,供不应求。

文波纸坊一开张,生意就非常红火,成为沔城街巷热议的话题,因为它的纸确实好,洁白绵密、细腻柔和,打开一看,会让人眼睛一亮。特别是它的书画纸,一枝独秀,而最能评价纸的好坏的是那些文人墨客们，他们用了颜守文的纸后也赞不绝口，认为其能够使书画产生烟霞气，有宋楮之风。

纸的背后是每一道工艺的精益求精，蔡昌颂很严格，告诫守文不能有一张有瑕疵的纸流入市场，而守文也确实是这样严格要求的，出货时检验得很仔细，所以客户对文波纸坊的信誉极为称道。

但凡事都不可能一帆风顺，不久就出现了一件蹊跷的事。

一天早上，文波纸坊来了个客商，说河西出现了一种纸，可与颂纸媲美。又过了一段时间，有人从外地回来，说这段时间销售明显不如以往，很多过去的老买主都不来了，据说有纸在冲市，且价廉物美，生意被抢去了不少。守文很快叫人带了一点纸回来，急忙一看，不禁大吃一惊，这纸居然与颂纸不相上下。

纸都出自曹洪贵的义昌纸坊。

守文马上请来了漓城有名的尹画匠。尹画匠是画年画的高手，据说他画的门神可以防鬼，就是小偷行盗，只要看到门上贴的是尹画匠的画，便赶紧绕道走。那画上的神仙威风凛凛，怒目而视，确有镇妖驱邪之功。

守文把从义昌纸坊那里买来的纸与颂纸摆在他的面前。纸一摊开，尹画匠两眉一皱，眼睛上下左右细细查看，半天后才抬起头来，若有所思。

守文迫切地想知道这中间的秘密。但尹画匠并不说话，他只用毛笔在一张上面画了一只黑猫，在另外一张上画了一只白猫，但两只猫的神态一模一样。守

第九章

文一看就明白了他的用意，白猫黑猫，难分伯仲。

之后，尹画匠告诉守文，这两张纸虽有差别，但也仅仅在毫厘之间，可以说是极为微小，没有几十年笔墨浸润的人难以知晓此间的奥妙。而且，尹画匠还告诉守文，这两张纸的工艺可能都出自你们蔡家，纸不涩笔，纸面圆润，下笔有行云流水之韵。

一听此言，守文大惊，觉得这事非同小可，马上请岳父蔡昌颂来看。蔡昌颂看了后，眉头紧锁，疑窦丛生，他琢磨了半天也想不出中间的道理，后来他干脆问守文，这纸确定是曹洪贵的义昌纸坊造出来的？

守文点头称是。蔡昌颂突然陷入了一阵回忆。他又拿起那些纸慢慢地看，细细地摸、闻。过了很久，他才说，难道蔡昌风还活着？

守文又一惊。这怎么可能，他不是已经死了很多年了吗？他曾经听岳父讲过，他当年不是在途中被人谋财害命了吗？蔡昌颂怎么又重新提起了他。

这真是风纸呀，只有蔡昌风才造得出这样的纸！

说完，蔡昌颂突然很感伤，一滴眼泪掉了下来，落到了那些洁白的纸上。

他难道从阴间返魂了？守文问。

蔡昌颂又摇了摇头说，我看这事不简单，一定有名堂。

下来后，蔡昌颂又琢磨了半天，蔡昌风死得太早，而且他们兄弟分家后各自经营，彼此之间也没有技艺的交流，但却是手心手背一般熟悉。风纸手艺已经失传多年，难道是曹洪贵破解了蔡昌风的造纸术？

第二天，守文就找人去悄悄打听曹洪贵的义昌纸坊，他想知道这已经失踪了快二十年的风纸到底是谁造出来的。但回来的人没有打听到任何有用的消息，只是说曹洪贵今年又在添纸槽，招募了不少人手，产量比往日大增。

曹洪贵的造纸工艺一夜之间就有了很大的提高，工艺水平猛进，让漹城同业大感迷惑。过去曹洪贵的纸坊规模大，以量取胜，但纸的品质平平。这种变化如无高人指点肯定不行，但现在他的纸好，东西摆在那里，不信不行。

一日，守文还正在纸坊中忙碌，他的姑爹崔一夫突然来访。原来，崔一夫打听到义昌纸坊最近请了个工匠，来历不明，但他造的纸可以与颂纸媲美。此人的出现极为神秘，他犹如长了三头六臂，威力无穷，横扫漹城纸市。

那一段时间，曹宅里的客商络绎不绝，曹洪贵每天都在接待四面八方的商贾，宰猪杀羊，戏班子没有断过，走了一拨又来了一群。曹洪贵抢走了漹城大宗的纸张生意，据说接下来还要再开纸槽，加大生产，急速扩张。曹家不仅是漹城最大的纸商，还要垄断青衣江沿流城镇的纸业销售，独霸一方。

这对刚刚起步的文波纸坊来说不是好消息。文波纸坊还是只小船，经不起风浪，但曹洪贵已经虎视眈眈地瞄准了它，看得出此人在商道上极为精明，想把

第九章

对手扼杀在摇篮之中,而绝不会留下余地。

其实,在文波纸坊开门那一天,曹洪贵就注意到了,他不断派人去打听。他知道以后义昌纸坊的真正对手,不是别人,一定是颜守文。当年守文送信到他那里,他第一次见到那个尚青涩的少年时就非常吃惊,他隐约地感到守文身上某种不凡的气息,他从守文的脸上看到了隐藏的血脉。当然,这种东西一般人是看不出来的,但他是何许人,阅人无数,眼光毒辣。只是让曹洪贵一直纳闷的是为什么颜佑卿没有把这个孩子培养成读书人,后来他看到颜守文居然走了造纸的路,才开始不安起来,因为他看到了后生可畏的力量,而颜守文实在是比颜佑卿强得太多了。文波纸坊很快发展起来,颜守文聪明、勤奋,加之颂纸的技术和声誉,这个资源并非其他槽户所能具备,曹洪贵相信颜守文肯定会做起来,将来一定是他的对手。

每逢二四六,是濦城的赶场天,特别是每周六那天最为热闹,是赶大场。这天,河东河西的槽户们都会把纸送到市场里交易,各地的纸商都会拥到濦城来,而中城旅馆早已住得满满当当,兴顺居也早就被各处的商家包了席,餐馆老板前两天就派人在青衣江码头守候,等待船家新打上来的鲢鱼。

这天,曹洪贵请孙二胡在兴顺居吃酒,照例是吃那有名的黄焖大鲢,据说这道佳肴百吃不厌。孙团长有枪有人,耀武扬威,河东河西的人不敢小觑他,他到哪里都是座上客。

纸

那天两人喝得很尽兴，包房里除了两个春楼姑娘相陪，并无其他人，浪声淫语不断传出。喝到兴处，孙二胡突然问，曹老板，听说你最近捡了块宝？

曹洪贵哈哈一笑，知道他问的是最近纸市中的传言，于是就给孙团长讲他花了三百块大洋买回了一个和尚的事。

孙二胡一听大为吃惊，说，你老兄下手狠，老子打仗那两年，十条人命都不值三百块！曹洪贵说，那不是下手狠，而是货有所值，这钱不会白给。

这一段话就让店里的伙计听到了，然后就传了出去。这还了得，一传十，十传百，很快就传到了蔡昌颂的耳朵里，说曹洪贵请的工匠是个和尚，是用三百块大洋买来的。

原来，那年蔡昌风在大年除夕前回家路上遭劫，不幸身亡。当时跟着他的徒弟被棒老二吓得屁滚尿流，跑得无影无踪，他后来心中惭愧，觉得无脸见人，便出家当了和尚。这件事知道的人很少，毕竟已经过去很多年了，人们都渐渐忘记了。但这个消息，却勾起了蔡昌颂的记忆。

当年，他大哥蔡昌风曾经有个很喜欢的小伙计，随时都把他带在身边。那个伙计跟了蔡昌风很多年，耳濡目染，得了真传。遭劫后，蔡昌风命丧江湖，而那个伙计也从此失踪，只是后来有人说在很远的一个寺庙里见到过他，已经削发为僧了。

他会不会重新蓄发返俗，不当和尚了？蔡昌颂想。

第九章

谁都没有想到后面还有这样离奇的故事。很快,守文就找人去了数百里外的寺庙寻找此人,不久就有了确切的消息。庙里的人说,他们那里确实有个和尚,在一年前离开了寺庙,相貌、年龄与当年蔡昌风的那个徒弟也吻合。

事情水落石出,曹洪贵确实是收买了那个和尚,而他就是当年蔡昌风的徒弟。虽然出家,但心并没有真正出家,他是走投无路,无奈之下才削发为僧的,在寺庙多年却俗缘未断。未想山不转路转,曹洪贵居然找到了他,并用三百块大洋买下了他的后半生。

回到滠城后,曹洪贵老谋深算,并没有急着对外张扬,而是让蔡昌风的徒弟用一年的时间来重新恢复手艺。当年此人家庭贫寒,从小跟着蔡昌风,学到了不少真东西,他二十年后还能重掌技艺,说明当年蔡昌风没有看错这块料。

关键是,风纸重出江湖,就必然会与颂纸在滠城有一番较量了。

2

紫菀与思迪那天并没有去可园看戏,而是去了青羊宫。他们在那里玩了会,然后去坐了专供看花会用的东洋车,又去吃了挑担上卖的打糍粑,喝了一碗滚热的醪糟蛋,那天他们两人有说有笑,玩得很尽兴。

思迪姓费,出身富贵家庭,其父是银行家,开办了不少实业。费思迪见到紫菀是因为瞿子镜,瞿子镜是金城银行的一个高级职员,有一次银行内部举办圣诞舞会,他就把紫菀带去了,正好费思迪也在。费思迪对紫菀可谓是一见钟情,便主动追求,瞿子镜看在眼里,觉得两人般配,也乐得从中牵线。

又到了初春时节,紫菀突然想去漓城,她想借清明上坟的机会去走一趟。她已经有好多年没有去过漓城了。这一次,是费思迪陪她去的,他们打算一起去漓城玩几天,然后顺道去爬爬她一直神往的峨眉山。

那天,在九眼桥他们坐了包船,一路向南而去,三天后才到了漓城。

就在漓城期间,紫菀居然遇到了送信的人。

那天,她与费思迪正散步在漓城小街上,突然听到了一阵断断续续的手铃声。她的耳朵被吸引了过去,那个声音渐渐地离她越来越近。这时,她看到了一个矮子,背着个大邮包,摇着铃,慢慢朝她这边走来。

这不就是守武说的矮子邮差吗?

这一突如其来的场面,又勾起了她对当年的回忆。紫菀的思绪飘散开来,她想,信一定是从这个人手里寄出的。她有些冲动,真相就在咫尺之间。

但是,知道了真相又能怎样?她其实并不需要那个所谓的真相。因为她一直怀疑那就是个不存在的人,是个影子,甚至影子都不是。

第九章

这时,一户人家的门突然打开,有人出来取信。

送信的鲁大爷正在离她不到二十米的地方。此时,费思迪在她身边正说着一件有趣的故事。紫菀若无其事地听着,就像什么也没有发生一样,甚至她还不停地点头。其实,此刻她什么也没有听,她想去解开一个未解之谜,因为那个谜团曾经在她的生活真实地存在过,且从来没有消失。

手铃声渐渐地远了。费思迪的故事也正好讲完。

我也有个故事。紫菀突然对思迪说。

紫菀就讲起了从前小城里有一个邮差,他每天都去给人送信。有一个女孩子收到过很多信,一直持续了几年时间,但她从来就不知道是谁写的信。她就想,世界上到底有没有这个人,这人为何要给她写信?这一天,她回到了小城,她突然想去找那个邮差,但那个邮差已经不在了,有人说他已经死了,她再也不可能知道写信的人是谁了。

这是小说吧。听完故事,费思迪说道。

你也这样想?

思迪点点头,说,真是个好故事!

故事的结尾是紫菀编的。真实的邮差就在离他们不远的地方,而且她差一点就触到了那个故事中的人。当然,也许这个故事就是个肥皂泡,一抓就会破。

如果我就是那个收信的人呢?紫菀说。

费思迪说,我愿意成为那个写信的人。

紫菀的脸上一朵红云飞过,犹如濡城山头上的一

纸

道霞光。

也许这个结尾不太圆满，但太圆满了就不是好故事。此时紫菀想的是，当她讲完这个故事，那些信就可以烧了。一封不留地烧掉，并从记忆中彻底忘掉。

自从认识紫菀后，费思迪到瞿家变得更为频繁，两人也相约出去散步、划船、逛街、吃零食、看电影，时光突然慢了下来，慢得像只停在了空中的蜻蜓，只扇动着那双斑斓的翅膀。

故事却在不断地延续。某一天，他们真的去了可园看戏，又到东大街去转夜市。其中有一次，费思迪买了把日本洋伞送给紫菀，因为那天突然下起了雨，他们一起打着伞走在那条繁华的大街上。这跟当时守武想的情景竟然非常相似。他们是如此般配的一对，常常会引来路人侧目，那些眼光是和善的、羡慕的、欣赏的，当然也可能是嫉妒的，那把伞仿佛是他们头上一个华丽的修饰。

这一切都是如此自然，其实守武都曾经幻想过，主角是他自己，只是时光的电影没有给他提供倒带并剪辑这一段的可能。对于紫菀，她只是顺利地走进了一个新的生活场景，自自然然，平平静静。

守武再次见到紫菀是两个月后的事了。

走到门前，守武又听到了弹琴声，里面分明传出了一种春风般的流畅和愉悦。他明显感觉到这跟之前的琴声是不一样的,因为里面有了明快的跳跃,但他突然感到这样的琴声跟自己毫不相关,他感到了一丝生疏和不安。

一进门,守武不禁一惊,他发现紫菀烫了头。合身的紫色旗袍,外套一件粉色短背心,让她显得更为娉娉袅娜。更关键的是,守武闻到了一种陌生的香氛味,在空气中似有非有,飘来飘去,充满了甜情蜜意。

守武感觉表姐突然变了,变得陌生了起来,以前她是那样清纯,现在却有种说不出的东西。是的,她变得很风韵,更加迷人了,但这与过去的她判若两人。

正好这一天费思迪也在方家,气氛有些微妙。守武发现表姐同费思迪的关系也有了很大的改变,两人的表情甚至有些亲昵,他们才是主角,而自己则是可有可无的观众。

不一会儿,方小蕙打开了旁边的收音机,里面正在播放着流行音乐,是周璇唱的《五月的风》。他们兴致甚浓地谈论着电影明星们的各种趣闻逸事,一会儿阮玲玉,一会儿胡蝶,一会儿罗兰、陈云裳,全然不用顾及他,好像他就是个家中无关紧要的亲戚,实际上他们谈的内容守武也插不上太多的话,而他也不喜欢那些新潮时髦的话题。他感到了冷落,自己完全就是个多余的人。

中午吃饭的时候,菜肴颇为丰盛,瞿子镜与费思迪谈笑风生,气氛轻松活跃,他们在杯子里倒了一点红酒,两人频频碰杯。方小蕙在一旁殷勤地往两人碗

纸

里夹菜。也就在这中间，守武看见了紫菀手上的一枚硕大的戒指，熠熠发光，格外醒目。

守武一直闷着头在吃饭，他一言不发，也几乎不去夹菜。很快他就刨完了碗中的饭，并迅速站起来说要去办点事，准备离开。紫菀有些吃惊，但很快点了点头。她并没有去送守武，只是说了句"有空就来玩"。这句话在守武听来确实有些敷衍，在临出门的时候，他回头去看了下饭桌，瞿子镜又往费思迪的杯子里倒了一点酒，两人又兴奋地碰了一下，而紫菀把手托在下巴上，眼中流光，笑意盈盈。

那一天，从瞿家出来后，他便顺着马路朝和顺纸庄走去，其实他是不知不觉地往那里走，漫无目的。一路上，守武的情绪低落到了极点，他不停地踢着路上的石子，踢得连脚指头都感觉到了痛，但他全然不管。在这一刻，守武才知道自己同紫菀是没有关系的，他们就是两路人。但他是为了紫菀才来到成都读书，这个城市跟他联系得那么紧全都是因为她，而现在这一切全都变得虚无和冷漠，一切仿佛都是一个幻象，一点都不真实。

快走到和顺纸庄时，守武突然止住了脚步，僵在了那里。

之前守武会去跟刘家言借自行车骑，然后搭上紫菀去一路奔驰，哪怕就是在最寒冷的冬天，寒风像刀子一样割着他的脸，手冻欲裂，他也全然不顾。他使劲地蹬着踏板，喘着大气，而紫菀在后面惊叫着，喊

第九章

他"慢点、慢点"。但他就不慢下来,相反在使劲加力,表姐在惊吓中不由地把他抱得更紧,那时的他是多么的幸福呀。

守武感到了一种绝望,转身欲走。

守武!刘家言突然远远地喊道。

守武回过头,有些尴尬。

来了怎么要走?快过来!刘家言已经看到了,正站在门口喊他。

其实刘家言此时正忙着,他瞥了一眼守武,发现有些异样,感到他有些失魂落魄。刘家言说,我手头正忙,你先坐着,枕头下有本新的武侠书,先拿来翻翻吧。

守武说,不了,我只是路过这里,等会要赶回学校。他想掩饰内心的低落。

好吧,车已经修好了,空了过来骑。

本来周末守武是要去工厂做工的,他想多挣点,给紫菀买一把洋伞,这是他心里的小秘密。他见过大街上那些漂亮的女人,她们都有一把别致的西洋伞。

不知为何,守武想到了那枚钻戒,它就是一把微小的伞,闪着幽微的光,而锐利的棱角仿佛在刺穿他的心。

守武并没有回学校,他心烦意乱,沮丧透顶,却无法排解。

他孤独地走到了宏济桥头,就在那里,他看到了落日正在慢慢地西下,那么大的天空,就像一棵巨大的柿子树,夕阳正挂在上面。

此时，桥上的行人稀少，有几辆鸡公车叽咕叽咕地往城外赶，车上搭着赶场归来的小脚老太太；桥头上有个卖烤红薯的，伙计的脸上黑乎乎的，跟那烤焦的红薯也差不多，而空气中弥漫着一股焦香的气味。

守武就感到了有些饿，他有点恨瞿家的那个青花小瓷碗，势利、虚伪。这样想的时候他又有些恨自己。河风吹了过来，有些凉爽，却是无关紧要的，可有可无的，守武扶在桥栏上望着桥下的船只，神情空虚。

他又想到了杨家奎。那次也是在桥上，他们约好见面，然后去了水井街吃卤鸭子。就在这一瞬间，守武抬起头来望那个红红的落日，已经被云层挡住了，柿子树一下就消失了。

突然，守武就想到应该去生活书店，他同老郑已经有一阵子没有联系了。之前老郑说过，生活书店最近风声紧，平时不要去。但守武想，黄昏时去应该没有问题。其实，这个时候，他想要去问一问杨家奎的事情，他太想知道这个人到底是敌人还是朋友了。

3

天渐渐暗了下来，街上行人渐少，几只猫狗，窜来窜去。

守武站在生活书店外的时候，它早已经关了门。

第九章

但一切都如往昔,墙上有很多新书的招贴,花花绿绿,那是他熟悉的场景。他转身欲走,就听到了一个咳嗽的声音。守武转过一看,老郑突然走了出来,站在门口。这让守武大吃一惊,老郑好像是专门在那里等他一样。

这时,老郑左右巡睃了一番,便对守武使了个眼色,守武随即跟了进去。

进屋后老郑说,守武,你来得正好!

接下来,老郑告诉守武一个骇人的消息,经过严密调查,确认杨家奎是特委会的人,而且最近因为卖力,被提为了调查课副课长。特委会就是策划杀害丁燮奇的罪魁祸首,他们怀疑丁燮奇私通共产党,前不久还在文章中言辞激烈地批评当局,跟春荒暴动事件有关,惹怒了当局动了杀机。

真是他?守武问。

老郑点了点头。

真的是他?守武又问。

老郑把一只手放在了他的肩膀上。

其实那一刻守武有些恍惚,觉得不是真的。他想再问老郑一些事情,老郑马上制止了他,意思是不要深问。

这天,老郑只是告诉守武,一定要远离杨家奎,不要再跟他来往。

走出生活书店的时候,守武还在震骇中。他失落

纸

至极，感到这个世界全在欺骗他，这一切都是假象，他活在一个极不真实的世界中。他喜欢表姐，表姐却爱上了别人；他信任的大哥杨家奎，结果是他的敌人。守武的心中有种深深的被欺骗感，他被最信任的人无情地遗弃了。

就在这个过程中，守武做出了一个决定，他必须要跟这个虚伪的世界做一个了结，一刀两断。

这时，守武想到了那个他一直崇拜的剑圣，那是个决绝的冷血杀手。其实，小说中的剑圣一直跟随着他，就在他的身后，从来没有远离过他，只是在此刻与他合为了一体。

他漫无目的地走在大街上，但周围的一切让他感到陌生。这个城市从来就没有容下过他，他只是一个过客，而要是哪天他离开这个城市，他会没有一点留恋。

守武用身上所有的钱买了一块牛肉和一瓶酒，慢慢来到了城南城头上。从上面可以看到丁燮奇被枪杀的地方，站在墙头上，从上往下不过十多米，却如一道危岩。他坐在垛口上，望那个地方，一边嚼着牛肉，一边喝酒，像古代的侠客一样。酒在燃烧，越烧越烈，不知不觉半瓶酒就喝到了肚子里。

这时候，天早已黑了下来，守武已经喝得醉醺醺。他大吼了几声，朝着往南的方向。瞬间他的眼泪就流了下来，哗哗哗的，拦也拦不住。

就在这时，他听到了一个声音，咚咚咚，咚咚咚……

第九章

啊，这不是那个卖拨浪鼓的货郎吗？他是守灵者吗？此人正在城楼下不停地拨弄着，而声音便由远而近地传到了守武的耳朵里。

咚咚咚，咚咚咚……

守武又猛喝了一大口酒，然后坠入云中。

那是一场梦境。

守武和紫菀来到了郊外，林木葱茏，雀鸟相鸣。

同他们一起的还有杨家奎，他们邀约去打鸟。这时，杨家奎掏出了那把有些笨重的驳壳手枪，一副扬扬得意的样子。很快，杨家奎把枪递给紫菀。她把那冷冰冰的铁巴翻来覆去地看，然后试着举起了枪，专注地瞄着准星。

紫菀一下子喜欢上了那把枪。

接下来她又对杨家奎问了些好奇的问题，杨家奎也欣然作答，两人很快就变得随意起来，没有了陌生人之间的隔阂。这时，杨家奎让紫菀端平手臂，枪不能晃。紫菀试了几次，杨家奎便开始夸奖她。表姐拿枪的动作，真有点飒爽英姿，这让守武暗暗有些嫉妒。

但就在杨家奎扶表姐的手的时候，守武铁青着脸，一股愤怒的火焰往上蹿。

紫菀脸色通红，沉浸在拿枪的兴奋中。杨家奎在一旁扬扬得意。守武突然想，他也要有一支枪，比他杨家奎的枪好。实际上，他同紫菀在少城公园的通俗教育馆里已经看到过一支勃朗宁手枪。

纸

守武，我瞄枪的姿势好看不？紫菀突然问。

她望着守武，仿佛要得到一个满意的答复。

守武耸了耸肩。

紫菀面带愠色，把头转了过去。

杨大哥，枪里有子弹没有？紫菀问。

怎么会没有子弹呢？上了膛，一扣就响。杨家奎轻松答道。

紫菀说，我去打只鸟。

尽兴玩吧。杨家奎的眼睛里闪烁着兴奋的光。

放下枪！守武吼道。

他突然冲上去抓她手中的枪。紫菀转过身来盯着守武。

女人不要沾血腥！守武厉声说。

封建脑袋！紫菀说。

守武一把将枪夺在自己的手里。

你疯了吗？紫菀大喊了一声，非常恼怒。

僵持了一会儿，守武走过去默默把枪放到了紫菀手里，她一下就露出了笑容。此时，她双手捧着那把笨重的手枪，对准一只树上的小鸟，扣动了扳机……

咚咚咚，咚咚咚……

又是拨浪鼓的声音。这已经是第二天。

守武感到了寒意，蜷缩着从梦境中醒了过来，他在城墙上睡了一晚，旁边还有几个叫花子。他慢慢地站起身子，感到手脚发麻，头晕脑涨。

第九章

天已经亮了。守武朝远处望去,乌云之下的这座古城正在从沉睡中醒来,大街小巷上渐渐蔓延出各种声响:鸡鸣的声音、开门窗的声音、吆喝的声音、摇响铃的声音、拉粪车的声音……而其中必有一声尖厉的哨声,在清晨的寒风中穿刺而来,那是在催促学生排队到操场集合,而学生在听到后迅速集结,在不到五分钟的时间里全部拥到操场,等候点名。那个声音已经深深地烙在守武的脑袋里。

但此刻,他已经听不到那个声音,只是在这个时间,分秒不差,他身体的生物钟就会形成条件反射,那个声音又会从他记忆深处跳出来,变成一个更为尖利的东西,将他重重一刺。

4

卞福中又出现在了颜家大院。

这个洋人,颜家的人都认得他,黄卷毛、高鼻子、蓝眼睛,又生了一个一模一样的黄卷毛、高鼻子、蓝眼睛,当年他的儿子就出生在这个院宅里。他已经很多年没有到过这里了,他的眼睛都没有那么蓝了,带着一点灰,这是颜家大院里的一个孩子说的。是的,他有点老了,但他的眼睛里有种奇怪的光泽,一到漓城和颜家大院,这种光泽就会明亮起来。

纸

这一天，卞福中见到了颜佑卿，他们是老朋友了，他为颜佑卿带来了一份厚重的见面礼：与文波纸坊签下的一笔购纸契约。

这件事说来颇为传奇。卞福中有个非常好的朋友，此人很早就对中国这个古老的东方大国充满了憧憬。来到中国后，他仅仅用了一年时间，就学会了说一口流利的中国话，他说这是看见方块字就有种亲切感的缘故。那时候有很多外国人进入中国，都需要解决语言交流问题，但学中国语言太难了，书写奇形怪状，读音佶屈聱牙，学汉语就像从来没有坐过海船的人一样，上去必定头晕脑涨。于是，他就想把自己学习汉语的心得写成书，帮助更多的外国人尽快地融入中国的语言生活中来。很快他就写了一本叫《领悟汉语》的中英文教材，非常实用，对汉语入门大有裨益。

卞福中很支持他的这位朋友，并认为此书大有推广价值，便主动承担了这部书的印制工作。但印刷量非常大，不仅是在中国各地的教会，还有教会学校、医院、慈善机构等也大量需要。这本书的印刷质量要求甚高，须按照西方书籍的出版物标准，特别是对纸张的要求比较高，但一般的中国土纸都相当粗劣，而如果采用进口洋纸印刷，成本高不说，也有点舍近求远，所以，能不能采用本地纸呢？

卞福中就想到了沔城的颜佑卿。数年前的相助让他一直感恩在心，他想让颜佑卿来想想办法，所以他就来到了沔城，而颜佑卿则把他带到了文波纸坊。

第九章

卞福中没有想到颜守文造的颂纸有那么高的质量,洁白、细腻、柔韧,完全能够达到《领悟汉语》一书的质量要求。

事情就这样定下来了。临走的时候,卞福中又鼓励颜守文,说,好好造纸吧,我的机器一天二十四小时在运转,但我需要的是最好的纸。

文波纸坊承接华英书局一笔大买卖的消息迅速传遍了湾城,这让颂纸再次扬了名。是的,它是湾城最好的纸,连洋人都不用洋纸,而独选湾城颂纸,这就是最好的广告。

据说曹洪贵听到这个消息后气急败坏。后来他专程去嘉定拜见卞福中,想去说服这个奇怪的洋人改变主意。但那一天,卞福中彬彬有礼地把曹洪贵送到船边,并礼节性地摘下帽子,向他挥手作别。他说,曹先生,有机会我一定再到你的府上去看一场《秋江》。

曹洪贵难掩失落,摊了摊手说,我的戏台下永远会给你留一个最好的位置,我会请最好的戏班来演这出戏。

但卞福中再也没有去过曹家大院。

其实,卞福中欣赏曹洪贵的精明,并且知道他神通广大。他也曾非常想跟曹洪贵合作,作为湾城的造纸大户,义昌纸坊其实做得非常不错,何况他们之间关系也是很友好的。但是,世间的很多事情实在是难说,也许他是存心要帮助颜佑卿,这就是缘分。当然,在卞福中眼中这不是一笔世俗的生意。

纸

在保罗的历史研究中，祖父的日记是他最为珍贵的研究资料。他不仅从中看到了颜守文是如何把生意做大的，也看到了他在滃城的纸业竞争中成为一代富商的过程。当然，这又是再后面一些的故事了。

但是，保罗最想看到的是个人与历史的关系，作为一个研究历史的专业人士，他更为敏锐地看到了其背后的时代背景：颜守文的纸业迅速发展起来，除了岳父对他的支持之外，很大程度得益于后来抗战的来临。因为战争开始不到半年时间，中国就只剩下半壁江山，像安徽那些造纸大省很快沦落，宣纸市场被日本人占领。也就在这时，滃城的纸成为大后方最主要的供应方，几乎所有的纸商在一夜之间全都焕发了生机，纸张供不应求，滃城纸业又进入了一个大兴时期。

在滃城纸业中，守文迅速成为一个新锐力量，连很多做了一辈子生意的人都不得不佩服这个年轻人。有人说他做事成熟稳重，精明能干。其实，他们没有想过守文的祖辈在发家时也是年纪尚轻，他的曾祖父在这个年纪的时候就已经赚下了大量的钱财。而相隔几代之后，颜守文又恢复了颜氏家族的荣耀。

文波纸坊从此蒸蒸日上，而在其间还跟一个叫林朴的人的相助有关。

林朴到滃城是在腊月间，天气阴冷，船上的冷风让他有些受寒。他没有想到刚到此地，就染上了小恙。

第九章

林朴这天下榻到了中城旅馆,并住进了一号房。他感到自己在发烧,浑身乏力,他很快喝下了守文派人为他熬制的姜汤,便倒头大睡。林朴足足睡了一天,到了第二天早晨醒来,才感到人舒服了很多。

病一松,胃口也就来了,林朴吃了三个鸡蛋,喝了一大杯牛奶。这时,他看到了一张《大公报》,这也是他的"早餐"之一。但一看日期,林朴不禁皱起了眉头。这张报纸是他从重庆出发前就出版的一期,他还是拿着这期报纸上的船,没想到是到了漓城当地才刚刚看到,时间整整晚了四天。

作为一张主管报纸经营的经理,他对纸张是极其敏感的,那张八开的报纸看起来黄中带黑,纸质粗劣,就像是乡下老太太的脸。

林朴在这一行中干了二十年,他混迹于上海报界,跟各种纸商打过交道,哪种纸好,哪种纸差,他一摸就知道。这都得益于他对造纸工艺的熟悉,当年留学法国,他学的就是造纸专业。他对各种报纸采用的纸张情况了如指掌,哪家何时变换了纸型,纸源来自何处,纸价涨跌情形也是如数家珍。林朴还记得,在上海滩竞争的各大报纸大都采用西洋纸,那些洋人们要享受如同在伦敦、纽约一样的阅读品质。纸张都是通过海轮不远万里运来,那些白洁、柔韧的新闻纸到口岸卸载时,还带着新鲜的纸香味。

此一时彼一时,如今是战时,经济极困,物资匮乏,采用土纸也是形势所迫。但是,各大报纸并没有

纸

放弃竞争，十几种报纸同时摆在报摊上，纸质优劣一目了然。林朴极欲改变局面，其实他就是来寻找一种价廉物美的纸的。

林朴在滒城纸市悄悄地观察了三天，对此地的纸业有了一些了解。在他看来，滒城纸有个致命的问题：纸色偏黄，杂质很多，一旦用作新闻纸，印出来后总感觉像很旧，这同新闻的品质感不符。

林朴想，能不能将滒城的土纸变得更白一点呢？就像女人需要搽脂抹粉一样。他知道，如果滒城这里都找不到更好的纸，川省其他地方会更困难。

这一天，颜守文陪他去了青衣江边的姜渡，这是滒城水上的一个大渡口。这一去，让他大开眼界，只见江边全是头天在纸市交易后的各种纸品，正等着上船，而江上是各种各样的船筏排在岸边等着运纸。

林朴被这一景象吸引住了，足足看了半天。

颜守文还告诉林朴说不远处还有一个周渡，比这里更闹热。林朴又去了周渡，果然，岸边舟船林立，络绎不绝。这两个码头每天的吞吐量是惊人的，成都、重庆都在从这里进纸，就是个纸码头。他突然又想到之前的那个疑问，能不能让滒城的纸变白呢？这将是一个巨大的市场。

林朴感觉自己找到了一把钥匙。回去后，他并没有费多少时间就找到了让纸变白的窍门，这种事情在滒城人看来是不可思议的，但对他来说却另有机巧可寻。不久，林朴就收到了从德国邮来的漂精，他的同

第九章

学在那里当化学工程师,那个漂精是他们工厂生产的产品,只要在槽池中加上小小的一勺,做出的纸就会焕然一新,洁白如雪。

当林朴又一次现身在滠城时,他把一瓶漂精交给了颜守文,让其试用。这件事就像林朴第一次到滠城喝下的姜汤一样,迅速产生了奇异的效果。

接下来的事情就有点让人匪夷所思,当纸精放进纸槽时,纸浆迅速就发生了变化,原来发黄的纸浆变白了。守文喜出望外,他知道这件事一定会改变滠城的纸业。而林朴在一旁也暗自窃喜,仿佛已经找到了芝麻开门的咒语。

保罗在时隔六十年后,对这件事有过深入的分析。首先,他不认为这是个小事,也不是茶余饭后的龙门阵,事实上,这个故事仅仅出现在《滠城文史》的一篇回忆文章中,但保罗就敏锐地判断出了漂精的时代价值,它的出现在当时对传统造纸业确实有深远的影响。

林朴是个什么样的人?现在已经无法考证了。他在来滠城的途中染上了一点风寒,而只靠姜汤就解决了问题,人们所知道的就这点。幸运的是,这件事被人记了下来,但林朴与颜守文的关系因为时隔久远,仍然显得扑朔迷离。然而,漂精就是魔水,化腐朽为神奇,它让纸张变得洁白漂亮。事实就是如此奇妙,一白遮百丑,就像白皙的姑娘更让人喜欢一样。滠城的纸仿佛在一夜之间就有了质的飞跃,而那一瓶漂精的传奇才刚刚开始。

· 251 ·

第十章

1

守武想去看杀牛,这是一个疯狂的想法,确实他变得有点疯狂了。

杀牛场在城外一个叫李村的地方,耕了多年地的老牛,盐场拉卤后淘汰的牛,最后都是去那里。李村每天都要杀好几头牛,好肉送进城,下水卖给苦力。

杀牛是在早上天还没有亮的时候。那天,守武到李村的时候,才蒙蒙亮,但李村已经杀了好几头牛了。有的已经在石台子上开膛剖肚,大铁盆子里装着被肢解下来的内脏,四周全是血迹斑斑,现场一片凌乱。

在来回穿梭的人群中,他看到了一个瘦瘦的中年人,坐在椅子上抽着一根烟杆,嘴里吧嗒吧嗒地吞吐,神定气闲。旁边的人走过他身边的时候,都是恭恭敬敬的。

守武走到他身边小声问,师傅,今天还杀牛不?

杀完了。那人吐了一口烟。

这时,一条狗叼着一块骨头,从忙碌的人群中迅速

第十章

窜了出来,而后面一个大汉拿着一把锋利的刀在追它。

狗从守武的身边唰地冲了过去。那是一条肮脏的狗,皮毛被油渍、泥土、血迹凝成了一团,一绺一绺的,非常恶心。最恐怖的是它的一只有旧伤的眼睛,充着血,肿得像只快要爆的灯泡。但狗叼着骨头冲出的时候,凶相毕露,谁也休想从它的嘴里拿走那块偷来的美味。

守武本能地一让,差点没有站稳,鞋子飞了出来。

哈哈哈,还敢看杀牛?那人突然大笑起来。

守武有些恼怒,回了一句,我杀人都看过!

那人瞥了一眼,突然收住了笑说,记着,有三种人不能看杀牛。一是心肠软的,二是胆子小的,三是吃斋念佛的。我劝你还是别看,看了晚上要尿床。

我不怕!守武昂了昂头。

哈哈哈,好,那明天请早。

其实,杀牛师傅的问题应该是:你为何要来看杀牛?这个问题连守武自己也回答不了,他是突发奇想。他从小就想去看杀人,但可惜没有机会。所以他就想去看杀牛,从难度上讲,杀牛应该比杀人难多了,一想到这他的心中有种强烈的好奇和冲动。确实,从小崇拜剑圣,连嗜血的刀都没有见过,这实在太可笑了。但真正的原因,是守武开始恨这个世界了。

第二天,鸡鸣头道时,守武就出发了。他比昨天整整提早了一个时辰。李村离城里少说也有十里地,

纸

要翻一个不大不小的山坡,才能到达李村。有人说那山崖子上经常出土匪,天黑就是棒老二的天下。

守武快步穿过山崖时,听见了自己的心跳。土匪他是见过的,最多再遇上个"半边脑袋",土匪都不怕还怕什么呢?这样一想,他就感到轻松了,速度也提快了,不过一个小时他就隐隐约约地看到李村了。

喂……喂……

突然间,守武听到了不远处一个微弱的声音。头上嗡的一下。他想坏了,遇到棒老二了。他收住了脚步,往四周一看,看见路边有一个人,斜靠在一棵树上。那人动了动,声音极其微弱:救救我!

原来是个乞丐。守武走了过去,他看不清对方的脸。

行行好,我快饿死了!那人喊道。

守武从包里去摸块馒头,那是他准备在路上吃的。

守武把馒头递了过去。那人伸手来接,但馒头落到他的手上时,他的手突然落了下去。守武大惊,此人连拿馒头的力气都快没有了。他把馒头捡起重新放到他的手里,那人才慢慢地把它放进嘴中。

他继续赶路,却听见那个人用孱弱的声音在喃喃自语:菩萨保佑,菩萨保佑……

走进村子的西头,守武看到了一个热闹的场景。外面的树桩上拴了几头牛,都是准备要杀的。守武一眼就看到了昨天的那个师傅。他仍然坐在椅子上抽烟,就像一直没有动过似的。旁边有两个人在磨斧头,沙沙的声音让人起鸡皮疙瘩,它一声一声传来,

· 254 ·

第十章

让这个早晨充满了一种不安。他吧嗒吧嗒地只管抽烟,好像什么也没有想。灯光下,烟雾是青色的。

去,再给牛抓把草。师傅吩咐道。

于是有人就给几头牛倒了一背篓草。牛吃得很香,它们吃草的声音让四周显得更安静了。

一阵风吹来,守武打了喷嚏。他感到牛吃草的声音越来越大,甚至压过了磨斧头的声音。

突然,磨斧头那边传来一声"磨好了"。

师傅马上把烟头在鞋底上磨熄,然后把剩下的半支叶子烟插在了耳朵上,站了起来。他这一动作,下面的人心领神会,很快将那头最壮的牛牵出,然后将牛鼻子死死地拴在一根粗木上。守武想,杀牛师傅之前在那里抽叶子烟,一定是在琢磨怎么杀。他的刀是藏在心里的。

这时,师傅侧着头看了看斧头的刀面,用手在锋口上轻轻拭了拭,然后把斧头插在身后。

拿酒来!师傅道。

有人迅速递给他一瓶酒,师傅打开瓶塞咕咕地喝了一大口,小半瓶酒下肚,浑身燃烧了起来。

所有人都看着师傅。他慢慢走近牛的身旁,伸出手去摸了摸牛的额头,牛温顺地扇了扇耳朵,嘴里还在反刍着刚才的草。就在这时,那人迅速从身后拿出斧头,对准牛的额头猛地砍下去。

那一斧头有千钧之力,让如此壮硕的牛震得倒在了地上,但它迅速翻身而起,痛苦不堪地嚎叫了起

纸

来，使劲想要挣脱绳子。绳子在空中弹来弹去，嘭嘭直响，如鞭在抽打。牛的四肢使劲地左右摆动，剧烈的疼痛让它难以承受。

血飞溅而出。血顺着两只角流涌。牛的眼睛很快就被血遮住了。

守武被这一场景惊呆了，牙帮咬得嚓嚓作响。仿佛有一口气堵得他发哽，要把气管堵死。

又是砰的一声巨响。那人趁牛稍稍稳定，对准之前的地方又是一斧头。他用劲之猛，斧头居然被生生地陷在牛的脑骨里，牛在一仰头的时候，竟然带着斧头扬了起来。

众人大惊。师傅赶紧闪到了一边。牛已经疯了，它暴跳如雷，左突右跳，绳索马上就要被挣断。那把插在头顶上的斧头倒像是被它夺去了似的，它要带着复仇之刃对着那些施暴者进攻。

但是，不到一分钟，牛的前肢突然跪在了地上。它努力想跳起来，喘着粗气，眼睛像被打烂的灯泡，血在空中纷飞。牛还想努力站起来，但试了几下都没能起来，它喘着越来越重的气，充满了愤怒和悲伤。

一颗泪顺着守武的眼窝、鼻夹，流到了他的嘴角。

牛仍然强撑着，四周寂静无声，像在等待着它最后的时辰。突然，它的后肢也跪了下来，身体笨重地一倾，顺势倒了下去。接着，四肢悬在空中还在不断地踢踏着，直到慢慢停止。

斧头将它的头骨凿出了一个大洞，不知道有多

· 256 ·

第十章

深,冒出的血已经流遍了它的全身。血一直流着,所流之处像破了的水管一样,还泛着血泡。在一个鼓起的血泡中守武看到了自己,眼睛、嘴巴、鼻子、脸,全都变了形。

杀牛师傅又坐在那把椅子上,擤了两个巨响的鼻子之后,又吧嗒吧嗒地抽起了烟。

守武感到了一种从来没有的难受。这样的杀牛方式实在是太残忍了,难道就没有其他杀牛的方式吗?为何要让牛亲眼看到斧头落到它的头上,为何不去寻找一种让它迅速死去不那么痛苦的刀刃,点穴或者麻药之类的方法,先让牛沉沉睡去,然后再杀……

当第二头牛仍然像第一头那样倒下去的时候,守武再也看不下去了。他感到这个早晨的混沌和邪恶,血腥已经渗透到了它的缝隙之中,仿佛让他看到了这个世界的残酷与无情。

他转身欲走。

年轻人,不敢看了?

杀牛师傅抬头望着他,眼神里明显是在戏弄他。

守武没有理会,继续往前走。

哈哈哈,好看的还在后头呢。杀牛师傅又说道。

守武停了下来。他没有回头,只是侧着头去瞄了一眼倒在地上的两头牛。

那句话显然在激他。守武突然想,凭什么我连杀牛都不敢看?他到这里来的目的就是让自己去习惯闻血腥的味道,习惯白刃的刺眼,习惯凄惨的厉叫。守

纸

武听别人讲过,过去练武的人必要练胆量,晚上去白天杀过人的地方走一遭,才会功力大增。

我去屙泡尿。守武说。

他都没有想到自己反应如此迅速。那人就大笑了起来,哈哈哈,不要把尿吓到裤裆里了……

后面的一群人也跟着笑了起来。

站在守武面前的是一头很老的牛了。这是第三头。

它的双角又大又弯。老牛被牵过来的时候,走路都显得有些笨拙。守武想看看他们到底想怎么样杀这头垂垂老牛。

接下来,他就看到几个人把老牛的四肢给严严实实地绑了起来,然后将牛推倒在地上,牛再也动弹不得。这时,有人拿了两张纸在水里浸湿,然后贴到牛的眼睛上。师傅猛抽了一口烟,站了起来,就看见有人将之前剩下的大半瓶酒递给了他,他一仰头,咕嘟咕嘟又喝了几大口,瓶中酒已见底。

这时,师傅拿着一把九寸长的刀走到了牛的身边。一群人马上分别抱紧了牛的四肢和两只角,他们配合非常默契。师傅没有说一句话。守武想到了过去的行刑人,都是些粗壮的大汉,但此人身材瘦小,根本不像屠夫,倒像是个卖鸡毛掸子的小商小贩。但人不可貌相,事实证明那些五大三粗的人只配给他打下手。

杀牛师傅没有多余的动作。他只是在牛的胸口上比画了一下,然后对着老牛猛地捅了进去,又顺势把

· 258 ·

第十章

口子拉了一把。简单、直接、迅速，几乎是在一瞬间完成。老牛不顾一切地挣扎，人们拼命固定着它，不让它乱动。血一直在往外涌，而牛还在挣扎，只看见它浑身颤抖，喘着大气，嘴里全是泡沫。

师傅扔下了刀，脱掉上衣，露出膀子。只看见他将左手伸进了那道血口子中，直接伸到牛的腹内，摸着它的心脏，像扭时针一样，轻轻一拨。这时，就看见老牛整个身体像泄了气的皮球，瞬间蔫了下去。

整个过程不超过五分钟。守武看得目瞪口呆。

但奇怪的是，他没有之前那么难受了。是这种杀牛的方式更让他接受了吗？还是他对血腥的反应已经麻木和迟钝了？他不知道。

师傅在一只水桶中将手臂冲洗干净，穿上衣服，又坐在了那把椅子上。

三头牛倒在地上。

他点上烟，吧嗒吧嗒地抽。烟雾像在给死去的亡灵一点缭绕的去路。

守武感到累，口渴，想喝水。

天已经亮了。

接下来是杀牛师傅与守武的一段对话——

喂，小子，来跟我杀牛？

为啥？

可以衣食不愁，酒肉管饱，以后还可以讨个老婆。

师傅，你这里不缺有力气的人。

· 259 ·

纸

错,光有力气跟牛何异!

那到底为啥?

你凶!

我?!

对,没有人敢头回就看杀三头牛的,你狗日凶!

我不干这行。

你会干上这行的!

2

俗话说"唱戏的枪,厨师的汤",没有拿手的东西,就上不了场面。

那一年,川省举办劝业大会,颂纸和风纸都同时参加了,那是在颜守文逐步发展起来,成了曹洪贵的潜在对手之后。

当时滪城的纸商们,为了参加每年一度的劝业大展,都会精心准备,拿出最好的纸去参展。但滪城的槽户成千上万,不可能都去参加,义昌纸坊和文波纸坊能够代表滪城纸业最高水平,自然在列。当然冤家路窄,自古而然。

那天,春熙路头上的劝业场热闹非凡,人头攒动,来自全省的各种土特产和其他商品琳琅满目,它们少说也有几百上千种。店家们纷纷搭摊设铺,顺着

第十章

街道一字排开。漓城以纸为胜，纸自然为主要展示对象，集中在靠南的一块地面上，义昌纸坊和文波纸坊正好在道路的两对面各自设摊。但是，义昌纸坊财大气粗，搭的摊位比文波纸坊气派得多。他们精心做了楠木围板，上刻漓城古法造纸的十八工艺图，可谓是精雕细作，引人驻足，观者无不啧啧称奇；围板上挂丝质面做的大幅布招，"义昌纸坊"四个大字锦绣其上，迎风招展，格外耀目。而摊位内备有座椅茶几，配有上等峨山好茶，二三妙龄女子身着旗袍，亭亭玉立，顾客一到即泡茶侍候，殷勤而周到。

相比义昌纸坊，文波纸坊就要简陋得多，毫不起眼。那天，曹洪贵到自己的摊点上视察了一圈，颇为满意，又看了看对面的文波纸坊的摊位，不禁从嘴角处流露出一股蔑视来。他可能在想，你颜守文虽然得了颂纸真传，但我曹洪贵也是风纸技术，工艺不相上下，但论资本实力，你还差得老远。这一天，曹洪贵准备在枕雨楼宴请来宾，但一行人先是去劝业场为他的展场捧场。

这天，就来了一群气宇不凡的人，都是成都各界知名人士。当然，他们都是曹洪贵请来的贵客。这群人不下二三十人，在义昌纸坊的摊点上参观各种纸品，兴致盎然。看完后他们又在义昌纸坊的大幅招贴下一同合影，曹洪贵稳坐在中间，他头戴一顶细呢毡帽，穿着一身暗紫绸缎马褂，怀表的银链搭在上衣间熠熠发光，而双手掌着一柄司帝克手杖，神情颇为自得。

纸

正对面就是文波纸坊的摊位。这一天的上午，时间大概在十点左右，准确说就是那一群商界名流与曹洪贵一起合影的时候，天气格外晴朗，阳光温煦，空中似有透亮的光。就在这时，文波纸坊的门前突然有两个小伙计把一叠纸打开，是足有一丈宽的大纸，他们准备把纸摆出来让路人参观。就在打开的一瞬间，几乎是所有的人把头都伸向了那张白纸，而奇怪的是，阳光好像突然都聚集到了这张纸上。

正在照相的那些人显然看到了这一奇异的景象。他们惊诧万分，因为那张打开的纸如有神灵，把所有的眼光都吸附了过去。

曹洪贵也看到了一幕，他的脸上有些挂不住，内心突然非常慌乱，直觉告诉他这中间发生了一件重大的事情，而这件事情是纸本身的工艺发生了变化。

是的，颂纸变得更白了，它是如何产生这样的效果的？这是一个秘密。但它确实太白了，白得让人嫉妒，也让风纸相形见绌。曹洪贵瞬间有些恼羞成怒，但毕竟是久走江湖，他不动声色，在照完相后，迅速将那些重要的客人往一旁带。他知道刚才的一幕实在是太出人意料了，在这群人中，不少是他正在洽谈或潜在发展的大客户，那些人深谙商道，虽然不会声张，但肯定按捺不下内心探究其详的欲望。

走在路上的时候，曹洪贵满脸堆笑在应酬着客人，但心头却如打倒了五味瓶。颂纸突如其来的变化让他百思不得其解，他一定在想这是颜守文存心干

第十章

的，不然他为何端端在此时露这么一手，这小子不敢小觑啊。

确实，在枕雨楼举行的宴席上，就有人开始在嘀嘀咕咕议论起来。尽管他们刻意压低声音，但仍然在说着刚才的见闻，自然地说那张纸是如何的白，白得摄魂夺魄，让人难以忘怀。

当时在展场中，有一幕是非常奇幻的。正值太阳初升之时，七色的光线仍在空中交织着、变幻着，它与那张展开的白纸形成了一种巨大的反差，强烈地印在了人们的瞳孔中，并通过大脑的冲洗，存留在了记忆的底片上。就在其间，有个人抬头望了一眼天空，他有些出神，光线太炫丽了，炫得刺眼，但它像只七彩的笔，要画出一幅美丽的图画。这支笔要寻找一张洁白的纸，不然就会成为虚无。而那张展开的白纸就像是为那炫目的光而准备的。

此人边走边想，不经意地又回头看了一眼，他显然是被此时的场景震住了。

第二天，文波纸坊的摊位前突然来了个人。一顶毡帽，戴着圆框眼镜，长须飘飘，手握一把湖扇，颇具仙风道骨，正在仔细观看各种纸品。过了一会儿，他对其中的一个伙计问道，你们老板呢？我想见见他。

来者正是昨天的流连之人。

伙计回答老板出去办事去了，估计要下午才来，请先生留下姓名、地址，说他定会去拜访的。来人便将一张名片递给伙计，然后闲步而去。等守文回来后，伙计将此事告诉他，他一看名片，上面写着欧阳云鼎四个字，不禁大吃一惊。欧阳云鼎在蓉城可不是等闲之人，他是画坛大名鼎鼎的人物。守文不敢怠慢，马上就按照名片上的地址去了祠堂街。

欧阳云鼎一见他，颇有些吃惊，没有想到这家纸坊的老板这么年轻。他也许在想，那么好的纸难道是眼前的年轻人搞出来的？其实，他对滹城的纸业是有一些了解的，也知道风纸与颂纸，甚至还知道一点雅纸的传闻。所以他让守文坐下后，并没有急着让人沏茶，而是先问，听说滹城过去有一种雅纸，我有不少书画家朋友常常提起，不知道现在是什么情况？

坊间已早无雅纸。守文答。

欧阳云鼎一惊，扇子半折在了手中。

守文说，人们所说的雅纸过去确实存在过，但蔡昌雅已隐名埋姓多年。

你怎么如此清楚？欧阳云鼎非常好奇。

蔡昌雅是我妻子的伯父，守文说。

欧阳云鼎又吃一惊。哦，原来如此。

欧阳云鼎顿时就对守文刮目相看。他也在揣摩其中的渊源，仿佛突然就明白了昨天在现场看到的那张白纸原来是有着不同寻常的来历。他马上叫人沏茶，轻摇着湖扇，兴致盎然地同颜守文摆起了龙门阵来。

原来，欧阳云鼎要在近期组织办一个大型画展，急需采购一批上等书画纸。抗战中宣纸所在地早已沦

第十章

陷，供应断绝，而一大批国内书画名家流亡到了大后方，名师如云，需求旺盛。正所谓因缘际会，与当年杜甫、陆游等大批文人雅士流落四川相似，他们带来了一时之诗歌盛景，如今的流亡大潮也促成了艺术的汇聚。昨天欧阳云鼎本来是要准备订购一批曹洪贵的风纸的，但他偶然看到文波纸坊的纸后，发现比风纸更好，顿时有些犹豫不决。但欧阳云鼎略知漓城纸业的江湖恩怨，并不急于下手，只是在暗中观察，想再多方了解。

颜经理，雅纸难道真的没有吗？欧阳云鼎意味深长地望了他一眼。

守文回答道，大千先生曾亲自到漓城去选纸、做纸，他的纸不叫风纸、颂纸，也不叫雅纸，而叫大千纸。我想欧阳先生肯定也能够找到自己满意的纸。

好，看来我这趟是非去不可了。

很快，欧阳云鼎就去了漓城，他要亲眼参观一下文波纸坊。

那天，他沿着山路去了蔡翁村，一路上有条小溪相随，弯弯曲曲、时隐时现，而越走溪水越清澈、明亮。

快到村口，他看见一块高高的碑立在那里，碑的上端是一个屋檐似的石帽，而碑身足有三米高。走近一看，碑面字迹斑驳，但还能依稀看到"蔡翁碑叙"四个大字，内容是关于漓城竹纸的造纸术的。

这块碑立于何时无人知道，就连蔡翁村的老人都

纸

不知道它的确切时间。但据说是㵲城纸被皇帝定为贡纸之后才立的，算来也远在康熙、乾隆时期。当年，㵲城每年给科举考场提供十万张长帘文卷，用的就是当地的方细土连纸，而这已经是两百年前的事情了。

望着"蔡翁碑叙"，欧阳云鼎沉思良久。

守文告诉欧阳云鼎，这块碑是蔡翁村的神灵，人们每年春季开始造纸前，也就是《天工开物》中所讲，造纸的第一道大工序是杀青，其后砍竹、浸竹、捶打、浆灰、蒸煮等工艺依次开展。每到这时，人们都要到"蔡翁碑叙"前来烧香跪拜一番，祈祐今年风调雨顺。

听完，欧阳云鼎对这块碑肃然起敬，恭恭敬敬地站在碑前鞠了一躬。

他们又走了一段路，就来到了文波纸坊前，欧阳云鼎发现小溪就在纸坊的门口。那清冽见底的溪水正为造纸所用，他相信纸质的优良跟这水也有关系。他再抬头一看，山后是茂密的竹林，层层叠叠，风一吹过，鼓荡起伏，蔚为壮观。守文告诉他，现在山上已经在砍竹子了。秋季的水竹是最好的，新干初长成，材质柔韧，绵性十足，是造书画纸的好材料，出来的纸张润墨能力强，笔在纸上有行云流水的畅意。

欧阳云鼎想去林地看看，他们一路又向着竹林深处进发。到了林地，有一群人正在忙活，有一块地方已经被砍空了，他们正把砍下的竹子全部拖到此处集中在一起。欧阳云鼎发现，一根竹子的不同部位被分

第十章

成了几段,经过挑选后,分门别类地堆放在一起。守文告诉欧阳云鼎,一根竹子的每一段都不同,如竹梢和竹根就不一样,把它们分挑出来,是在造不同的纸的时候选用不同的材料,是物尽其用,但也增加了人工成本。守文说,颂纸从第一道工序开始就与很多其他槽户不同,花费的人工也比别人多。

眼见为实,欧阳云鼎通过这一点就看到了颂纸的独特。这与造酒、采茶的道理一样,在出窖和采摘之时都有先后的细微区别,而口感的优劣也尽显其中,没有想到砍竹也有同样的讲究。

就在这时,远远地传来了一阵特别的声音,是一群人的声音,有人领唱,众人合唱,起起伏伏,悠扬、粗犷,充满了原始野性。那些人正在唱道:拿起哟,舂杵哟,唱起来呀哟嗬嗬……

守文告诉欧阳云鼎,这是他们劳动时喊的号子。每到煮竹之时,七八个男人站在篁锅上,那木制篁锅巨大无比,有三四米高,锅口有二三米宽,一次可煮六七吨重的竹子。他们便踩在锅边搭起的木架上,用杵不停地舂锅里的竹麻。只见篁锅内热气腾腾,而男人们则唱起了那火辣辣的号子,感到浑身是劲。他们边舂边唱,情绪高扬,放浪而欢乐,声音也弥漫到了蔡翁村的上空。

没有想到的是,欧阳云鼎对这号子居然很感兴趣,听得津津有味。在他心里,那清澈的溪水、成片的竹林,还有这火辣辣的民间号子,都让他感到亲

纸

切。守文还告诉他，蒸煮一锅竹麻，要日夜不息，耗时五六天，那些坚硬的竹片才会熟透，变成柔软的竹料，那些人就要靠唱着号子来提神，不然单调笨重的活路是非常沉闷枯燥的。欧阳云鼎顿时觉得那些号子绝非粗鄙的撒野，它是澫城造纸人的劳动之歌，甚至它就是纸的一部分。

接下来，欧阳云鼎走进了文波纸坊，守文专门给他表演了一下抄纸的功夫。就在守文每一次从槽池中端起纸帘的时候，他有力的双臂牢牢地控制着纸浆瞬间的流动与平衡，并迅速地将纸从水中捞起来。欧阳云鼎看得有些眼花缭乱，看着看着，他居然有些走神。

回到澫城已是傍晚，尽管有些疲倦，但欧阳云鼎觉得这一天过得很充实，他心里有底了。第二天，守文准备了一捆纸放在了船上，是送给他带回成都的。在岸边时，两人依依惜别，欧阳云鼎说下月成都要举办一个画展，名家很多，请守文不要错过这个机会。

3

走出李村，守武就决定去打把刀，要像那个杀牛师傅的刀一样锋利无比。

也许是守武被深深伤害了，他需要一把刀来防护自己。其实他从小就喜欢刀，对兵器有种奇特的癖

第十章

好,在土匪窝里他居然爱上了那支长枪,在通俗教育馆他喜欢上了那支勃朗宁手枪,而在李村杀牛场,他又觉得自己应该有一把随身佩带的利刃。他似乎要与什么对峙,他要与欺骗、阴谋、黑暗一刀两断,刀里有他暗暗生长的血腥青春。

铁匠铺离李村不远,在一个不起眼的小集市上。

天已经大亮了,阳光照在他的脸上,但他心里冷冰冰的。刚才那些残酷的场面还在他的脑海里回放、弥漫,其实他有一两次差点呕吐出来,一种酸在胃里搅动、翻滚。这时,他也在问自己,为什么自己会到这里来?他应该是在课堂里好好读书的,当一个好学生,然后出人头地、光宗耀祖,像陈方真一样。那一瞬间,守武感到了一点荒诞,心里面更难受了。

他停了下来。然后从路旁的土里扯了一根草放在嘴里嚼,草中一股淡淡的甜味,似乎暂时缓解了刚才的难受。

守武慢慢地走着,明显放慢了脚步。他看到了远处有头牛在田间,主人在牵着它犁地。那一定是头壮牛,步态缓慢,和顺温柔,是农耕的好帮手,但当它老了、病了呢,牛肯定不知道自己的结局是如此惨淡。是的,李村就是它最后的归宿。想到这个守武又有些茫然,他继而想到了人的命运。人跟牲畜是绝对不同的,人是有思想的,不会永远被奴役,人是可以争取自由的,人不能成为牛。

他把嘴里的草狠狠地吐了出来。

就在这时,守武突然看见路旁有一群人,好像在围观什么。他好奇地伸头一看,原来是有个乞丐死在了路边。乞丐手里拿着块馒头,馒头上有五根掐得深深的指印。

那块馒头是他省下的,但那五根掐得深深的指印,现在正死死地掐着他的胃。守武的耳边还回响着不久前路边的哀求声,那声音让他的胃痉挛,疼痛难忍。

突然间守武想明白一个道理,人饥饿到虚脱的时候,对食物是憎恨的,是有深仇大恨的。那个乞丐当时只要吃下去,馒头可能就会救了他的命,但他却不想吃下去。不想吃下去是因为他太想吃了。本能,那是一个无边的深渊。但欲望又让他恨吃,如果不吃他就不用乞讨,是吃让他丧失了所有做人的尊严,他宁愿用死去最后较量一次,战胜吃的诱惑。他真的胜利了,他在食物面前狰狞地死去,而谁也不知道中间发生了什么。

也许自己想得太极端了,但守武不知道还有什么可以解释眼前的谜团。

此时,守武感到自己有点像那个死去的乞丐,只不过他要用刀来表达自己对这个世界的愤怒和憎恨。其实,守武想要一把刀的原因,还同他当年在漓城喜欢去听王铁匠讲的故事有关,他相信那些火炉中的铁之所以变成了刀,那是因为它们先变成了故事。也许他就在寻找一个故事的结局。

第十章

守武很快就找到了一家铁匠铺，里面充满了叮叮当当的声音。

铺子主要是打造农具，如犁、耙、锄头、镰刀之类，也有生活用具，铁锅、水壶、铁桶、捞钩、火钳等。当然最多的是打刀，各种各样的刀，但绝不打杀人的刀，这是忌讳。

此刻，守武站在铁匠铺前，静静地看着里面的一切。火炉在嚯嚯地响，风箱把那火的身体扭来搅去，一会儿将它的头扯得长长的，一会儿又掏出它的心，一会儿还把它的眼睛抠出来，只听见炉膛内像关了一群鬼，在鬼哭狼嚎……

师傅，我想打把刀。守武说。

那个铁匠就像一个巫师一样，站在守武的面前。此时他左手从炉中夹出一块红萝卜似的铁块，右手挥动着铁锤，铁砧上火星飞溅。

打啥刀？铁匠问。

杀牛刀。

铁匠瞥了他一眼，你杀牛？

守武点了点头。

入春不杀牛，你不懂？铁匠突然停了下来。

是……牛害了瘟。守武说。

铁匠又抡起了手上的重锤敲打了起来，但敲了几下，又抬起头问，是杀鸡吧？

杀牛。守武肯定地回答。

很快，一块铁就扔进了火炉中，守武看到它很快

纸

红了起来，红得像块软糖，那块软糖在火炉里被翻来覆去地嚼，直到慢慢地嚼出一股杀气来。

你真的是拿去杀牛？

刀刚打好的时候，铁匠又瞅了他一眼。

守武说，师傅，难道是去杀人？

借你三个胆都不敢！铁匠突然睖着他。

守武就笑了，他觉得这个世界有点荒唐。

这刀能杀人不？守武其实是在揶揄自己。

铁匠一把捏住守武的脖子，狠狠地骂道，你狗日脸上没有刻反字嘛！听着，回去好好磨，免得牛蹄踢死你！

这天，守武带上刀就去了锦江边，他要去磨刀。

他躲在一片芦苇丛中，在一块青石上一下一下地磨着，磨得嚓嚓响。他已经深深地爱上了这把刀，磨刀的时候就是在与刀耳鬓厮磨。爱上一把刀，跟爱上世界上所有的东西是一样的，只是这样的爱更为独特和极端。

每次磨到累了，他就把刀藏在附近的鹅卵石下，第二天又去磨。他想把它磨得锋利无比，但每次磨完他就有些不满意，总觉得哪里没有磨好，他想削铁如泥，像水浒里杨志的那把宝刀一样锋利。其实这是一种爱的极致。

河边有块平整光滑的青石，过去可能是女人们搓衣时用的，不知道是什么原因它被冲到了这里，现在

第十章

就在守武的脚下。他挽着袖口和裤腿,双脚叉在水边开始磨刀,头上不时飞过几只白鹭,但他一点都没有注意。河水有些凉,颜守武一下一下地磨着,磨着磨着他就有些出神,水中的刀在波浪的晃动中居然有些弯,有些像天上的月牙儿。

也就在磨刀的过程中,守武在想他如何用这把刀,用在哪里。

守武自从小时候被抱童子后,颜佑卿就在漓城上给他请了个武师,教他练腿脚,为的是强身壮体,怕他被人再掳走,毕竟那次把颜家的人吓坏了。

习武后,守武的胆子也就大了起来,不久就出了意外。那一年秋天,一群孩子发现山坡上的一棵树上有颗柚子,长得好大,吊在树巅上,想摘又够不着。它的诱惑太大了,那一定是颗很甜的柚子。守武比其他孩子胆大,他就爬上了树去摘,但手伸过去,就差那么一点。守武不甘心,总想得手,又继续往前爬了一点,这时就听见树丫往下坠,"啪"的一声,树枝脆生生地折成两段。他摔了下来,所有的孩子都跑了。

那些孩子都以为他死了。但守武命大,没有死,只是把腿给摔折了,颜家的人就不让他去学武了。大家心头嘀咕,这孩子还是安安生生的好。后来又给他找了个算命先生来,说他十八岁以前消停不了。所以就让他静下来读书,学孔孟之道,要把他的心收住。

守武有些后悔,他没有认真读书,但也没有继续学武。他本来可以像剑圣一样行走江湖的,那是一个更大的世界。所以,他要有把好刀,重拾曾经的梦想。他相信刀永远不会背叛他,永远不会,就像坚固而永恒的爱情。

河边弥漫着一阵阵泥沼和水草腥湿的气息,守武感到了一丝孤独。

那段时间,守武发现他每次磨好的刀,第二天去一看,刀面总会锈迹斑斑。那些锈让他有些气馁,天天磨,却怎么都磨不好。每天守武独自一人来到河边,又独自一个人在黄昏中离去,做着一件仿佛永远无法做好的事,但他必须追求极致,忠贞不渝。不过,守武也感到了虚幻和困惑,因为他并不知道刀对他的意义。刀也许消解了他心中的仇恨,但他并不是一个刺客,那些传说中的刺客都是身强力壮的猛汉,且抱有必死的决心,像古代的聂政和荆轲。

守武把刀扔在了水里,咚的一声,然后独自走了。

那几天中,守武又去了生活书店,他听到了更糟的消息,地下党组织遭到了破坏,有好几个同志被捕。他一下就想到了杨家奎,这一切都跟他有关,如果此人不除,后果会更加严重。他恨杨家奎,从嘉定到成都就是一个荒唐的旅行,那是一个虚假的缘分!

守武又回到了河边。

那把刀仍然原封不动地在那里。这让守武都有些惊讶,他当时曾想过,如果刀找不到了,被冲走了,这件事就了了。这说明他骨子里有软弱的成分,意志力不够坚强,不是革命的料,还是回去好好念书;但如果找到了,他就要干件惊天动地的事情,因为这是命中注定。

等他到了岸边,发现刀并没有被水冲走,刀在一层碧绿的水藻之上隐隐约约地浮了出来,仿佛在等着他的归来,守武的心里突然有股冰冷的血在喷涌。

在那两天中,锦江里涨过一次水,撒网打鱼的人从这里来来回回地经过了无数次,但就没有谁发现那把刀,哪怕是谁踩到或者碰到了那把刀,必然会被划得鲜血长流,他也就不再去想杀人的事了。但刀不仅在,而且发出微微的幽暗的光,仿佛在召唤着他,这真的是件奇怪的事情。也许是河水的混浊掩去了刀的锋芒,让它安然无恙。现在它就静静地躺在那里,而守武一伸手,刀一下就跳到了他的手中。

锦江边的水变得清了下来,江边又响起了磨刀的声音。

4

去蔡翁村的路很窄,仅仅能过一辆小车。要是对面来辆车,根本无法错车,而这条路还是最近几年修建的,以前的道路更为崎岖难行。颜小勇开着一辆面包车同保罗一起走在去蔡翁村的路上,他们是去寻找当年的文波纸坊。

纸

走到村口,颜小勇把车停了下来。他站在路边点了一根烟,然后指着附近的一个山坡说,过去这里有块碑。

什么碑?保罗问。

一块大石碑,上面刻有"蔡翁碑叙"。

碑呢?

当年破四旧时给打烂了。

保罗有些遗憾,他知道这块碑,地方志上有记载,但如今永远也看不到了。

如今的蔡翁村虽然还有一些手工造纸户,但大多数村民不从事这个古老的行当了。在当地的村民中,年轻力壮的都出去打工挣钱了,他们在外面大城市里的建筑工地上随便当个泥水匠、钢筋工,都要比抄纸挣得多。现在城里的人工值价,挣钱不难,每年春节村里就开始热闹,那些出去打工的人都回来了,就像衣锦还乡一样,杀猪宰羊不说,还要打打麻将,赌上几把。

这是上一代人根本无法想象的,当年城里人的户口簿让人羡慕,跳农门就是为了得到那个小本本。但现在不一样,他们开始有钱了,物质上已经比较丰富,不愁吃喝。当然,辛苦一年挣的钱总要办些大事,如把老屋拆了,重新盖上两楼一底的小楼,外墙贴着城里的房子一样的瓷砖,远远看去像一幢幢别墅,比城里的公寓房漂亮多了。但这些房子就只有些老人在住,村子里走动的都是衰老的身影。只有每到春节,人才都回来,有

第十章

不少人会开回一辆新车，停在小楼前的院坝里，车的后备箱里装满了从城里买回的脑白金和娃哈哈，但过完春节，村里又没有人了，变得空空荡荡。

漹城的传统纸业已经没落了，也许"蔡翁碑叙"的消失就是证明。在去的路上，他们又依稀看到那些废弃了的槽池、篁锅、晒墙，旁边野草丛生，看来已经有一阵没有生产了。只有很少的人家还在造纸，这是因为漹城的手工书画纸仍然还有一定的市场需求。

王元灵曾经就跟保罗说过，只要中国的书画还存在，漹城的书画纸就会一直有市场，就像宣纸一样，它们是为了一个艺术门类而存在。也许有朝一日，新型造纸工业会全部取代传统手工纸业，但书画纸却无法完全取代，中国书画为它们独独留下了一块自留地，而保罗到蔡翁村的目的，正是要去寻找那些古老文明中残存的火种。

那些火种该如何保存下来呢？这是一个历史研究者应该思考的问题。

那天，保罗在路上让颜小勇停了好几次，走走停停，他总是对那些明显地正在变成遗址的东西投以好奇。蔡翁村让保罗一次次沉迷其中。有几次，保罗推开了那些破败的房屋大门，门上面还依稀可见漹城独特的年画图案，它们还栩栩如生地留在上面，想象得到当年那是一户兴旺的人家。但门里空无一人，人去屋空，房子的主人早已离开了这里，一股潮湿的霉味扑面而至。院落里空空荡荡，晾衣的铁丝在屋檐下，

· 277 ·

纸

上面挂满了蜘蛛网。唯一有生气的是天井中的几棵花木,像被遗弃了的野孩子,自生自灭。但阳光照着它们,叶片莹亮,发着天使般的微光。保罗突然有个奇怪的念头,这些野花野草跟那些远远听到的犬吠是一样的,只是它们不叫,但它们的内心一定是沸腾的。是的,这里太寂静了,太衰败了,连一个影子都不愿在此久留。

车子又穿过了一个乡村集市,转了几个弯,穿过了两座小石桥,停到了一幢大建筑前。颜小勇告诉保罗,文波纸坊到了。

刚说完,一条狗从大门里冲了出来,把他们惊了一跳。随即就从里面走出一个七十多岁的人来。

幺老爷!颜小勇大声喊道。

保罗一看这个被称为幺老爷的人,身体瘦瘦的,个头小小的,头发花白,背也驼了,牙齿掉得只剩几颗,就是个毫不起眼的乡村野叟。

颜小勇告诉保罗,眼前的这位老人有很多故事,能讲三天三夜。

幺老爷十三岁就每天挑着二十刀纸顺着岷江沿线的城镇走,把纸卖完了才回来,卖不完就一直往成都走,直到卖完,然后又倒腾些洋广杂货回漓城卖。当时,那二十刀纸也有七八十斤,压在一个少年身上,压得他不长个头,压成了个死疙瘩。

幺老爷从小没有爹妈,没有上过一天学,大字不识。后来颜守文看他可怜,就让他不用再去卖纸,

第十章

而是让他专门到嘉定去挑纯碱，这样他就有了一份固定的收入。那时候，他在纸坊里走来串去，因为他年龄小，都称他为幺弟。再后来他长大了，颜守文便做主，让一个刷壁晾纸的妹子嫁给了他。两人没有儿女，一直在文波纸坊里做事，直到四九年后纸坊散了，他才回家种地。到了八十年代，他人老了，老伴也去世了，便一直守在这座大院子里。

保罗见到的文波纸坊是个大四合院，中间的天井很大，足足有两个篮球场的面积，宽敞开阔。据说幺老爷住的那间就是当年颜守文曾经住过的，颜守文睡过的那张床也是从村民那里要回来的，虽然早已经破旧了，但确是一张做工精良的雕花大床，而幺老爷就一直睡在那张床上。曾经有人想出一万元收购这张床，并给他买一张带席梦思的广式新床，但幺老爷硬是不干，他要替颜守文守着那床。

这时，颜小勇帮助幺老爷从屋子里搬出了几根凳子。他们坐在了天井里闲聊，有一条狗在旁边趴着。

幺老爷，您在这里住了多少年？保罗问。

记不清喽……幺老爷说。

您那时有多大年龄？

嘿，小得很，颜守文说我鼻涕都没有擦干净。难为他收留了我，不然我是饿死还是冻死都不晓得。

接下来，幺老爷给他们讲起了当年的一些事情。当时文波纸坊已经有四架纸槽，雇工有二三十人，在滠城算是中等槽户了，但到抗战时年纸槽就翻了倍，

纸

每天要蒸两大甑子的饭，厨房每天都要去镇上买菜割肉，兴盛得很呢。

肚子里有油水，经常打牙祭！幺老爷说。说起那段生活，幺老爷的脸上有了光亮。

保罗又问，幺老爷，颜守文这个人如何？

他啊，好人哪……

说到这里，保罗看到幺老爷的眼里突然涌动着眼泪，他伸手用衣袖去擦了擦眼角。

他就埋在这后山上，是我亲自去埋的。幺老爷说着顺手指了指后面的小山。

二十世纪八十年代后编纂和出版的漓城文史资料及漓城县志，都有不少关于颜守文的记载。那些文字肯定了他在漓城工商业历史中的地位，将他作为漓城的一代纸业巨商来看待。而且，保罗还得知漓城县政府正在打算建一个纸业博物馆，就准备以文波纸坊为基础来修建。

在听幺老爷讲述的过程中，保罗听到了一个传奇故事。幺老爷说颜守文的母亲高龄珠死后不久，在文波纸坊的门口突然出现了一头鹿子。当时，鹿子突然而至，把所有人都吓坏了。但等人们反应过来，试图抓住它的时候，那头鹿子已经迅速跑掉了，再也没有出现。

有人认为那头鹿子是高龄珠还魂。其实，当年人们是在一个山崖口中找到了高龄珠，她已经死了两天了。颜家的人都认为她是一个疯子。幺老爷说，她那天穿得

第十章

干干净净的,头梳得光光生生,手里抱着一把花。

但保罗始终觉得那头鹿子有些虚幻,因为无法证实它的存在。鹿子可能一直就是虚幻的,从来就没有出现过,因为在他的历史叙事中,他不可能把一头鹿子放进去。这时,保罗抬头望了望天井上空,他听到了四周的一片蝉鸣,无边无际地涌来。

历史不就是那头鹿子吗?保罗想。

第十一章

1

两个月后,守武又去了一次生活书店。

这次见面,再度让守武震动。老郑告诉他又有同志意外被捕,让他也一定要小心谨慎,这段时间内不要再去生活书店。

那天,在书店楼上的一个房间里,老郑顺便询问了守武关于杨家奎的情况,问最近有过接触没有。老郑说,如果杨家奎来找你,不管什么情况,一定要及时报告给我。

临走前,守武问了一个问题,组织将如何处置杨家奎?老郑说,这个问题他做不了主,但会有方案的。

我可以参与这件事吗?守武问。

你?不行。你还是学生,只负责把书籍带进学校就行了。老郑拍了拍守武的肩膀。

但这事跟我有关。

你还做不了那种事,太危险了。

我不怕!

第十一章

老郑吃惊地望着守武。

守武记得那天太阳很好，光线透过玻璃射到桌子上，像把明亮的刀子一样。守武突然想，杨家奎一日不除，老郑他们就会多出一分危险。这件事必须由他来了结，组织正陷于危急之中，正是他大显身手的时候了。确实，他不怕，没有一点胆怯。一想到这，守武异常兴奋起来，关于杨家奎这个人的每一个细节都在他的脑海里迅速地翻滚，他在琢磨着杨家奎身上的每一个表情、动作、习惯，并将它们定格下来，更加清晰地审视。

守武把刀用一块棉布裹得紧紧的，放在木箱的最下面压着。

现在，他的手中已握有一柄锋利无比的无踪剑，吸取了剑圣的精气，储足了所有的勇气。而下一步，他要想的是如何实施他的刺杀计划了——他要除掉杨家奎——当然这一步是最难的。实际上，在经过了一段时间的思想挣扎后，守武的心里仍然没有底，甚至觉得是一团乱麻。每当这个时候，他就会把身子朝向南面，抬头眺望那个隐隐约约的连绵的城墙，仿佛那里正在进行着一场屠杀。丁燮奇横尸城下，他的死让守武又感到了一股血腥在涌起，而枪声仿佛也朝着他呼啸而来，洞穿了他的头颅，让他猛然惊醒。

守武与杨家奎之间从来没有过深仇大恨，甚至相互间还有一点好感。他们没有利害关系，而杨家奎一直把他当成小兄弟看待。但是，他们势不两立，他

纸

们是敌我的关系，赤裸对阵，你死我活。只是让守武唯一有些不明白的是，他同杨家奎是如何变成死对头的？现在回想起来，没有一个细节不是冥冥之中的安排，只是事到如今他才感到一步步走来，太让人不可思议。

在那段时间中，每到晚上，守武就不止一次地梦到杨家奎的那支枪，它就像是个死结一样，始终解不开。也不知道为什么，每当守武按着这条记忆的线索往前想下去的时候，思绪总会被打断、卡住，让他不得不重新回到原点，回到他刚同杨家奎认识的那一天开始。

守武一直想认真捋一捋思绪，让事情像一盆清水一样透明可见。

故事又倒回到了过去。

那一天他突然病了，躺在床上。高烧、口渴，说着胡话，陈方真在旁边焦急地念叨：守武，你的头好烫，我去给你抓药！但他什么也听不清楚，那些声音隐隐约约在旁边，而他的身体早已飘到了遥远的地方……

那是一次漫长的江上旅程，正是夏天涨水前，船在江中摇晃着缓慢地前行。船上坐着姓廖的老先生、老太太和调皮的小孙女；有个邋里邋遢的小军官，不知道投奔了多少个军阀，是个见势不妙、拔腿就跑的主；还有去西北的父子俩，两人鬼鬼祟祟的样子，杨家奎曾告诉守武说是跑江湖的骗子。当然还有那张莫

第十一章

名其妙传到他手中的《新声报》，开始了他与杨家奎的交谈。

然后是那条在烟雾中行进的船，渐渐缩小，缩小成一张名片那样大小。

守武想起了在宏济桥上同杨家奎的相见。那天，站在桥头，杨家奎跟他开玩笑，问他是否暗恋表姐，他不知道杨家奎是怎么看出来的，但是他不得不承认，杨家奎确实眼光很毒。守武还记得杨家奎那种坏坏的眼神，他当时是如此尴尬，狼狈不堪。

就是那天，杨家奎拉他去水井街吃王记卤鸭子，是的，他居然喝了一碗烧酒。守武过去从来没有沾过酒，那是第一回。后来分手后他就近去了和顺纸庄，来开门的刘家言大吃了一惊，闻到了他身上有股浓烈的酒味，颇为不满，责备他不该这样。确实，学生是不能喝酒的，学校对酗酒学生的处罚会非常严厉，甚至可能开除。但刘家言不知道他正在做一件不可思议的事情。

守武喝酒是有心机的，他想更近地接触杨家奎，摸清他的真实身份。守武还记得那天在桥上等杨家奎的情景，红日正慢慢落下去，倒影在江水中，一片金光灿灿，像落满了红柿子，那是他心中特殊的意象。但在那一刻，守武是迷惘的，他一看到这种景象就会想家。

那天半夜里，守武突然就醒了。天上一轮清冷的月，守武辗转反侧，突然想到如果要除掉杨家奎，宏

纸

济桥也许是个最佳的地点。他可以在刺杀后，顺手把他推到桥下，然后朝着城外方向跑，那是一片广阔的乡村，无边无际，谁也抓不住他……

就在那里了结那段孽缘吧！守武下定了决心。

但守武每次一想到这里，就会被卡住。就像电影胶片突然断了带，需要重新倒带一样。他不明白为什么总是在这里会卡住，守武感到这里有命数的意味，他与那座桥一定有些不寻常的关系。想到这里，守武仿佛突然就明白了，一切皆在开始的时候就设置好了，只是它是以伏笔的方式隐藏着，然后又以曲折的过程来慢慢显现出来。

就在这时，一阵呼噜声，把守武从梦中扰醒了过来。原来是对床的陈方真，这家伙睡觉像头猪一样。守武睁开眼，外面还是黑的，天没有亮，但应该是快到拂晓时分了。他刚才是在梦中，所有的一切都在梦中，在梦中做着一个梦。他就像穿过了两道门，才回到了现实。

守武从床上爬了起来，悄悄地推开了门，走到了屋子外。

四周静静的，只有远处的墙脚或是草丛中传来几声蝈蝈的叫声。突然，他看到了一个身影，从走廊的远处朝他走了过来，其实他已经看出来人是谁了。守武不禁打了个寒噤。

站住！

一个严厉的声音。手电筒也晃了过来。是学监祝

第十一章

景伯,他总在神秘的地方神秘地出现。

守武站在那里一动不动。

颜守武,是你?祝景伯厉声问道。

我上厕所。

祝景伯已经迅速走近了他的身边,用手电上下照着他。守武的眼睛被强光照得发虚,用手遮着,然后继续往厕所方向走。

光照着他,就像在梦境里一样。祝景伯一直在监视着他,哪怕是他刚才的梦境也是在他有效的监控范围内。守武不寒而栗。等他从厕所里出来回到寝室门口,祝景伯已经走了,四周仍是一片黑寂。

早上的国文课,守武没有见到何书怀。

那天的气氛很奇怪,他的同学们都在接头交耳,议论纷纷,原来何书怀已经被学校解聘了,不再担任他们的国文老师,学校已经请了新的国文老师,将在第二天来上课。至于解聘的原因,有人说他写的文章涉及米荒事件,言论过激,当局清查到学校,校方迫于压力只好让他走人。

突来的消息让守武异常震惊,会不会是他去送给丁燮奇的那篇文章?米荒,又是那个敏感的词,难道杨家奎他们又盯上他了?守武突然不安焦急起来。

刚一下课,守武就去找何书怀,但办公室里没有人,他又跑着问了很多人,都说没有见到。他满头大汗,在学校里蹿来蹿去,但毫无所获。守武正感到绝

纸

望的时候,有人在他背后拍了一下。守武连忙转头,猛然一惊。

是祝景伯。他穿着一件黑色的中山装,头发梳得一丝不苟,冷冷地站在他的面前。

他们在黑夜里才相遇,居然又碰到了。

你在找谁?祝景伯死死盯着他。

不找谁。守武故作平静地回答。

撒谎!

守武又是一惊。

你骗不了我,你是在找何书怀吧。

……他在哪里?

哈哈,这就怪了,你不是他的信使吗?难道不知道他在哪里?

守武哑口无言,连他给何书怀送信的事都了如指掌,看来祝景伯对学校任何一点风吹草动都清清楚楚,他分明已经被盯上了。

颜守武,我警告你,老实点,不然后果会很严重!

守武没有吭声,因为他知道这个学校马上就要跟他没有什么关系了,何书怀离开这里,更跟他没有任何关系了。奇怪的是,此刻他对祝景伯已经不像过去那么畏惧了,因为在他说出"后果会很严重"这句话时,守武的心里涌起的是一阵厌恶和不屑。

守武朝熟悉得不能再熟悉的操场望去,看见有几只麻雀飞到了篮球架上,又迅速往围墙外飞去。守武突然感到了自己就是那些鸟,可以自由飞翔了,心中

· 288 ·

第十一章

有一股清风在吹拂。

祝先生,我知道后果有多严重。守武用嘲讽的口吻说道。

说完,他便转身走开,祝景伯目瞪口呆地望着他。

2

半月后,守文收到了欧阳云鼎的请帖,让他到成都参加画展。欧阳云鼎是这次画展的策展人。

守文敏锐地感觉到,这或许是展现颂纸最佳的时机。临行前,他特地在文波纸坊生产的每一张纸上印上了浅浅的印记,打上了"颂纸"的字号,这无异于给自己打广告。果然,到了成都后,守文才知道这次的画展确实是群贤毕集,国内一流的画家云集蓉城,也是抗战以来规模最大的一次画展。

开展的当天,观者如潮,络绎不绝,成都的报纸称是画坛盛事,为蓉城史上之最,四川省政府主席张群、成都市市长余中英都先后莅临观展,各路工商政界文化名流更是纷至沓来。

也就在这次画展上,颜守文认识了上海画家秦风。

秦风虽然只有三十来岁,但画技高超,尤以山水画见长。这次画展他是来观摩学习的,因为听到了同行对颂纸的赞扬,便想见见颂纸的主人。这里还有一个插曲，秦风在来成都的途中，不幸遇到日机轰炸，所带的宣纸全部遗失，而又无处购买。正在发愁之际，欧阳云鼎给他推荐了颜守文。

见面之后，颜守文与秦风两人谈得非常投机。作为见面礼，守文送了点颂纸给秦风，并称其在川期间的画纸使用全部由文波纸坊无偿提供。秦风为守文的大方感动，作为回报，他们相约半年后在成都再相聚，到时他将举办一场个人画展，将以这次巴蜀游踪为素材，创作一批山水精品画来，而且他的画将全部采用颂纸。

颜秦之约，是沩城书画纸历史上的一件大事。因为秦风后来名声日隆，享誉海内外，他的山水画是一纸难求。秦风如愿以偿，顺利举办个人画展，从此脱颖而出，这中间自然有颜守文的助力。当然，秦风也在成全颜守文，文波纸坊因此而扬名于蓉城，销路大畅，生意兴盛。

五十年后，也就在秦风去世之后，人们为他整理编辑出版过一本纪念画册，画册上附有他早年的一些照片，以展现他一生的艺术交往。其中有一张就是他在成都搞个人画展时的合影，里面就有颜守文，而照相的具体地址在少城公园通俗教育馆的门前，他的画展就是在那里举办的。

照片上是两排人。秦风在前排坐着，两个大胡子分坐两边，左边坐的是欧阳云鼎，右边是张大千，长髯及胸；在那次展览上，张大千带头买了秦风的一张

第十一章

画,以示雅赏,也为后人带来了一段津津乐道的画坛佳话。当时颜守文站在后排右侧,一袭蓝色阴丹士林布的长衫,虽然年纪轻轻,但面容清秀,非常英俊,从穿着的厚薄来推算应该是不冷不热的初秋时节。

保罗正是在秋天去的通俗教育馆,他是寻着颜守文昔日的踪迹而去的。

公园里菊花初绽、桂花飘香,花团锦簇的景象让他有些恍惚。

那座颇为别致的建筑就在公园的后面,像是刻意藏在不显眼的地方,实际上,保罗没有想到这座建筑仍然在,且保存完好。那是一座民国时期的西式建筑,它是当年卢作孚亲自修建的,现在看起来仍然是别具一格。

那一天,保罗在这座建筑面前来回走了好多遍,他心里有种隐隐的冲动,总觉得眼前的一切是重新回到现实的历史。他拿出相机拍了好多张照片,后来居然找准了当年颜守文站的位置,让过路的行人给他拍了一张。保罗曾很兴奋地把前后两张照片进行过详细的对比,仅仅是时空变了,黑白的照片变成了彩色的照片,如果拿掉时间的遮布,一切都没有变样。

后来保罗去冲洗店多洗了两张,给他父亲卜爱中寄了一张。通过这张照片,保罗感觉他已经见到了颜守文,而时间被压缩了,压缩成了一层薄薄的相纸。确实,就在这段日子里,一直萦绕于他脑间的写作提

纸

纲已经有了雏形,且越来越明晰,他甚至想好了一个书名《纸》。

毫无疑问,颜守文的故事将是他书中最为重要的部分。

在守文去的很多年前,守武其实早已出现在了通俗教育馆,故事中的时光总是如此交错,而守武永远不会想到的是,这前后相差的时间不仅是两个青春的独自生长,而且也已经是处在不同的时代。

守武是带着回忆去的。之前他与紫菀一同来这里玩过,那是个开心的日子。他又来到这里,百花盛开,雀鸟欢唱,这个美好的地方,却让他极为伤感。

那一天的天气有些阴沉,游人不多。守武沿着通俗教育馆的六个展馆又看了一遍,他觉得自己像在举行一个仪式,在刺杀行动之前,他要来告别昨日的一切。

守武先走进了风物陈列室,那些漂亮的鸟类标本仍然摆放在玻璃橱窗中。记得他曾经给紫菀讲起过家乡的两种小鸟,一种叫山和尚,一种叫雨道士,它们的名字真是奇妙,给人以无尽的遐想。他记得紫菀特别喜欢一种叫桐花凤的鸟,只喝叶片上的露水。

唧唧,唧唧……

窗外的树木上有几只小鸟在鸣叫,应该是麻雀,或者是黄鹂,但肯定不是山和尚、雨道士或者桐花凤。守武伸头去看,什么也没有看到,窗外浓密的树叶遮住了小鸟的身影。

第十一章

守武一个展室沿着一个展室地慢慢走过去。与其说是在观看，不如说是在漫游，因为他的眼睛并没有完全放在展览的器物上，而是任凭思绪在四处游走。就在这时，他已经走进了武器陈列室，他突然停下了脚步，因为他第一眼看到的是那把小小的袖珍的勃朗宁手枪。

好美！守武在心里低低地喊了一声。

他的热血在澎湃。它能杀人吗？它分明就是一件精致的艺术品！

也就是在同紫菀第一次看到这把勃朗宁手枪的时候，她很惊讶。守武不知道文静柔美的紫菀对枪的真实感想，实际上那次以后他就常常在想这个问题。是的，她可能出于好奇，就像女人喜欢手镯、钻戒、珠宝一样，因为这把勃朗宁手枪太像艺术品了，然而表面的可爱并不能掩饰它嗜血的本质。

但守武记得，当杨家奎在醉意中露出枪的时候，紫菀先是吓了一跳，但后来她就不太怕了，把那冷冰冰的东西翻来覆去地看。

他又想起了不久前他做的那个梦。

那天是在树林子里，杨家奎把枪递给了表姐，就有了下面的谈话——

好看吗？紫菀端起了枪问。

就是块铁巴，有什么好看的。守武说。

又不是花，枪就是枪。杨家奎睃了一眼守武。

勃朗宁手枪就好看。守武说。

纸

勃朗宁？你们见过？杨家奎有些惊讶。

是呀，在通俗教育馆里。紫菀脱口而出。

哈哈，那是什么玩意儿，假的！杨家奎大手一摆。

假的？还有子弹呢。守武争辩。

子弹也是假的。杨家奎面带不屑。

怎么会！守武有些急了。

告诉你吧，那就是把木头做的枪，真枪会摆在那里？嘿嘿，我这把才是真家伙，只要一上膛，就能杀人。

杀人？紫菀轻轻地叫了起来。

杨家奎赶紧闭住了嘴巴，想掩饰刚才的失态。

守武对杨家奎的手枪不陌生，曾经就压在他的脑袋下面，仅仅隔着一块枕头。奇怪的是，他那天夜里因为流鼻血，才无意中发现了那把枪，难道枪天生跟血联系在一起？太不可思议了。

此刻，守武又把头埋了下去，望着那把玻璃橱柜里的勃朗宁手枪发愣。

难道真是假枪？他一次又一次地打量着它，一次又一次地否定杨家奎的说法。不是假枪，肯定不是假枪！

但是，守武也很犹豫，他其实也不敢确信枪是真的。因为在公众场合展览，万一失窃，不是潜藏着巨大的威胁吗？假的可能性应该更大。这样一想，守武就觉得眼前的勃朗宁手枪确实不像真的，而且越来越不像了。

他仿佛又看到了杨家奎那张得意扬扬的脸。

第十一章

这家伙说的是对的。他不仅赢了，而且对他了如指掌。

守武不禁倒吸了一口寒气，突然沮丧到了极点。

唧唧，唧唧……

守武又听到了一阵鸟叫。

他迅速靠近窗户，去寻找小鸟的身影。这次他看到了鸟的羽毛，五彩斑斓，一闪，在一瞬间里，但迅速就消失了。

难道是桐花凤？

守武有些恍惚。他想着桐花凤和紫菀，又想着勃朗宁和杨家奎，好像所有的一切都交织在了一起，让他渐渐沉陷其中，无法自拔。他摸了摸自己的脸，有些干燥，嘴唇也皲了，嘴皮上还有血。

自从离开学校后，守武暂住在了刘家言那里，他找了个借口搪塞了过去。守武不能把辍学的事告诉刘家言，要是他知道自己不读书了，是绝对不能接受的。不过，守武知道成都他是待不久了，他会去一个新的地方，寻找新的组织。当然，他也可能去寻找何书怀，那是他最想做的事情，如果有可能，他愿意再做他的学生。守武只想当何书怀的学生，去为他送信，去给丁燮奇那样的大先生送信。

但这一切想起来又是如此的混沌和迷茫。在偌大的城市里，守武突然就感到了孤单，而孤单就像那把被他藏起来的刀，寒光内敛，却锋利无比。

从通俗教育馆走出来的时候，守武回头望了望那座建筑。

奇怪的是,他站的那个位置,正是很多年后守文与秦风等人照相的位置。当然,也是保罗寻觅于此望着它发呆的位置,那一瞬间,全部重叠在了一起。当然,这一切守武都不知道,但事实就是如此惊人。历史要是真的可以定格,它一定重叠着无数的照片,在这些灰蒙蒙的照片中,会留下每一个人,匆匆而来,又匆匆而去。

3

守武与杨家奎约的是星期天在宏济桥上碰头。

杨家奎会不会应约而去?守武想过一百遍,但他最后认为杨家奎必去无疑,因为他找了一个最好的理由:紫菀想去郊外打猎。

事实证明了守武的判断,杨家奎一听是紫菀邀约,便爽快答应。紫菀居然喜欢上了枪,这太有意思了。既然一个窈窕淑女想打猎了,就应该投其所好,也就没有不去的理由。

星期天前的一天,守武去街上理了个头,他得清清爽爽去做一件大事。

剃头挑子摆在南门一带,剃头的是个老头。他剃头的时候好像不看对方的脸,刀在肥皂泡泡里晃来

第十一章

晃去，唰唰唰几下，已刮得干干净净。但守武对那刀子有种本能的怕。他缩着脖子，想这老头儿要是一走神，就会像杀鸡一样划破他的喉管。他紧紧地闭着眼睛，尽量不去想那锋刃，而思绪却有点不受控制。

理完头，守武又去澡堂子里泡了个澡。那天，他足足在水塘子里泡了两个时辰，起来后他在穿衣镜前把自己的手臂举了起来，轻轻一使劲，肱二头肌像个小山包似的冒了起来。他是强壮有力的，那段时间坚持做俯卧撑，每天三百个，效果明显，臂力大增。在一块大镜子面前，守武把手臂放了下来，挺了挺胸，头微微抬起。

出来后，守武在街上漫无目的地走着。突然他看到了一家小相馆，他瞬间有些动心，既然理了发，又痛痛快快地洗了澡，不如照个相，留个纪念。

老板说照完三天后才能拿照片。守武想，三天后，实在太晚了。因为那件事已经结束了，蓉城的各大报纸一定是连篇累牍报道，炒得个天翻地覆，但他已经跑得远远的了，从此隐名埋姓，永远都看不到这张照片了。

守武突然灵机一动，让相馆的人把照片寄到守文那里，他只需付一点邮资即可，这是最妥当的办法。其实，他也想寄一张给紫菀，表姐一定会很惊讶。他要告诉表姐，就是这个少年，他不是凡夫俗子，他要做惊天动地的事。当然，紫菀也可能会感到莫名其妙，但没有关系，当年他一直就做着一件莫名其妙的事情，现在不过是多做了一回而已。

这个念头真是有趣，守武想。

照相的时候，守武挺直腰板，目光前视。在闪光灯一闪的瞬间，守武把自己埋在了黑暗里。他知道，这说不定就是他最后的遗照，那么就给亲人们做个纪念吧。

从相馆出来，天色已晚。此时，街上三三两两闲逛的人还不少，街沿上那些居民搬出了马架椅和小桌子，懒懒散散地喝酒、吃饭，闲摆着龙门阵。而各种吆喝声时时穿刺而来，但一点也不影响人们的闲情逸致，只是来来去去的人力车让守武感到了一丝纷乱。

守武又闻到了一阵烤红薯的焦香味，那香味让他顿时饥肠辘辘。他摸了摸自己身上的钱，只剩五个钱，便跟伙计讨价还价，结果是花五个钱买了两根烤红薯，他要给刘家言带上一根。

回到和顺纸庄，刘家言还在外面收账没有回来。但守武感到有些累，便早早地上了床，他想好好睡个觉。

那一天他做了个好长好长的梦……

……守文发财了！

在回澴城的船上，不断有人在跟守武摆起这事，摆得眉飞色舞、口水四溅。

守文真的要大富大贵了？他有些不信，守文在这么短的时间里就发财了？他们已经好久没有见过面了。但是，那些人一直在用势利、巴结、艳羡的眼光围着他，

第十一章

跟他喋喋不休地讲，让他不得不信。守文已经成家立业了，生意做得风生水起，后来更是越来越红火，这是守武没有想到的，也是他没有看到的景象，他们两兄弟走的是完全不同的路。

守武一回到家，守文就急切地拉着他去看他的纸坊。守文说，守武，回来跟着我干吧，咱们颜家又要出人头地了，以后我要买地建房，重修颜家祠堂，这是光宗耀祖的大事！

但守武摇了摇头说，哥，春天来了，我们去踏青吧！

守文疑惑地望着守武，心里想，守武是怎么了，说什么胡话。

自从到成都上学后，守武就没有回过漓城，一见面兄弟俩颇为亲热，守文还是依了守武，他们就一路往郊外走。春寒料峭，但空气已经有种躁动的气息。这天，他们一路往城外走，他们边走边聊，在回暖的天气走着真舒服。一切都在复苏，是的，一切都在复苏，连地上的蚂蚁，连土里的蚯蚓，连水中的沙虫都知道。那种略带着诗意的情绪是轻的，飘的，但却是那么有力地牵引着他们。

这时，他们穿过了一个小集市，里面渐渐拥起了赶集的人，三三两两，越聚越多，他们好奇地停留了下来。

守武突然发现，他们居然走到了他打刀的那条小街上。不一会儿，他们就走到了铁匠铺前，看见了跳溅的火星和通红的火光。

纸

守武说，哥，你看见没有，那火炉里全是刀！

守文吓了一跳。不对呀，怎么会是刀呢？我看到的怎么是犁和耙。守武，你看，那个刚出炉的不是一把铁铲吗？

是刀！守武说。

怎么会呢，分明是把镰刀。

你再看呢。守武又说。

还是镰刀呀。

不，是杀人的刀！

守文被这句话惊呆了，惊恐地望着守武。

守武说，火焰就是刀，它们一直在晃动，看到没有？！

他一边指着火炉，一边高喊。守武神情亢奋，手舞足蹈。

小子，上次你打的那把刀把牛宰了吧？

那个一直在旁边沉默寡言的铁匠，突然冷冷地问道。但他现在变成了巫师，一根发红的铁在他的铁锤下跳舞。

守武，你来打过刀？打刀干啥？守文问。

我，我杀牛。

杀牛？

铁匠幸灾乐祸地盯着他，好像看穿了他的谎言。

守武慌了，赶紧把守文拉到一边，对着他的耳朵悄悄地说，我是哄他的，这家伙蠢得像头猪，我只是想去杀只鸡。

第十一章

不对,守武,你老实说。把你的手拿出来我看看!

守武有点不愿意,但看到守文很严肃的样子,他还是乖乖地从背后拿了出来。就在摊开的一瞬间,守文大喊起来:血……

血?在哪里?守武大惊失色。

在你手上!

没有啊……

全是血,满手都是!你到底干了啥?守文的口气变得严厉。

我,我……

快说!不准骗我!

哥,我……我去杀了人。

杀人?

是的,我把一个人杀了……

守武哭了起来,伤伤心心地哭,越哭越厉害。

守文说,嗨,杀人?别骗人,咋个可能!

是真的!守武使劲地点头。

瞎扯,我清清楚楚看见了,根本就不是你杀的,你走火入魔了。守文说。

说完,守文从衣服里拿出一张照片来说,看看,明明是这个人杀的!

守武一看,大吃一惊,这不是他寄给守文的那张照片吗?那张照片是他在小相馆照的,他坐得端端正正,目光平视,神情端庄。

守武说,这就是我。

不是你！别说鬼话，你怎么可能去杀人。守文严肃地说。

他就是我，哥，你仔细看看。

不是你，照片上那个人已经死了！

啊，难道是真的？

是真的。守文说完，就一把把那张照片撕得粉碎，撒在了地上，白花花的一片。

守武突然就醒了。

窗外一轮月亮，冰凉如雪。

他感觉到口渴，喝了一大口凉水，觉得好受了一点。不一会儿，他又睡了过去。

守武又回到了梦中。那张照片从地上纷纷扬扬地飘了起来，回到了守文的手中，然后又变成了一张完整的照片。

那个铁匠仍然站在守武的面前，而他突然一把抓住守武，守武马上就变成了他手下那块通红的铁。铁匠挥动大锤，使劲地砸，一下一下地猛砸。铁在跳舞，欢快地跳着，突然就滑进了水里，吱的一声，冒出一阵烟。

在水里守武居然见到了紫菀。

紫菀也是一块通红的铁，不知什么时候她也滑进了水里。

两块铁挨在了一起。

这时，他去抓紫菀的手，但她的手光滑得像粉色的香皂一样，刚一抓就滑掉了。他连抓了几次，都没

第十一章

有抓到。守武鼓起勇气又去抓,并且想用双手去抱紫菀,那一瞬间他已经疯狂了,他不知道从哪里来的胆量。这时,守武聚集了一股强烈的兴奋和勇气,一把抱去,但什么都没有抱到,紫菀滑得无影无踪。在水的另一端,他看见紫菀还是一块通红的铁,立在那里,娇艳无比。

守武再次醒了,但人已跌入了深渊……

4

第二天早晨,守武帮着刘家言在店里搬东西,忙活了半天。中间,刘家言突然问了一句,守武,你啥时候回学校?

守武说,下午就回去。

过了一会,刘家言又说,守武,我总觉得你是不想读书了。

没有的事。守武狡辩道。

刘家言的眼里还是有些不信任。又说,反正我觉得你的心思不在读书上。

没有的事,下午我就回学校。

守武一说完,脸就红到了耳根子上。

中午吃饭的时候,桌上多了盆水煮鱼,说是河里刚打起来的。冰凉的河里能够打到这样的鱼实在难得,

纸

这个季节锦江里看不到打鱼船。

你小子有口福！刘家言兴奋地说。

太好了，上次吃鱼还是在老家，真是好久没有吃过鱼了。守武说。

知道不，这鱼还是白捡的！

守武不解，有些迷惑。

刘家言说，你说怪不怪，鱼是自己跳到船上的，就在宏济桥下，咚的一声，正正落到船上。船夫就给我们送来了，有三斤多重呢！

何大爷也在一旁乐滋滋地说，那个船夫常年给我们运纸，熟得很。

还是条红鲤鱼。刘家言又说。

红鲤鱼！

守武确实有些惊讶。但守武的心思没有在鱼上，看着刘家言吃得满头大汗，而他心事重重，仅仅揽了几筷子。

吃完饭，守武看了下，还有一段时间。他跟杨家奎约的是下午两点。他回到房间，把藏在床底的刀放进了背包里。

守武刚一出门，刘家言就站在门前喊道，守武，把耍心收起来，早点回学校，别往其他地方去！

出了门，守武慢悠悠地往河边走着。

他刻意走得很慢。

他想起了中午吃的那条鱼。那么大一条江，唯

· 304 ·

第十一章

独这条鱼要跳起来,而且居然正好落到了船上,太巧了,实在太巧了。

怎么这么巧呢?

这样想的时候,守武下意识用手摸了下包里的刀。这时候,守武突然想好一个主意,等会儿见到杨家奎后,他们可能要说一些话,说什么呢?他就给杨家奎讲今天中午那条鱼的事,那么巧的事情不讲可惜了。讲这件事大概需要两三分钟的时间,就在这个过程中,他就寻机抽刀,把事情快速了结。

其实,守武想的是,所有的一切都是那么巧,开始是巧的,那么就让它在巧中结束吧。

一想到这,守武就彻底放松了。刚开始他还有些紧张,但现在没有了,心无尘埃,他只有一个信念:除掉杨家奎,给组织清除一个大的隐患。

河上有风,把他的头发吹得有些乱。

这时,守武已经走到了宏济桥头。

这一带守武是非常熟悉的,锦江河里布满了大大小小的船只,对岸是稀稀疏疏的荒地。那年他就是从这里上的岸,只不过那天正好是傍晚,夕阳已经快要落进地平线,对岸有袅袅的炊烟,也听得见狗叫。但现在的情形跟过去迥然不同,桥的当头是街巷,摆地摊卖小吃的、挑担提兜吃喝的、操扁挂卖打药的、看相算八字的、讨饭要钱的,都在这一带,熙熙攘攘,川流不息。

在这道风景中,最瞩目的是烟花女子也在大街上

· 305 ·

穿梭，招蜂引蝶。桥上跑着人力车，叮叮当当，上面坐着大学堂里的教书先生，而空气中不时传来烤红薯的香味，一派市井景象。

很快，守武就站在了桥头上。

他朝四周望去，仔细察看地形。当下最紧要的是想想等会儿怎么跑。当然，首选是往桥的南边跑，也就是出城方向。那边有很大一片荒地，人烟稀少，只有些荒民、穷人、乞丐搭建的低矮棚户，是个三不管的地带，军警一般不会出现在这一带。守武想，除了大学堂那些西式建筑散落其间外，空旷的地面上足以让他一展脚劲。而他逃出之后，西南可以往华阳、双流，东南可以朝龙泉驿、简阳，顺河则走新津、彭山；如果要往山里跑，即可先到籍田铺，翻过二峨山，那就是另外一片天地了。

中午过后的河面上船只寥寥，该开走的船早上已经开走了，船要到黄昏后才逐渐停泊在此，而剩下的船夫、搬夫们大概都钻到黄伞巷里喝茶去了。一般情况下，船老板们不是在沿河的茶馆里喝茶，就是在水井街的烟馆里抽两口，等着船装好货下嘉定、叙府。他往四下里看，居然看不到两个人，此时正是下手的好时间。

但是，杨家奎会不会不来呢？守武突然想到一个问题。

守武摸出口袋里的风油精往脑门上抹了抹，瞬间清爽了许多。他想起了表姐紫菀第一次给他涂抹的时

第十一章

候,她的手指是那样的温柔,轻轻地抹,轻轻地揉,那情景仿佛还在眼前。

就在这时,他听到了一个熟悉的吆喝声:敲麻糖哩,敲麻糖哩……

一个挑着筐的小贩边吆喝边朝守武那边走了过去。

那人手上敲着两块铁片,发出尖锐而悦耳的声音,当、当、当……

敲麻糖哩,敲麻糖哩……

守武大惊失色。那不是那年在桥上卖麻糖的人吗?他记得当时杨家奎正在问他是不是暗恋紫菀,这个小贩就走了过来。太奇怪了,居然还能遇上。

守武!

就在这时,背后有人在喊他。

守武的牙齿突然好像被麻糖粘牢了一样,说不出话来。他连忙转过身来,杨家奎已经站在他的面前。

你表姐呢?杨家奎四周看了一下。

快到了吧,说好在这里会合。守武故意往远处望了望。

杨家奎说,我今天带了好几发子弹,她尽管玩高兴。说完他拍了拍藏在内衣里的那支枪。

这时,杨家奎解开了一颗纽扣,可能是刚才走发热了。守武背倚在石栏杆上。他们断断续续地闲聊,为了拖延时间,寻找最佳时机,守武给他讲起了今天中午的那条鱼,杨家奎听后说守武运气好,你这小子,总是近水楼台先得月。这句话守武听起来很别扭，什么近水楼台先得月，分明是在妒忌他和表姐的关系。

其实，在这个过程中，守武产生了一些犹豫，但这句话让他突生厌恶，他和表姐是纯洁的，这家伙的眼睛里总是有一点猥亵，这让守武感到了愤怒。

杨大哥，你为什么会有枪？守武突然问。

杨家奎有些惊诧地望着他。

我总觉得你肯定杀过人。守武又补充了一句。

杨家奎低头点燃一支烟，他猛抽了两口，说，守武，杀鱼和杀人是不一样的，你还小，最好别提这些事。

你拿枪来干啥？

你……

杨家奎把烟头弹到了江中。

杨课长，你到底杀过多少人？

杨家奎吃惊到了极点，脸色大变。他知道，守武已经完全知道自己的底细，瞬间就感到了大事不妙。

守武，你他妈疯了！

他说着的时候，把手伸了出来，放在守武的肩膀上，拍了拍。他贴着守武如此近，有股浓烈的烟味。就在这一瞬间，守武顺势抽出刀，猛地刺去，杨家奎来不及退让，刀刺到了他的右腹上。

杨家奎没有反应过来，被刚才的一下惊呆了，但他迅速反应过来，左手护住腹部，右手往身上摸枪。守武一下冲上去，抓住他的手，并使劲地抱住他，他不能让杨家奎拔出枪来。就在这一瞬间，守武浑身的

第十一章

力气往上涌,他一下把杨家奎扛了起来,使劲一抛,只听见河里咚的一声。

守武在桥栏上往下面看,只见河里冒出一股浑水来,然后血也冒了出来。

这时,守武才发现刀还在自己的手中。他顺手就将它扔进了江中,只是那一瞬,一条红鱼脱手而出。

落河了!有人落河了!有人喊了起来。

就在那一刻,守武突然决定不能往桥南方向跑,因为四周居然没有行人,刚才发生的一切太突然,也没有人注意到,他应该往城里走。临时的改变,来自灵机一动,但他提醒自己,千万不能慌张。

很快,守武迅速窜进了沿河的一条街中。此时,他听见后面不断有人在喊:河头落人了!河头落人了!并听见越来越多的人在朝河边拥。

就在这一瞬间,一辆人力车突然到了他跟前,大喊一声,快上!

守武大吃一惊,但想都没想就跳了上去。车子迅速往小巷子里穿,路上他知道是老郑的人救援他来了。守武突然感到了一种安慰,也从刚才的紧张中渐渐平静了下来,并产生了极度的轻松和解脱。是的,他干成了一件大事。这时,守武想到了中午的那条跳到船上的红鱼,咚的一声。刚才杨家奎落水的声音,也是咚的一声。

这一切都是那么巧,但这一切都结束了。

纸

守武在一家茶馆里见到了老郑。

那个车夫健步如飞,走街串巷,包抄迂回,一路飞奔而去。逃走的途中,要经过莲花池附近,这一带是城乡接合部,往西走就进城,往东走则是往龙泉驿方向。守武很快就看到了一座破败的尼姑庙,周边是一大片荒草地,他知道这是城东有名的刑场,在家喻户晓的《唱成都》里就有两句唱词,被小孩们唱得朗朗上口:莲花池边宰犯人,紫东楼接天福楼。

守武有些吃惊,过去他就听说过这个地方,但平时一般不走这方,那片荒草地中只有几只野狗,哪想现在竟然到了这里,难道是天意?此刻,守武要做的事情就是迅速逃走,逃得无影无踪。不过,守武还是很纳闷,老郑是怎么知道他要干这件事的,而且安排得如此精密,仿佛一切均在他的掌控之中。

见到老郑的时候,桌上已经泡好了两碗茶。老郑把手放在了守武的肩膀上。那一刻,守武有些感动,仿佛是完成了任务的奖赏。

这时就听到老郑在他耳边轻轻说道,守武,你很勇敢,这件事很有意义。但除掉了杨家奎,军警马上就会四处出动抓人,成都已不是平安之地。你要先回漓城避避风,那边我们有人会跟你联系。但是你不能走水路,明天一大早你坐木炭汽车回去,我已经给你买好票了。

守武被安排到了一个僻静的小院里,非常隐蔽。老郑吩咐道,明天早上有人来接你,但这期间不能外

第十一章

出,以免暴露。

就在接下来的几个小时中,守武把自己关在一个小屋子里,他有些焦躁不安。房间里有几本书,翻了几下,但他一个字都看不进去,在房间里坐卧不宁。守武一直在回想之前发生的每一个细节,特别是老郑是如何知道他要去杀杨家奎的,这件事他确实没有告诉过任何人,他只想自己独自一人去干一件大事。但老郑分明知道他的行踪,且似乎了如指掌。守武知道,他不能去问,这是组织纪律,当然这也永远成为一个谜。

到傍晚时,夕阳的余晖正从院子的一角洒落下来。守武想起他的学校,此时操场的上空应该有一棵柿子树,落日就挂在上面,那是学校最美的一段时间。此时,他有了一个大胆的决定:去学校一趟,说不定还能够碰见何书怀,他要把今天发生的事全部告诉他。

守武已经忘了老郑对他的叮咛,此时他好像什么都不惧怕了。

守武悄悄一出门就迅速进了城门,往学校那边走,很快就看见了正对大门的操场,天色还没有全黑。黄昏中,正有一些学生在打球,远远地不时传来几声喊叫。陈方真会不会在里面?那个欺负过他的高个子男孩还在吗?守武突然觉得那个熟悉的校园生活是如此之近,他只要走进去,就能回到他们中间。但是,就在这么短的距离中,却再也回不去了,他突然

纸

有些难过。

他没有看到何书怀,也没有看到陈方真,甚至那个让人厌恶的高个子男孩,他们都到哪里去了呢?

就在他出神的一刻,夕阳已经落到了房屋的后面。

这时,守武抬头看到了墙上的一张告示,他的名字赫然在上。学校已经将他开除了。守武有些愤怒,也有些沮丧,他突然觉得这个城市已经没有他的立足之地,他被彻底遗弃了,唯一的出路就是尽快远离,而这一切就当是个告别。

第二天一大早,就听见大门吱嘎一声,守武知道有人来接他。还是昨天的那个人力车夫,他的车在门外等着,守武心领神会,马上跳了上去,他们没有任何多的言语,很快去了车站。

到车站后,守武听到报童的叫卖声,马上买了一张来看,一条新闻标题跃入眼帘:宏济桥上杀人灭迹,不明凶手趁乱逃匿。

守武迅速浏览了一遍,又逐字逐句地读了好几遍,判断记者对事件的了解程度。文中说被杀者从水中打捞出后紧急送进了医院,但由于伤势很重,可能性命不保。文中对杀人者没有任何描述,只说现场非常混乱,警方正在寻找破案线索云云。守武想,就算找到线索,他也已经远走高飞了。

守武心中的石头彻底落了地。

但也就在这时,他心里又有些难受起来,因为他觉得杀的不是杨家奎,而是他自己!

  木炭汽车一出城,守武就看到平畴大地扑面而来,外面的乡村、田野、农舍让他感到了一种久违的新鲜感,实际上它是同更为虚空的茫然感一同来临的。他又悄悄瞟了一下那行醒目的大标题,随即把报纸扔到了车窗外。

结　尾

保罗在四处走访调查期间，王元灵开车去了一趟滆城。那几个月中，保罗完全像失踪了，没有跟他有任何联系，王元灵只好亲自去找他。那一天，他一见到保罗就说，我还以为你失踪了呢。

保罗笑着说，我是乐不思归了。

你一定有不少收获吧？王元灵问。

是呀，我回去后准备写一本书。

看来你同滆城真有缘分。那么，接下来你还要做些什么？

基本差不多了，只是还有一点小小的遗憾。

什么遗憾？王元灵问。

雅纸的下落一直没有找到。

雅纸？

保罗说，是的，雅纸的主人蔡昌雅再也没有出现过，他好像完全消失了，一点信息都没有，太奇怪了！

他不是早就不在人世了？王元灵说。

保罗说，民间有个神秘的传说，说颜守文之所以后来生意做得那么好，跟雅纸也有关系，因为他的纸

结 尾

不仅有颂纸的基因,也有雅纸的基因。

雅纸的基因?王元灵不解。

是的,据说颜守文曾经收到过一件东西,是匿名寄给他的,一本册子。就是蔡昌雅写的,他把雅纸的秘门绝技全部写到了里面,他可能觉得蔡家造纸技艺只有颜守文才能真正继承和发扬光大,如果要让蔡氏造纸秘籍不失传,还只有颜守文一人能够传承。

哦,有这样的传说?太神奇了。王元灵很感慨。

是啊,不然蔡昌雅就什么也没有留下,他那一手绝活就完全失传了。这有点说不过去。

你相信这个传说?王元灵问。

保罗耸了耸肩,摊了摊手,他不知道怎么回答。

守武回到渢城的那些天中,足不出户,除了颜家的人,外面没有人知道他悄悄回了家。

一天上午,他还正在睡梦中,就隐约听见墙外有一个熟悉的声音在喊他:颜少爷,信!

这个声音断断续续重复了几次。守武出门一看,原来是送信的鲁邮差,正站在门前。

守武一时有些纳闷,此时谁会给他寄信?

守武见到的鲁大爷,还是老样子,没有太大变化。

哦,颜少爷,好久不见,我都快认不得你了!

鲁大爷,您还一直送信?

就是跑路的命嘛。对了,过去我还给你寄过好多信,都寄给一个叫方什么的人,还记得不?每次我都

纸

在门前喊你……

守武的脸一下就红了。他当然记得,那都是写给表姐的信,可惜到现在她都不知道。

鲁大爷,我有信?守武问。

嘿,你看,差一点忘了。鲁邮差边说边递给他一封信。

哪里寄来的?守武一惊。

这时,鲁大爷声音突然低下来,凑着守武的耳朵说道:寄信的人带话说让你今天下午去江边,那里有棵大桂花树,旁边是茶铺,他在那里等你。

说完,鲁大爷迅速转身就走。

守武拿着信,瞬间就明白这是怎么回事了。这封信没有邮戳,明显就是有人专门派他来送的。

守武把信打开,内容只有一行字:奎未死,情况紧急。

写信的人叫彭奇,是漓城的联络人,守武在老郑那里就已经得知。但是让他震惊的是杨家奎居然没有死,他捅的那一刀那么深,难道没有捅到要害?难道他在那一瞬间手软了一点?这家伙的命也太大了,守武顿时感到一种巨大的失落,让他有点头晕目眩。

如果杨家奎没有死,那么情况就非常麻烦了,他的处境马上变得危机四伏。守武一时间感到手足无措,内心充满了恐惧。好在彭奇他们已经掌握了信息,一定会为他想好对策和出路。

下午,守武按约去了江边,很快就找到了那个茶

结 尾

铺。这个茶铺在青衣江边的渡口边上,来来去去的行人常常在此歇息等船,彭奇选择这里可以说是一个绝佳的地点。但他并不认识彭奇,他先要了碗茶坐了下来。

约莫半小时后,突然一个中年人坐在了他的对面。他其实一直坐在茶馆的另一角,一直在观察着周围的动静,看没有什么情况后才走了过来。

来人正是彭奇。他把帽子摘下来,放在了茶桌上。

守武在彭奇那里得到了最真实的消息,杨家奎确实没有死,被抢救了过来。据说特委会为此大为震怒,他们没有想到自己的人被刺,发誓要缉拿刺客。

彭奇告诉守武,从目前的严峻形势来看,他不能再待在漹城,杨家奎一旦清醒过来,军警马上就会出动,通缉颜守武的密令会迅速发到四川的大小县镇,情况非常危急。所以他必须远走高飞,离开四川,越快越好。

我到哪里去?守武问。

越远越好,先到上海吧,那里有租界,你可以留下来勤工俭学,等避过这阵风头再说。

我怎么走?守武问。

彭奇说,我们正在想办法。你现在坐船坐车都是危险的,怕沿途搜捕,风险很大,我们要确保你万无一失。这样,你先藏起来,不要在任何地方露面,等我的消息,随时准备走,送信的鲁大爷会同你联络。

逃往上海,守武得到了卞福中的帮助。

当时正好有一艘小型外轮到了嘉定，于是卞福中就去联系上了船长，说守武是受华英书局之派去上海基督教会差送重要文件，这样就可以搭乘这艘船去上海，而这艘外船在航行中不受中方的任何检查。

这件事是颜佑卿办的。其实在守武逃回家中后，颜佑卿就知道一定出了什么事，因为现在根本没有到放假的时候，一个学生怎么可能平白无故地中途跑回家。实际上在守武得到杨家奎没有死的消息后，他怕以后清查起来颜家会被牵连，所以就把事情老实告诉了家人，以便有应对措施。奇怪的是，颜佑卿得知此事后，并没有慌张，他只是叹了口气。

那天，颜佑卿急急忙忙地出了门。第二天晚上颜佑卿回了家，事情就有了眉目，其实他是急中生智，想到了卞福中。颜佑卿曾经帮助过卞福中，他应该会出手相助，而且卞福中的特殊身份会很管用，而事实确实如此，当时卞福中二话不说就答应了下来。只是在这个过程中，颜佑卿陷入了往事的回忆中，当年他就是因为陈良而身陷囹圄，彻底改变了自己的人生。其实，守武就是陈良，相同的命运在他身上再度显现了。

守武没有想到父亲在这件事情上能够帮助他，在守武印象中，父亲就是一个懦弱、无能的人，他的人生支离破碎。但这回，颜佑卿表现出的镇定与果断让守武大感意外。

半个月后，守武顺利抵达上海。而就在他离开后不久，军警已经迅速搜查了漓城颜家大院，把里里

结 尾

外外搜了个遍。此时,沪城人也开始传说颜守武杀了人,甚至在一些地方的街道和码头上已经张贴着他的头像,要再晚一步,就是插翅也难飞。

临行前,守文与守武见了一面,他为守武准备了一些钱,让他带上。临别前,守文告诉守武先到外面避一阵,等情况好了,再到昆明去,那里的市场很大,他以后会把颜家的纸号开到那里。守武就好好学做生意吧,再不要去干掉脑袋的事情了。

但这次告别后,他们再也没有见过面,从此天各一方。

在离开沪城的头一天,鲁大爷的手铃声又在墙外响起了。彭奇又带来了口信,让他趁天黑时分到江边,那里会有一条小渔船送他到嘉定。

鲁大爷说完正准备走的时候,守武突然喊道,鲁大爷,我有封信,麻烦帮我寄走。

鲁大爷一看,信封上写着"方紫菀"三个字,不禁会心一笑。

好名字呀!鲁大爷说。

守武突然有些神情黯然。

鲁大爷又说,颜少爷,以后信回到哪里?

没有回信。守武说。

鲁大爷吃惊地望着守武。

那这信还要寄不?

寄吧,最后一次了。

鲁大爷点了点头,然后转身离去。不一会就听到

· 319 ·

手铃声,叮叮叮、叮叮叮,在街巷中越来越远了。

紫菀收到守武的信后,才明白了那些年在学校读书时收到的匿名信,都是出自守武之手。这个秘密是她万万没有想到的。

紫菀还记得在她中学毕业前的一天,她在清理杂物时,找出了那些书信,它们差一点就变成了灰烬,但阴差阳错,它们居然保存了下来。此时,她想回守武一封信,但却不知道信该寄往哪里。

在紫菀的心中,守武永远都是一个大男孩。她常常想到门外突然出现的守武,他骑着一辆自行车,然后把她搭上一直往郊外飞奔,那是多么让人兴奋的事情呀。紫菀一直把守武当成弟弟看待,他们之间就是姐弟的关系。其实,她不可能真正理解守武,因为守武的生活跟她从来就不一样,他们就是两个世界里的人,从过去到现在,从现在到将来。

自从守武失踪后,紫菀经常想着守武,她总觉得守武还在蓉城,就在某个角落里,而他们还会在某个时候相遇。甚至在某一天,守武会在外面敲门,而紫菀打开门会看到他满头大汗,露出一张真诚的笑脸。是的,他还是那个大男孩,骑着一辆叮叮当当的破车,身上充满了勇敢和激情。紫菀也知道,这可能只是个缥缈的愿望,因为守武刺杀杨家奎的事情轰动一时,大街小巷议论纷纷,他一旦现身可能就会遭遇不测。

那段时间,紫菀在蓉城的大街小巷上行走,总期

结 尾

望能够突然发现守武的身影。但是,偌大一个城市,要找一个人无异于大海捞针。费思迪一直陪着紫菀在寻找,不停地走,他们去了一些工厂、码头和乡镇,甚至还去了紫菀与守武曾经去过的地方,在茫茫的人海中企图发现守武。

有一天,费思迪突然问紫菀,守武会不会就从此失踪?

不会吧。紫菀说。

其实,紫菀的心里一直非常矛盾,就算见到了守武又能怎样,这个世界还会给他留下一席之地?

此时,他们正站在宏济桥边。一轮夕阳正缓缓落下,江边是林立的船只,有运盐的,运纸的,运粮食的,也有运柴火的,忙碌的人世一日将尽,而黄昏的来临会把它们悉数收归漫长的夜晚。紫菀突然感到有些忧伤,她觉得这个世界就是一封巨大的匿名信,没有写信人,也没有收信人……

保罗再度来到漓城,已经是很多年以后。

他的新书《纸》早已顺利出版,在海外反响良好,并得到了一个国际历史学研究方面的奖,而中文版本也正在翻译之中,一年后有望在中国发行。

陪保罗去漓城的仍然是王元灵先生,此时他已经从省社科院退休了。保罗在书中对他的感谢是最多的,他认为没有王元灵,就没有这本书的诞生。

到了漓城后,保罗也见到了颜小勇,他现在已

· 321 ·

纸

经当了外公,每天去幼儿园接送外甥女,这是他日常的生活。这些年颜小勇做成了一件事,就是重修了颜氏家谱,这得益于保罗的鼓励和帮助。但保罗没有见到老邱,据说老邱身体一直不太好,就跟老伴一起到深圳女儿那里去安度晚年了,好多年都没有再回过滹城,联络也很少。

这些年中,滹城的变化太大了,已经不是过去的模样,高楼林立,市容繁华,这个过去宁静的小城变得有些喧嚣。三轮车没有了,据说是在好几年前就被淘汰了,保罗还有些怀念那个有三轮车的时代,那时他曾坐着三轮车在滹城的大街小巷中穿梭。他感谢那样的记忆,古老而缓慢,那是他写作中的一丝游魂。

保罗专门去了文波纸坊。道路已经重新修了,路况大大改善,那座过去破破烂烂的历史建筑已经修葺一新,门前挂上了"滹城纸业博物馆"的大匾。

但保罗没有见到幺老爷,据说他前些年已经去世了,就被埋在附近不远的地方,挨着颜守文的坟。

那天,保罗进到了大院内,房屋格局没有大变,只是重新装修过了,另外为了游览的需要又修了一些附属设施,四周都显得很新,但总给人一种陌生得有如隔世的感觉。

当日,保罗把他《纸》的英文版赠送给了博物馆。他想,这本书原本就是属于这里的,它讲的故事就生根于此,现在应该让它回家了。

这一天的天气有些阴沉,空中飘着细雨,把地上

结　尾

的石板淋得亮亮的，那石板里一定叠放着无数的黑白照片，它们在闪现着旧日的光。

站在天井里，保罗把伞折了起来，让那似有似无的细雨淋着，心中一片空空荡荡。其实这次来漹城，保罗也是来告别的，他不知道以后还会不会再来这里，而要再来又会是什么时候。

走出博物馆，保罗突然想起了幺老爷讲的一件事：当年，纸坊门口曾经出现过一头漂亮的鹿子，那是在日落时分，它突然站在了大院门口，并小心翼翼地朝院子里张望。没有人知道它从哪里来，也没有人知道它要去哪里。鹿子的皮毛极为斑斓，像落日消失前的最后一吻，而当人们试图寻觅它的时候，它已在余霞中消失不见了……

2024年4月12日改定于成都

关于《纸》的对话

按：长篇小说《纸》在出版之前，龚静染与本书的责任编辑冯珺进行了很多次的沟通，对书中涉及的一些重要问题进行过比较深入的交流，其中一些内容也许有助于对书中世界的理解和认识。为了便于了解《纸》写作中的一些想法和思考，特梳理出部分对话内容，以飨读者。

问：对于一个故事，好奇的读者可能会产生各式各样的问题。这些问题通常是故事中不容易发现的，又或者是能够引领读者了解更多，感受更多的。其中，最容易提到的一个问题大概是：故事是怎么来的，也就是说，故事的源头是什么，您为什么要讲述这个故事？同样的，《纸》这样一部长篇小说，是如何而来的呢？

答：写长篇小说就像建造一艘巨轮，它既需要建造的雄心，也需要精密的设计和计划，当然还需要一步一步的推进和实施，最后才能看到一个成型的东西。其实这还没有完，因为小说写作跟实体建造还

关于《纸》的对话

是有很大的区别,它是虚构的,看不见的,这艘巨轮只装在作者的心中,而非停靠在港湾边的船坞里。所以,只有当最后成书后,人们才会读到这个用文字构建起来的东西,看它是否真的变成了一个庞然大物,是否能在阅读中掀起巨浪。

《纸》这部小说的写作自然也要遵循上述的规律。回答这个问题又让我回到了七八年前,一个偶然的机会,我的同学刘萍让我到了小说中的漹城,也就是现在的四川夹江,去参观当地的传统手工造纸作坊。这个过程让人颇为震撼和兴奋,从此纸这个概念开始在心中发酵,我便决定以纸为题材来写一部长篇小说,用小说的方式去"凝固"那些碎片的东西。事实是我后来就写了这部小说,并把当时的很多感受写进了小说中。不得不说,纸是一种极有意思的东西,它承载了人类的文明,这对我形成了最为隐秘的诱惑。记得在很多年以前,有个诗人曾写过一首叫《纸》的诗,具体写的什么早就忘了,但这首诗的名字我却一直记得。从诗歌到长篇小说,这中间的跨越太大了,而且内容和形式上根本就不是一回事,但它所带来的想象空间和叙事张力却给了我很大的鼓励。

写小说的冲动可能是瞬间诞生的,但需要无数个这样的瞬间去强化,不然就可能太飘忽,很容易消失。毫无疑问,纸触动了我的情感经验,也就产生了上面说的"建造的雄心"。我常常想,纸是种非常有形而上意味的东西,它上面可以构建一个虚构的世界,而这成为一股秘密的写作动力。而接下来我就要找到这个世界的人物和故事,也就是进入第二个阶段:精密的设计和计划。

其实,小说的设计不太可能在一开始就有精密二字,因为文学不是画图纸,而且它也不可能是机械刻板的工作。所以对我而言,只需要粗略的提纲,或者说只要有一个方向,就可以上路了。好像并非只有我才这样干,古往今来还有很多这样的例子。《安娜·卡列尼娜》中的故事原本是两部小说的构架,但最后合为了一体,安娜和列文居然变成了相辅相成的两条线,浑然天成,就连托尔斯泰自己在之前也没有想到小说情节和人物的变化,而这也证明了文学的神奇。从中我们就可以看到,即便是这样的文学经典,也并没有一个开始就有的精密构思;即便有所谓精密的构思,也可能早被修改得面目全非,因为《安娜·卡列尼娜》就是在不断的、大幅度的调整中找到了恰当的人物和故事,并在故事与人物的碰撞中产生了巧妙的效果。

在《纸》中,我也算是做了一次写作试验,大胆往前写,在路上去相遇书中的人物和故事。这是不是太冒失了?其实我们的人生就是如此。结果是前面的不确定很快就过去了,合理的叙事逻辑逐渐被找到,这期间更多是感觉在牵引。由此可以看出,开始的晦暗不明、扑朔迷离正如人生的不可知一般,困境会促使思考更加深入,并激发潜在的能量。就像徒步者进入了一座大山,你对它一无所知,困难重重,但终究会找到一条路到达山顶，我想这个过程跟写长篇小说比较相似，它需要冒险，还要一点点运气，事情就是如此。

不得不说，《纸》也是我个人写作的一个延续。我曾在2014年出版过一部叫《浮华如盐》的长篇小说，在2023年改名叫《斑鸠落地》后再版，内容和结构上均有一些改动。这部小说带有尝试性质，后来的修订就包含了对那部作品的重新审视。而《纸》其实带有一种对过去写作得失的总结，《斑鸠落地》中有对一只斑鸠的妙用，在《纸》中那只鹿子的反复出现其实就借鉴了《斑鸠落地》。它们都有某种轻盈的牵引力量，让漫长的叙述有了诗意和象征意味。所以，时隔四五年以后，我觉得自己可以再写一部小说了，而纸的题材就恰如其时地来到了我的面前。布罗茨基在《黑马》一诗中有充满激情的名句，说黑马在漫长的黑夜中等待，只是为了"在我们中间寻找骑手"。冥冥中的相遇，可能是产生一部长篇小说的关键原因。

问：《纸》的主人公应该是守武和守文两人，但通过这两个人跌宕起伏的命运主线又串联起了众多的人物。可以说，这也是一部有着群生百相的大著。在这些人物和情节中，有没有隐藏着您个人的经历呢？

答：小说虽然是虚构文学，但它实际是作者情感和经验世界的产物，也就是说它一定是带有独特的个体基因的。确实有很多小说带有作者自己的影子，但小说家不一定是小说中的某个人，在《纸》中就很少有我个人的经历，这不是一部跟我的生活相近的小说。在更多的时候，小说家的能耐在于在众多的故事和人物中当一个旁观者，保持叙事的客观和冷静，稳妥地推进故事节奏，这有点像皮影戏背后的艺人，让影人在前台惟妙惟肖地演出，而他们则是操纵影人的幕后英雄。

小说会让读者走进似曾相识的虚构世界，小说家在讲述故事的过程中，常常要努力地让自己消失，不露痕迹。小说家不是造物主，只是一个故事讲述者。一部小说少说也有几十个人物，大多数角色、行当都是陌生的，《纸》写的是过去的东西，很多东西早就不存在了，这就需要去还原，用合理的想象弥补时间的缝隙。怎样才能做到呢？人生经验的支撑，生活的底蕴非常重要。小说真正要讲的无非悲欢离合，所以，每一个人物的出现都需要带着人间气，要借小说家的笔重新转世投胎。

在《纸》这部小说中，守文、守武是两条线，都与我的生活隔得很远，但我对他们却非常熟悉，因为人性是没有距离的。他们是主要生活在民国早期的人物，时代氛围、社会环境都与当下迥然有别，但这并没有成为阻碍，而正是这样的距离，让我获得了一种表达的开放性。我对那些人物产生兴趣，并把他们放在一个特定的环境中，这同我对历史的认知是有关联的。在一个急遽变化的时代中，小人物有闪亮的机会，有被抛出命运轨道而获得新生的可能。大河汹涌，方凭鱼跃，不然他们就是芸芸众生，沉沦、淹没，了无生气。我还是喜欢精彩的人生，不管是大人物还是小人物，所谓不枉一世。这个"不枉"好沉重，哪怕是为情为义，为名为利，也哪怕要付出悲剧的代价。

显然，在《纸》中守文和守武获得了跳跃的姿态，这是人生积极的一面，也是这部小说具有一定传奇性的基础。颜氏兄弟不同的遭遇，是一曲悲伤而无解的时代挽歌，但他们的青春是对惨淡人生的叛逆，都跳出了家族和父辈的命运设定。在小说中，守文、守武在精神和世俗层面都是追求美好和理想生活的，有对命运安排的不妥协，虽然仍不过是扔进一潭死水的石子，但本质上有对生命意义的追寻，哪怕守武是用血刃去挑战这个无情的世界，而这就是《纸》想要揭示的东西。

写完《纸》后，我对其中的人物重新打量过一遍，我发现他们其实都有历史或生活中的某些原型，甚至是一个个原型的叠加，而这是在不自觉的情况下发生的。把模糊的人变成清晰的人，正如化学溶液中渐渐成像的底片，小说家能够做的就是把他们神奇地变出来，实际上是把自己的一部分经验世界变出来了，他们原本是些记忆、印象、认知的碎片，而在小说中又意外地相逢并重新组合了，变成了一个个鲜活的人和故事。《纸》中有个情节设计有点意思：守武、守文、保罗都先后来到了通俗教育馆前，在同一地点照相，然后又各奔东西。这本是偶然的事情，但时空的重叠有种沉甸甸的东西，穿越让人浮想联翩。这个场景其实有种寓意在里面，时间会消弭一切，我们不过是在尘埃扑面地前仆后继而已。

问：在这部小说中，我们可以清晰地看到传统手工纸的整个生产过程，您在写作前一定是做了相当扎实的实地考察，才能描绘得那样生动细腻。那么关于采风，背后有没有发生什么故事？面对这种在现代社会已经被边缘化的传统工艺，在调查和书写的过程中，您有怎样的感受和想法？

答：在近些年中我一直在尝试非虚构写作，写了一系列作品，我觉得如果用非虚构去呈现传统造纸工艺仍然会是很精彩的。但因为《纸》中的故事讲述更适合用小说的形式，所以它仅仅是作为一个特定背景来出现，其目的和效果自然不同。实际上，我在《纸》这部小说中就用了一点非虚构的手法，比较真实地把那些优秀的传统工艺描绘了出来，这就考虑到了这个背景对人物塑造的特殊意义。㴔城的世界就是《纸》的世界，我需要找到一种现实的对应，小说才能生根。

为了写好这部小说，我曾到㴔城考察过很多次，沿途看到了传统纸业的兴衰景象，感触很深。当地人把纸商称为槽户，这个称呼比较形象，其实就是手工业作坊，至今在四川夹江一带还能看到。现在的槽户越来越少，很多槽户仅限于书画纸的生产，产量很小，这显然是个衰落的过程，但大势所趋，无法阻挡。

不过，从社会学、历史学的角度去研究又是极好的题材，我在小说中讲述了这一点，甚至设计了保罗这一整条线，去反映了漓城纸业百年内的历史变迁，特别是现代造纸业对传统手工造纸业的冲击，让小说的内蕴更具厚度。这是从现实的角度去关注纸业历史的一条线索，为的是勾画出一幅漓城乡村社会的风俗图，也能一窥中国近现代乡村社会进化的缩影。正因为此，这部虚构小说就带有一点非虚构特质，具有了某种文学之外的丰富性，我认为这是小说中非常值得去探讨的地方。当然，小说是要讲故事的，故事的重要性自不待言。但又不能仅仅停留在故事上，读者还应该得到更多的东西，即对社会、历史、文化、人性的反思，这才是最有价值的东西。回过来讲，文学的观照也是必不可少的，它们最后都应化为文学的元素。

问：乡土小说在整个小说中占有重要的位置，也不乏优秀的作品，《纸》应该可以归属其中。在现代化和城市化的进程中，乡土文学所描述的传统与现实可能会构成一种张力，那么《纸》是否也在有意地表达这种张力呢？

答：在中国现代化和城市化的进程中，发展最快的就是这四十余年，而我们这代人正好是亲历者，真

纸

的是一步一步看着变化过来的。乡土的概念也在发生巨大的变化，小说《纸》中也反映了一些，漓城的手工纸业生产是个非常好的切入角度。

在小说中，守文从一个破落的纸商家族走出，又重新成为新一代的巨贾，这个故事讲到抗战后就戛然而止，而延续者是保罗的调查研究，一直延续到了今天，这正好形成了一个完整的时间表。有历史的讲述，有现实的对应，守文和保罗之间在故事性上是互补的，这条故事线的设计颇费心思，但基本达到了目的。这其实是最难说的百年，历史的跨度很大，且有很多不便言说之处，好在小说的禁忌可以用巧妙的叙述来化解，厚味入汤，消于无形。

《纸》中有三条线，编成了一条故事的辫子。三条线所讲的各有侧重，守武是讲的血性青春的成长过程，他是以一个叛逆者的形象出现的；守文虽然是传统商业社会的一个后起之秀，但讲的是礼义廉孝，他的命数仍然逃不过这些，守文与守武形成了人物性格的巨大反差；保罗则是一个历史文化考察者，他的家族与中国产生过很深的联系，这是一个西方看中国的视角，而他则是整个故事的中间角色。

本来，单纯以故事的构架而言，保罗这条线是可以不要的，前面两条线的故事性已经比较充足，讲起来也相对简单。但是，我觉得这个小说就可能沦为一个常见的商帮家族故事，流于平庸。而有了保罗这条线，在不损失艺术性的前提下，不仅让故事变得曲折，也具有了审视历史和社会的视角。更重要的是,也获得了你所说的"传统与现实所构成的一种张力",这种张力让小说增大了演绎空间,让纸脱离了具象的物质形式,而成为小说精神上的锚。

问:评论一部小说,主题似乎是绕不过的。在小说发展史中,众多小说主题已经形成,比如成长、旅行、爱情、家庭、孤独、自然、女性等等。在您看来,《纸》的主题是什么呢?

答:这可能是一个很大的话题,也需要从很多层面去讲,小说应该具有一种复杂性。但谈论主题有时也颇为尴尬,正如问《红楼梦》的主题是什么一样,谁又真正把它讲清过呢?我倒觉得仁者见仁智者见智,读者在阅读中自然会去寻找自己理解的主题。

其实,我想说的是归纳主题容易固化一些东西,可能会遮蔽一部小说的复杂面貌。意识流小说就是消解主题的,它受唯主观、反理性的西方哲学思想影响,可以说深刻地影响了世界文学的发展。不过,文本作为一个客观存在,其中的文字肌理本身又是可以解剖的,它最少呈现了看得见的东西。

《纸》并不是一部碎片化、难以聚焦的小说,它的叙事脉络是相对比较清晰的。小说中既有纸商家族的辉煌与落寞,也有爱情的萌生和幻灭,还有人物命运与时代的对撞与决裂。应该说小说的三条叙事线均有自己的主题，但它们又很和谐地融合在一起，形成了一个更大的主题：被时代裹挟的人物和命运，犹如大河奔流里的舟楫，它们都带着倾覆的危险而不顾一切地冲向大海。人类命运就是一场深刻的悲剧，而小说《纸》中那只时隐时现的鹿子，就如瑰丽的幻影给人们留下了一丝余味，悲伤而无解。这其实才是我真正想讲的。

写完《纸》的很长一段时间中，我都感觉到一种空，就像一出戏演完了，余音绕梁，但更多是人去楼空的惆怅感。作为作者，通过这部小说我做了一次生命意义的探寻，也希望读者能够借助这本书对生命的价值有所思考。所以，我有时候相信小说中的那些人物都是真的，曾经在这个世界上存在过，故事也是真的，甚至那只鹿子都是真的，就在我们的前世今生中。

图书在版编目（CIP）数据

纸 / 龚静染著. -- 成都：四川人民出版社, 2024.9.
-- ISBN 978-7-220-13760-0

Ⅰ. I247.5
中国国家版本馆CIP数据核字第2024SN9641号

ZHI
纸

龚静染 著

出 版 人	黄立新
策划统筹	封 龙
责任编辑	冯 珺
封面设计	周伟伟
版式设计	张迪茗
责任印制	周 奇
出版发行	四川人民出版社（成都市三色路238号）
网 址	http://www.scpph.com
E-mail	scrmcbs@sina.com
新浪微博	@四川人民出版社
微信公众号	四川人民出版社
发行部业务电话	（028）86361653 86361656
防盗版举报电话	（028）86361661
照 排	四川最近文化传播有限公司
印 刷	成都东江印务有限公司
成品尺寸	123mm×203mm
印 张	10.75
字 数	210千
版 次	2024年9月第1版
印 次	2024年9月第1次印刷
书 号	ISBN 978-7-220-13760-0
定 价	59.80元

■版权所有·侵权必究
本书若出现印装质量问题，请与我社发行部联系调换
电话：（028）86361656